ウロボロス・レコード 1

山下 湊

ヒーロー文庫

CONTENTS

1

Ouroboros Record

illustration / しのとうこ

イラスト／しのとうこ
装丁・本文デザイン／5GAS DESIGN STUDIO
校正／相川かおり（東京出版サービスセンター）
編集／高原秀樹（主婦の友社）

この物語は、小説投稿サイト「小説家になろう」で発表された同名作品に、書籍化にあたって大幅に加筆修正を加えたフィクションです。実在の人物・団体等とは関係ありません。

プロローグ

——死にたくない。

先を見通せない暗闇の中で、僕の意識はその一語のみに占められていた。

僕は死んだ。どうしてこうなったのか。何がいけなかったのか。それらを問う気持ちなど欠片《かけら》も浮かんでこない。そんなことを考える余裕は一切無かった。死は救い、生の苦しみからの解放だと聞いたことがある。知った風な口で、何て無責任なことを言うのか。所詮は死んだことの無い人間の戯言《たわごと》だ。苦しいと言うのなら、僕の知る中で今が最も苦しかった。死んで壊れた肉体から追い出され、魂のみとなった僕は、抗う術無く虚無の浸食に晒《さら》されている。僕がゴリゴリと削られていく。手足の端から虫に喰われるように、自分を構成する要素が奪われている。記憶が、思い出が、僕を僕たらしめている認識が、一秒毎に剥離《はくり》し、分解し、離散していく。

やめろ、やめろ、もう嫌だ！

自分が自分で無くなっていく苦痛。まるで沸騰するほど熱された酸の風呂に、生身で漬け込まれたような気分。身体があるのなら暴れ出したい。声を上げられるのなら叫びたい。なのに、死んでそれらを失った僕には、そんなことすら許されない。まるで地獄の拷問だった。何て酷い。僕に地獄へ落とされるような罪なんてあったのか？　どうして神様は助けてくれないんだ？　生前、完全無欠の善人だった訳ではない。けれど極悪非道の悪人でもなかったはずだ。平和な国に生まれ、平凡な家庭に育ち、慎ましく暮らしていた、ただの一般人だったじゃないか。なのに、どうしてこんな苦しみを味わわなければならないんだ⁉　それとも、天国も地獄も嘘っぱちか。神様なんて、どこにもいないのか。死人は皆この闇の中で、自己を徹底的に解体されて、消えゆく運命であるとでも言うのか。嘘だ。そんなことある訳無い。だったら、僕の人生に何の意味があったって言うんだ。生きるだけ生きて、死んだら無慈悲に消滅させられるなんて、あんまり過ぎる。

あ、ああ、ああああああっ！

駄目だ。僕が消えていく。無に溶けていく。気付けば苦痛は去っていたが、だからこそ恐ろしい。だってそれは、痛みを感じる機能さえ無くなったということだ。死に抗う生の力が、失われていくということだ。消えていく。苦しみも痛みも焦燥も恐怖も、どこか遠くへ去ろうとしている。僕の中から僕自身がいなくなっていく。消える、死ぬ——。

嫌だ嫌だ嫌だ！　消えたくない、死にたくない……生きていたい！

認めない。認めないぞ、僕は。自分の人生の最後が、こんな虚無だなんて——いや、僕が死ぬだなんて、絶対に認めないいっ‼

残された僅かな力を振り絞って、足掻《あが》く。足掻く手足が無くても足掻く。どこか、ここではない場所に行かなくては。こんな何も無い場所から、何もかも無くなっていく場所から、逃げなくては。僕が死に呑まれる前に、どこかへ。僕が完全に消えてしまう前に。

……儚《はかな》い、しかし懸命だが儚い抵抗の末に、僕の魂はこの世界から消え去った。

……気が付くと、そこはまた闇の中だった。だけど、何かが違う。魂の一片も残さず呑み込まれるような無ではなく、その逆。命が生じて、光ある世界に這い出る前のような、安寧の闇だ。

トクン、トクンと心音が響く。身体中が何か、温かいもので包まれているのを感じる。

ああ、やはり違ったんだ。ここはあの何も無い世界ではない。生き物の生きる場所。命のある場所。生の充足を感じられる、紛れも無いこの世なのだ。

生きている。僕は間違いなく生きている。その実感を噛《か》み締めると、涙が出てきそうな心地だった。腹の底から喜悦が突き上げてきて、叫び出したくて堪《たま》らなくなる。

『……妻の容体はどうなのだ？』

声？　誰だ？　何を言っているんだ？　いや、そもそもどこから聞こえているんだ？

僕は生還を果たした喜びから、急速に現実へと引き戻される。そういえば、僕は今どこにいるのだろう。死にかけて何とか生き返ったのだから、病院か？　いや、それにしてはおかしい。今、僕の身体を包んでいる感触は、病院のベッドのシーツなどとは違う気がする。聞こえてきた言葉も、僕のよく知る日本語ではない。

……まあ、いいか。僕は死なずに済んだんだ。それを思えば、この世の全てがどうでもいい。僕が生きていることに比べれば、まるで取るに足らないことじゃないか。

そう思っていると、また別の誰かが声を上げる。

『大変申し上げにくいことなのですが、危うい状態です。恐れながら、このままでは母子共に、ということも――』

『何だと!?』

最初の声の主が、怒鳴るように詰問した。

『ちちうえ……ぼくのきょうだいは、どうなっちゃうの？　ははうえは――』

今度は子どもの声。

『ライナス、お前は下がっていろっ』

『そうですよ、お坊ちゃま。……伯爵様、かくなる上はお覚悟下さい。奥様かお腹の子か。私が何とか出来るのは、どちらか一方です』

『な、何を言うかっ!?　貴様、それでも神官か！　よもや、喜捨が足らぬとでも？　強欲も大概にせいっ』

『こ、これは異なことを。聖王の教えを疑われるとは……』

何だコイツらは。何を言っているんだ。僕に分かるように話せ。せめて日本語で喋《しゃべ》ってくれ。僕は一体、どうなっているんだ。

聞こえてくる声の洪水に、僕は混乱に陥る。死を免れたかと思えば、また暗闇の中。どこの国の人間とも知れない連中に取り囲まれ、訳の分からない言葉を捲《まく》し立てられる。そんな状況に置かれては、蘇生の喜びも安堵《あんど》の心地も吹き飛んでしまう。

『……やめて下さいっ！』

また別の誰かが声を上げた。女性だ。不思議なことに、今までに上がった声よりも近くで発せられたように聞こえる。掠《かす》れて疲労の滲《にじ》んだそれは、どこか切羽詰まっているように思えた。

女性の声は続ける。

『私、産みます』

『お、お前……!?』

『どちらかしか、助からないのなら、こ、この子をお願いします……！　私は、私はどうなっても――』

『奥様、貴女は血が上っているのです！　れ、冷静にお考えを！』

何かを訴えている女に、周囲の人間が一斉に反対しているようだった。

騒がしい。どうして静かにしておいてくれないのか。僕はこうして生きているだけで安らかな気持ちだというのに。

微かな苛立ちに応じてか、僕の手足が勝手に動き、何か柔らかい物を叩いた。

『うっ⁉』

同時に、女性の苦しそうな声。

『……ほ、ほら、動いています。この子も生きようとしているんです』

『し、しかし……』

『ご再考下さい！　貴女はまだ若い。命を繋《つな》げば、再び子を為すことも能《あた》いましょう！』

『産まれようと……生きようとしているこの子を潰して、ですか？』

『……』

『それはっ、生きとし生けるもの、全てを祝福される、聖王様の教えに反しますわ。……うぐっ⁉』

うるさい。訳が分からない。少しは僕に分かるように喋《しゃべ》れ。

ますます苛立ちが募って手足を振り回すと、それに呼応するように女性が苦悶《くもん》の声を上げる。

『く、あっ……お、お願いですから、そんな残酷な、ことを……仰らないで――』

そして、彼女は喘《あえ》ぎ喘ぎ言った。

『――産まれる前に、この子を〝死なせよう〟だなんて』

その言葉に、背骨を根元から氷柱で刺し貫かれたような心地を味わう。

今、何と言った？　彼女らの言葉は、僕にはまるで理解出来ない。日本語でもないし、聞いたことのある外国語でもない。けれども、この女性の言葉に聞き逃せない意味が含まれていることだけは分かった。

死。その不吉な単語のニュアンスは、言語を違えていようとも有無を言わさず、僕を打ちのめす。

……嫌だ。嫌だ嫌だ嫌だ！　僕は助かったんだ！　生き返ったんだ！　死なずに済んだんだ！　何が起きたか分からないけれど、それでも死ななかったんだ！　なのに、何でまたそんなものに直面しなければならないんだ。死に触れるなんてもう懲り懲りだ。やめろ、やめてくれ、死にたくないっ！

逃げないと。ここにもまだ死があるなんて。早くここから出なくては。じゃないとまた、死神に足を掴《つか》まれる。もう一度あの暗くて苦しくて、何の救いも無い場所へと引き摺《ず》り込まれてしまう。畜生、畜生、畜生っ！

僕は再び必死に藻掻《もが》いた。どこだ。出口はどこだ。この暗い場所から、早く出なくては。

『……ああっ！　う、ぐうぅ！』

誰かの苦しむ声が聞こえる。知ったことか、それは僕じゃない。どこの誰が苦しもうが、気に留めてなどやるものか。僕が死なないことが、僕が生きることが最優先で一番で何より大事だ。他の有象無象《うぞうむぞう》など一切合財《いっさいがっさい》——それこそ、死んでも構いやしないっ！

どこかへと通じる穴に手指が掛かった。背中を炙《あぶ》られるような焦燥感に押され、それを力ずくで押し広げる。僕を包んでいた何かも、そこから流れ出ていき始めた。勿論《もちろん》、僕自身もそこへ頭を突っ込ませる。

『っ⁉　始まりました、お生まれになりますっ！』

焦りに満ちた誰かの声。

『くっ、事ここに至っては仕方あるまい。……子を生かせっ！』

苦渋の滲《にじ》んだ誰かの声。

『やめてよっ！　はうえが、こんなにくるしそうなのにっ！』

悲哀に濡れた誰かの声。

うるさいうるさいうるさい。さっきから何をゴチャゴチャと訳の分からないことを。気が散るじゃないか。こっちは忙しい、生きるか死ぬかの瀬戸際なんだ。そういえば、さっきから一度も呼吸をしていなかったことに気付く。何てことだ、息が出来なければ死んでしまう。そんな生き物としての基本的な本能すら忘れていたなんて。ここは狭く、息苦しく、ぬめぬめとした壁が四方から押し寄せて動きにくい。まるで動物の腹の中だ。このままでは身動きもとれずに殺されてしまう。さっきまでの僕は、こんなにも生きづらいところで安堵《あんど》を感じていたのか。早く、早く、ここから出ないと。この暗闇から脱出しないと。僕は死に物狂いで狭い道を掻《か》き広げ、外を目指す。光、光はどこだ!?

――そして、光があった。

ぞぶり、と濡れた異音。同時に頭のてっぺんが空気に触れたのを感じる。待ち望んだ感触を堪能する間も惜しんで、そのまま顔全体を外へと押し出した。眩《まぶ》しい。朧《おぼろ》に霞《かす》んだ視界が、光に焼かれる。

一拍遅れて、巨大な手に掴《つか》まれ全身を外へと引き摺《ず》り出された。同時、圧迫から解放された胸郭へと、存分に空気を送り込む。ああ、単なる空気がこんなにも旨いだなんて。痺《しび》れるような解放感と爽快さに、僕は思わず声を上げていた。

「おぎゃあっ！　おぎゃあぁぁあぁぁあっ!!」

言葉にならない絶叫が、口から迸《ほとばし》った。甲高く調子っ外れなそれは、まるで赤ん坊の泣き声だ。大の大人が上げるようなものではないが、それを気にするような気分でもない。僕は生きている。息をしている。この世界に息づいているんだ。その快美感に酔いしれながら、何もかもを忘れて声を上げ続ける。

『お生まれになりましたっ！　見事な男児ですっ！』

僕を掴《つか》む大きな手の主が、興奮に上擦った声と共に誰かへと向き直った。不思議と不明瞭な視界の中でも、その相手が何度も肯《うなず》いているのはハッキリと分かる。

『う、うむっ！　長子がいるとはいえ、母子共に危ういお産だったのだ。男児でなければ釣り合いが取れぬというもの』

相変わらず訳の分からない言葉を捲《まく》し立てているが、まあ、良い。状況は理解出来ないけれど、どうやら彼らのお陰で僕は命を繋《つな》げられたようだ。素直に感謝しておこう。

その裏で、

『良かった……生まれたのね、私の赤ちゃん……』

『かあさま？　……かあさまっ、しっかりしてくださいっ！』

『……ライナス。私がいなくなっても、良い子でいてね……？　貴方はその子のお兄様、なんだから……』

『か、かあさまっ！　めをあけてよ、かあさまァ!!』

どこの誰が泣こうと、苦しもうと、死んでしまおうと——知ったことではない。僕が僕として生きている。それ以上に素晴らしいことなんて、この世には無いのだから。

騒々しさに包まれながらも、僕は歓喜に泣き続ける。生きていることへの感謝、そして、

（生き続けたい……もう二度と、死ぬだなんて嫌だ）

未だに胸を噛《か》み続ける、死への恐れと共に。

「……随分と懐かしい夢を見たな」

薄暗い闇の中、目を覚ました僕は一人呟《つぶや》いた。頼りないランプの明かりだけが光源の地下の一室。声に応えるのは籠の中に閉じ込められた鼠《ねずみ》だけだ。チチチ、という鳴き声が、どことなく嘲っているような調子に聞こえて癇《かん》に障る。

「ああ、くそっ！」

苛立ち紛れに乱暴に頭を掻《か》いた。その手指は記憶の中にあるかつてのそれより短く小さく、絡まる毛髪は銅に近い赤茶色。肌は白く、日に焼けていないにしても色素が薄過ぎる。今の僕は、どこからどう見ても日本人とは、ましてや一丁前の大人とは思えないだろう。

それもそのはず、僕ことトゥリウス・シュルーナン・オーブニルは、当年とって八歳の幼児に過ぎない。しかし、その思考と人格とは、日本という国で二十年以上を生きたある男のものであると自認していた。

輪廻転生《りんねてんしょう》、生まれ変わり。僕の身に起きた現象はそんな言葉で言い表されているものだった。一度死んだ後、生前の記憶と人格を保ったままで、別の人間として再びこの世に生まれる。非科学的かつ非現実的な出来事であるが、起こってしまったことは仕方ない。僕本人としては、あのまま死なずに済んで大助かりなのだから、文句を言う筋合いは無いだろう。

ただ、生まれ変わりがあるというだけでも十分突飛なのに、僕の場合は更にオマケがあった。イトゥセラ大陸、アルクェール王国、王都ブローセンヌ。二十一世紀初頭を生きていた人間には、まるで聞き覚えの無い地名だろう。僕だってそうだった。更に言えば、前世の世界でお馴染《なじ》みだった自動車やコンピューター、電話などといった機械類は、転生してこの方、一度も見た記憶は無い。街並みは外国の古都を思わせる石や煉瓦《れんが》造りで、狭い道を時たま馬車が通って行く。中世からルネッサンス期、最大限贔屓目《ひいきめ》に見ても近世のヨーロッパ程度の文明レベルだ。前世に比べて数世紀単位で退歩している。地理や歴史の知識に無かった地名の数々と併せて考えると、どうやら僕が生まれたのはいわゆる異世界であるらしかった。

それを理解した時には、思わず頭を抱えてしまったのを憶《おぼ》えている。何しろ、前世よりも数段不便で不慣れな世界に生まれてしまったのだ。科学の進歩が何百年も遅れている社会に、真っ当な医療機関など存在するかどうかすら怪しい。身体に溜まった悪い血を抜く、いわゆる瀉血《しゃけつ》が医者の仕事だと言われても不思議ではなかった。イメージ的に近い十七世紀のフランスでも、歯が病気の元であるとして王様の歯を抜いてしまったという事例もあったのだ。当然、その王様は食べ物を消化しやすいよう噛《か》み潰すことが出来ず、生涯胃腸の不調に悩まされたという。そんな時代に生まれてしまっては、長生きなどそうそう出来るものではない。

僕は死にたくなかった。いや、真っ当な人間であればそれは当たり前なのだろう。だが、僕は人並み以上に死が怖かった。一度体験した死という事象。その苦痛、そして自分が無くなってしまうという空虚さは、思い出す度に背筋が震えそうになる。だが、どれほど恐れて遠ざけようと、人間は死から逃れられない。それはどうあっても覆せない摂理だ。こうして生まれ変わった僕も、いずれは年老いたり、病気になったり、或《ある》いは事故に遭ったり——酷い場合は誰かに殺されたりして、やはり死ぬだろう。

それは、嫌だ。僕がこうして生まれ変わった原因は明らかではない。つまり、もう一度死んだら生まれ変われるかどうか分からないのだ。多分、今度は帰ってこられない気がする。僕が死後に感じた、自分が消えていく感覚。それはこの幸運が二度とあるものではないと、そう確信させるに十分なものだったのである。奇跡とも言える僥倖《ぎょうこう》で再び命を得ることが出来たというのに、百年もしない内にあの暗くて何の救いも無い世界に逆戻りしなければいけないなど、許せるものか。

しかし、だ。幸いにと言うべきか、この新たな世界には、僕の望みを叶え得る可能性も存在していた。

僕はおもむろにケージの中から一匹の鼠《ねずみ》を摘まみ出す。その鼠の前足は、片方が欠けていた。僕が実験の為に切り落としたからだ。小さな脳味噌にも足を切除された記憶くらいは残っているのか、必死で抵抗する鼠《ねずみ》。僕はそれを無視して、欠けている方の足へ適量の『素材』をあてがう。

そして、その『呪文』を唱えた。

「《錬金》」

淡い光の粒子が素材に集まり、それそのものが光り輝いたかと思うと、光が収まる頃には全く別の形へと組み直されていた。鼠の前足だ。かつて僕が切り落とした部位は、他ならぬこの僕の手によって、再生を果たしたのである。

――錬金術。鉄や鉛を金に変えるように、物質をより高次の物へと変換する魔法技術。極めれば魂すら錬成し、人間を更なる高みの存在へと変えるともいう。それがこの僕、トゥリウス・シュルーナン・オーブニルが、死を免れ得る可能性として研究している学問なのである。

……言い忘れていたのだが、僕が生まれ変わったこの世界には、魔法なんていう代物が存在しているのだ。

第一章　永劫《えいごう》への探求

アルクェール王国、王都ブローセンヌは円形に外周を覆う石造りの壁に守られた城塞都市である。市街は北東から南西に掛けて蛇行しながら流れるアモン川によってほぼ二等分されている。上空から見下ろせば、さながら東洋で言う太極図を思わせる光景が広がっているのが目に入るはずだろう。

僕が住むオーブニル家の邸宅も、この街にある。

「トゥリウス。お前はまだあの卑しい遊びに耽《ふけ》っておったのか？」

一列に十人は優に座れるだろう長テーブルの上座から、中年の男性が声を上げる。彼は僕の父だ。緩やかなガウンを羽織り、仕立ての良い服をその下に覗《のぞ》かせる身体は、言っちゃあなんだがこちらも大分緩やかな弧を描いている。見事な太鼓腹だった。血色は良いし、骨相もそんなに悪い方ではないので、もっと運動して身体を引き締めれば良いのに。

「そのような言い方はやめて下さいよ、父上」

僕はお決まりのお説教が始まったと思って、面倒臭いという思いを噛《か》み殺して顔を上げる。オーブニル邸食堂の風景が目に飛び込んできた。

朝方の時刻にありながら、天井の装飾豊かなシャンデリアは窓からの日差しを受けて輝いている。これだけの大きさだ。明かりが灯れば夜でも昼のように感じられるだろうと、そんな事さえ思わされる。現当主である父の席、その背後の壁には一幅の絵画が掛けられていた。そこに神秘的な筆致で描かれるのは、二百年以上前のさる戦いで手柄を立てた初代当主が、当時の国王から叙任を受ける光景である。他にも鮮烈な色合いと艶の絨毯《じゅうたん》といい、壁際に置かれた高そうな壺《つぼ》といい、何もかもが無闇にきらきらして目に痛い。まだまだ前世の庶民的な感覚が抜け切らない僕としては、どうにも華美に過ぎて馴染《なじ》めない内装だった。

まるで王侯貴族の豪邸、といった風であるが、

「錬金術など、卑賤《ひせん》な所業と言う以外にどう呼べば良いのだ？　卑しくもオーブニル伯爵家の子とあろうものが、手を染めて良いものではない」

と、にべもなく言う父。

そう、僕が今生で生まれた家は、どういう訳だか貴族だった。それも伯爵という中々の高位である。

オーブニル伯爵家は二百年前に興されたという、五百年の歴史を持つとされるこの国では、比較的新しい部類に属する家だ。何でも初代当主は、係累の絶えたさる大貴族の後裔《こうえい》が、隣国との戦争で功を立てたのを機に、時の王から官爵の列に戻るのを許されたとい

う。正直、どこまで本当か怪しいものだ。元々身分の低い成り上がりが、系図を買って由緒ある名籍を手にする、なんていうのは前世の世界の歴史にもあったことである。

まあ、家の由緒は置いておいてだ。このオーブニル家に生まれついたことは、僕にとっては幸運だった。何せこの世界は、見ての通り貴族がかなりの力を持つ、封建制の身分差社会である。こんな世の中で農民の子などに生まれてしまっては目も当てられない。不老不死の研究どころか、日々の暮らしを維持するだけで精一杯となるだろう。王都住まい、というのも良い。父は領地運営に熱心な方ではなく、そういったことは家臣に任せて王都での社交に精を出している。お陰で僕は不便な田舎暮らしなどせずに、インフラの整った都会で何不自由なく過ごせるという訳だ。

ただ、僕にとって至上の命題である錬金術の研究が、父にとっては頂けないものであるらしいことはマイナスなのだが。

「まったく、毎日毎日鼠《ねずみ》を捕まえて悪戯《いたずら》などと、幾ら腕白《わんぱく》といえど限度があろう」

そうは言うが、実験には検体となるマウスが必要不可欠なのだ。薬を投与したり、さっきやったようにこの世界ならではの魔法を試してみたり、使い道は色々ある。

「そういえば、鼠捕り用の猫が、勝手口の辺りで泡を吹いて死んでいたそうだが」

「それは可哀そうに。きっと、悪い物でも食べたんでしょうね」

僕はしれっと言ってのけた。別に殺した訳じゃあない。地下に連れ込んで色々な薬を飲ませてやったら、何度目かの時にいきなり血泡を吹いて痙攣《けいれん》しだしただけだ。不幸な事故である。マウスを調達する時に邪魔じゃなかった、と言ったら嘘になるだろうけれど。

「トゥリウスよ、お前ほどの才能があれば、左様なせせこましい術に頼らずとも一端《いっぱし》の魔導師にもなれよう？　そうすれば次男であるお前にも、宮廷魔導師などで身を立てる道もあろうというもの。錬金術師など、路傍の怪しい薬売りが如き、下賤《げせん》な稼業ではないか」

「はあ……」

何度も繰り返された問いに、同じく繰り返された生返事を返す。

彼が言うように、この世界での錬金術師の地位は不当に低い。というのも、この世界での魔法は概ね錬金術と比して、かなり強力な代物だからだ。杖から炎や雷を出すのは当たり前。大概の怪我や病気は、教会の神官に頼めば魔法で治してももらえる。そこに乳鉢で擂《す》って調合した薬だの、魔法を帯びさせた武器だのを持ち込んでも、精々が既存の魔法の下位互換である代替品扱いが良いところだ。

元現代人である僕からすれば、噴飯ものの理論だった。代替品だって？　そこが良いんじゃないか。幾らでも物で替えが利くってことは、逆に言えば大量に揃えられるってことでもある。先天的な才能が物を言い、ユーザーがごく少数に限られる魔法こそ、融通が利かなくて使い勝手が悪いじゃないか。

そう言うと大概の人は、錬金術で物を作ることこそ金が掛かるだの、既に魔法があるから十分だのと返してくる。……何を言っているんだか。コストなんて大量生産の過程で必然的に下がっていくものだし、その魔法こそ間口が狭くて、恩恵を受けられる者が少ないんじゃないか。治療に使う回復魔法なんて、教会の連中に寡占されているようなものだから、いつまで経っても医療費が割高なままなのだ。金の無い平民が、疫病の度にばたばたと死ぬ。だから人口も伸び悩むし、辺境の開発も進まない。そんなことを今まで何度も繰り返している癖に、一向に改善の兆しが見られないのは如何《いかが》なものか。

まあ、これも所詮は、科学と思想と経済とが発達している世界から来た僕個人の理屈だ。この世界——イトゥセラ大陸に住む人の過半が現状を善しとしているのなら、下手に口を挟むべきことではないだろう。僕が研究を行うのに邪魔にならなければ、だが。

父の目は未だに厳しく、彼の言う賤業《せんぎょう》にのめり込んでいる僕を視線で指弾していた。

「そう目くじらを立てずとも良いではありませんか、父上」

穏やかで品のある口調で割り込んでくるのは、今まで黙って成り行きを見守っていた青年だ。豊かで柔らかな金色の長髪に、ブルーの瞳。細面の顔立ちの造作は整っており、浮かべる表情からは育ちの良さが滲《にじ》む。

ライナス・ストレイン・オーブニル。僕の七つ上の、年の離れた兄だ。

「トゥリウスは賢い子です。その彼がこうも熱意を持って取り組む道、多少は応援して差し上げてもよろしいのでは？」

「おお！　流石《さすが》は兄上、よくお分かりでいらっしゃる！」

僕は喜びの声を上げた。

彼は領地をほったらかしにしている父とは違う。この父親ときたら、社交だ何だと言いつつも、実態は王都での贅沢《ぜいたく》暮らしに浸っているだけである。夜会に招かれた客人が、父の奢侈《しゃし》に陰口を叩くのを聞いたことなど、一度や二度ではない。その点、兄ライナスは勉強熱心な努力家だ。贅沢と言えば茶の趣味程度で、後は質実剛健そのものの暮らしぶり。多分、今日明日辺りにでも父がポックリ逝ったとして、それでも彼が家を継げば、今よりは確実に良くなるだろうとさえ思う。その兄の口添えだ。僕としては大助かりである。

だが父は不機嫌そうにスープを一啜《ひとすす》りすると、不興げに鼻を鳴らした。

「貴様も一端《いっぱし》の口を叩くようになったではないか、ライナス」

彼の目には、僕に懇々と説教を垂れていた時以上の不快さがあった。

「不肖の嫡男としては、その方が都合が良いであろうからな」

そしてこの言い草である。一体、兄のどこが不満なのやら。

「っ、父上……」

兄も短く息を呑んだ。確かに、次期当主を争う兄弟としては、ライバルが錬金術などという胡散《うさん》臭い趣味に没頭しているのは都合が良いだろう。だが、それは僕としても同じだ。兄が出来の良い後継者であれば、僕は面倒な仕事にかまけることも無く、自分の研究に専念出来るのだから。

「兄上のような立派な方ですら不肖とは、父上も理想が高くていらっしゃる」

僕は呆《あき》れ返って口を挟んだ。

「そんなに出来の良い世継ぎをご所望なら、早々に後添えを設けられてはどうです？」

「おい、トゥリウス」

さも心外そうに目を剥《む》く父。彼には現在、妻がいない。僕と兄の母に当たる女性は、僕を産んだ時に亡くなっている。母子共に相当危ないお産だったらしいのだ。

父も最近白髪が目立ってきているとはいえ、まだまだ男盛りの年である。後妻を娶《めと》ってても不思議ではないと思うのだが、既に正嫡の息子が二人もいることから、中々新しい縁が無いらしい。だとしても、仮にも伯爵家であり金回りも悪くないのだ。男爵家辺りからの玉の輿《こし》を目論《もくろ》む女性が一人や二人、いてもおかしくはないと思うのだけれど。

彼は苦々しい顔で言う。

「……お前が錬金術から足を洗えば、すぐにでも叶う望みなのだぞ？」

このお人は何を言っているんだ？

「やめて下さいよ。明確な不備も無いのに長幼の序を乱すなんて、それこそ要らない騒動の元です。僕は御免ですね」

下の子可愛さに長男をいわれなく除くなど、血筋や序列が物を言う封建制社会においては火種でしかない。僕らの属するアルクェール王国だって、長子相続は基本中の基本なのだ。言っちゃあ何だが、それを平然と無視してかかる父は、かなり暗愚だと思う。

「世の親が後に出来た子ほど可愛がるのはよくあることですがね。だからって御家の跡目まで玩具のようにくれてやるのは筋が通らない。第一、兄上は弟の僕から見てもご立派な跡継ぎですよ。ねえ？」

同意を求めて目線を向けると、兄は盛大に顔を引き攣《つ》らせていた。

「あ、ああ……お前からもそう言ってもらえて、嬉しいよトゥリウス」

そして溜め息を吐きながら呟《つぶや》く。

「もっとも、子どもの癖にそうやって賢《さか》しらぶるから、こういうことになるのであろうがな」

聞こえていますよ、兄上。小声のつもりでしょうけれど。

父は多分、僕がこの年で大人みたいな口の利き方をするものだから、すわ兄をも凌《しの》ぐ神童なのでは？　などと錯覚しているのだろう。それも単に生まれ変わる前の大人だった頃の記憶の所為《せい》なのだ。要するにインチキ、砕けて言ってチートである。僕から言わせてもらえば、齢《よわい》十五にして跡継ぎになる為の自己研鑽《けんさん》に打ち込む兄こそ優秀な子どもだ。絶対に前世の僕が同じ年だった頃より立派である。かといって、今更子どもらしく振る舞うつもりなんて、僕には無い。赤ん坊の頃、下から色々と垂れ流しの上に、乳母の乳まで吸わされる生活に甘んじてきたのだ。ああいうプレイは、その手の性癖が無い人間にとって苦痛でしかない。あれに一年以上耐えたのだ。大人としての自意識があるなら、自分で立って歩けるようになれば、それらしい口も利きたくなるのが人情である。それを我慢して韜《とう》晦《かい》出来ないことこそ、余程子どもっぽいと言えるかもしれないが。

父はゴホンと咳払いを一つする。

「まあ、それは置いておくとしてだ。トゥリウスよ、お前も八つになったのだ。いつまでも遊びに興じていられる年でもなかろう？」

毎日贅沢《ぜいたく》な遊びに興じている貴族が何か言っているが、ひとまず堪《こら》えて肯《うなず》いておく。家長の権限は絶対。それが貴族の家というものだからだ。

「お前もそろそろ、貴族の男子として人使いというものを覚えていかなくてはいかん。そこでだ、今日は午後より奴隷市に出向いてもらう」

「奴隷、ですか？」

顔が渋くなっていくのが自分でも分かる。

奴隷。この身分差社会における最底辺。何せ平等だの基本的人権だのという、近代的な思想とは無縁の世界だ。そりゃあ奴隷ぐらいはいる。どころか鉱山などの過酷な環境では、奴隷が主な働き手だ。そして貴族や平民の中でも富裕な層となると、家の中で働かせる奴隷を抱えてもいる。無論、何でもかんでも奴隷にやらせている訳ではない。富貴な身の上となると、家人にも相応の格というものが必要になるからだ。

このオーブニル家の場合、伯爵家という高位貴族なのだから、家人は大方が平民。側近や政務に携わる者となると、陪臣である下級貴族の家から出仕している。伯爵家ほどの身代で奴隷にやらせることと言ったら、そういう身分の連中にやらせるには辛くて汚い仕事か……或《ある》いはまだ人使いに慣れていない子どもの配下だ。まずは奴隷から始めて平民、下位貴族と順繰りに、人に命令することに慣らしていく訳である。

確かに八歳になった僕も、そういったことを始めても良い年頃だが、どうにも嫌な予感がする。僕は恐る恐る聞いた。

「えーと、それは構わないのですが……予算はどれほど頂けるので？」

「心配は無用だ。来月の小遣いを前借りして遣わす」

やっぱり！　僕は思わず天を仰ぐ。

錬金術の研究は、当然のことながら父からの小遣いを資金にして行っている。子どもの小遣いとはいえど、伯爵の二人しかいない息子の片割れ、それに渡すだけの金額だ。八歳児としては分不相応に潤沢な予算だった。しかし来月分の小遣いを使って奴隷を買わされるとなると、どうなる？　お金が足りずに、翌月以降の研究に支障を来たしてしまうじゃないか。素材や実験機材だってロハじゃないのだし、当然使えば減るのだから。奴隷の維持費の問題もある。食費は家の残り物で何とかなるにしても、被服費は掛かるだろう。彼らにだって伯爵の子である僕の従者として、それ相応の格好をさせなければならないのだから。更に病気になったり怪我をしたりしたら、治療費まで掛かってしまう。その分の金まで、父が出してくれるのか？　いいや、出す訳が無い。小遣いは十分にやっているのだから、後はそこから工面せい、で終わりだ。錬金術の研究が続けられなくて困る、と訴えても父は元からそれに反対している。

父は我が意を得たりと笑う。

「良い機会だ。お前も心を入れ替えて、貴族の子息としての本道を遂げよ」

要するにこれは、形を変えた研究中止命令ということだ。冗談じゃないぞ。錬金術の研究をやめるということは、死んだら終わりという人生を受け容れるということだ。折角《せっかく》僥倖《ぎょうこう》に恵まれて生き返ったのに、百年もしない内にまた死んでしまわなければならないなんて、絶対に認められる訳が無い！　何とかこれを撤回――、

……。いや、待てよ？　僕は少し考え直した。

僕の奴隷、ということは、僕が好きに使って良いということだ。仮にも人間一人を、僕が勝手に動かして構わないと、そういうことだ。だったら……錬金術の助手に使っちゃっても、構わないいんじゃないだろうか？　我ながらナイスなアイディアだと思う。

元々、最近の僕は研究に行き詰まりを感じていた。幾ら大人の知識と知能を持っているとはいえ、たかが一人で続ける研究には限界があったということだ。そこに新たな人手が

増えれば、出来ることの幅も大きく広がるはずである。少なくとも、僕と奴隷を合わせれば、頭数は一人から二人になって単純計算で二倍になるのだ。勿論《もちろん》、全く知識を持たない奴隷に錬金術を仕込む手間はあるだろうが、上手くすればリターンはそれ以上に大きい。

そう考えれば、悪い話ではない。どころか渡りに船だ。

「確かに、父上の仰る通り――良い機会なのかもしれませんね」

僕は顔を伏せて、いかにも悄然《しょうぜん》としたように答える。名案が浮かんだ喜びと、騙《だま》す相手への侮蔑にほくそ笑んだ表情を隠す為だ。良いだろう。来月分の予算丸々使っての高い買い物である。精々飛びっきりの奴隷を見つけて、手に入れてやろうじゃないか！

僕の返事に父はほくほく顔を隠しもせず、兄はどこかきな臭そうにこちらを見ていた。


「着きましたぜ、お坊ちゃん」

「ん。ありがと」

御者を兼ねた付き人の声に適当な返事を返し、僕は馬車を降りた。

着いた場所はブローセンヌの奴隷市場である。街の片隅とはいえ、天下の王都でこんな商売が絶賛営業中、かつ貴族とはいえまだ子どもの僕でも客になれるというのは、正直どうかと思わないでもない。前世で培った倫理観の欠片《かけら》が疼《うず》くが、この世界にはこの世界のルールがある。自分が痛手を被る訳でもなければ、ある程度のことは黙認するべきだろう。

そんな理屈を弄《もてあそ》びながら、何とはなしに自分が乗ってきた馬車の方を見る。

馬車の扉に刻まれているのはオーブニル伯爵家の家紋。盾形の紋章の中に自分の尾を咥《くわ》える蛇の姿があった。

蛇という生き物は、一般的に言って人気があるとは言い難い。長くウネウネとした身体は生理的に気持ち悪いし、触れた手に感じられる冷血動物故の低い体温にはゾッとさせられるだろう。瞼《まぶた》の無い縦に裂けた瞳からは感情を窺《うかが》えないし、獲物の小動物を絞め殺して丸呑みにする姿も嫌悪感を煽《あお》る。中には牙に毒を持つ種類だっているのだ。

印象としては残忍、狡猾《こうかつ》、抜け目無い。貴族の家紋に選ばれるシンボルキャラクターとしては、不人気な部類である。

我が家の先祖も何でそんな家紋を選んだかと言えば、ぶっちゃけた話、選択の余地が無かったからだ。アルクェール王国の長い歴史からすれば新興である家に、獅子《しし》だの鷲《わし》だのといった、いかにも高貴そうな図柄は残されていなかった。既に他家が選択済みだっただけの話。それにしても蛇などという嫌われそうな図柄を当てられるとは、ご先祖様も相当余所《よそ》様に嫌われるような手口で貴族に成り上がったのだろう。

（まあ、僕としちゃ悪くはないと思うけどね……）

胸中、そう呟《つぶや》く。

自らの尾を噛《か》み、輪を描く蛇。それは錬金術のシンボルの一つであり、完成や永遠を意味する存在――ウロボロスそのものだ。不老不死を願い、錬金術の研究に明け暮れるこの僕にとっては、この上無く縁起の良い紋章である。

「で、坊ちゃん。どんな奴隷をご所望なんで？」

耳朶《じだ》を叩く伝法な口調に、僕は取り留めない思案を打ち切った。声の主は、護衛兼お目付け役として父から付けられた従者だ。

彼は一代騎士の名乗りを許された元平民である、らしい。親しくないからよく知らないが。何でも貴族が詳しくない下々のことにも、それなりに知悉《ちしつ》しているとか。世間知が利くという訳だ。比較的下層に近い身の上だからだろう、市場の入り口からも見える、銀色の首輪と共に値札を首から下げた奴隷たちに向ける彼の眼。そこには、軽侮よりかは憐憫《れんびん》の色が強く見えた。それでも蔑みが完全に消せない辺り、一般層から奴隷へ向けられる感情というものが窺《うかが》い知れる。

「うーん、僕の家臣教育の教材って意味もあるからなあ……出来るだけ若くて年が近いのが良いね。僕の助手になることも視野に入れると、ある程度魔法の素養があれば尚良し」

彼の都合は斟酌《しんしゃく》せず、僕はあくまで僕の要求する仕様を述べた。錬金術は、学問であると同時に魔法の一種だ。ある程度の魔力が無ければお話にならない。ちなみに僕も錬金術以外の魔法も使える。ちょっとした火遊び程度の火炎魔法や、小さな傷を癒すのが精々の回復魔法くらいだが。

「へえ？　綺麗どころだとか、そういうのは無用で？」

「それだと値段が高くつくじゃあないか」

加えて言うなら、僕の年齢的にもそういう楽しみを目的とした奴隷はまだ早い。まあ、綺麗だったり可愛かったり、見た目が良い方が気分も良いが、その為に大金を投じるというのも馬鹿馬鹿しかった。

「ということだから、まずは安い方から順々に見ていこう」

低年齢層の奴隷は、よっぽどの例外でもない限り安い。僕が求める年の近い子どもも、そんな売り場に集中しているはずだ。

「へい」

返事をする従者も、顔つきを事務的なそれに変える。結構なことだ。何をどう思おうと僕には関係無い。必要なことをしてくれて、必要でないことはしないでくれればいい。など可愛げゼロな思考をしつつ、奴隷を物色する。

主な商品は、やはりというか身売りさせられた農民の子だ。農業が未発達な社会では、冷害や旱魃《かんばつ》一つで大勢の農民が窮地に立つ。災害が無くても、領主が暗愚で重税を課されたりすれば、暮らし向きは全然良くならない。それでも彼らにとって自分の子どもは、無償で働かせられる貴重な労働力である。それを得ようと鼠《ねずみ》みたいにポンポン産むもんだから、ちょっとした情勢の変化で、食い扶持の掛かる子どもが売りに出されるのだ。

……この国、アルクェール王国は他国に比べて食糧事情に恵まれているはずなのだが、どうしてこんなに困窮する農民が多いんだか。きっと、上に立っている連中が相当な盆暗《ぼんくら》だからに違いない。例えばウチの当主とか。

話を戻そう。身売りに次いで多いのが犯罪者である。中世だかルネッサンス期だか程度の文明レベルであるこのイトゥセラ大陸に、刑務所なんて先進的なものは無い。少なくとも、大量の平民を一つところに拘置する施設に心当たりは無かった。捕まった犯罪者は一旦牢屋に留置され、軽い罪なら保釈金幾らで釈放。金が払えないか、罪が重いなら奴隷に落とす。よっぽどの重罪ならとっとと処刑だ。大貴族や高位の聖職者なんかは辺境で隠居生活を営む――という名目で軟禁される――ことが許される場合もあるらしいが、まあ例外である。元犯罪者の奴隷なんて買って大丈夫なのか？　と思われるだろうが、そこはそれ。服従の魔法での反逆防止くらいは施されている。彼らの首に掛けられた銀色の首輪が、その証だ。流石《さすが》ファンタジー、魔法ということにすれば案外無理が通る。

で、一番少ないのがエルフだのドワーフだのといった亜人である。そう、亜人。この世界には人間以外の知的生命体がいるのだ。長命種とも呼ばれる彼らのような人に近い種族の他にも、言葉を話すドラゴンもいるというが、僕はどちらも見たことが無い。母数自体が少ないし、とっ捕まえるのも一苦労なのだから。当然、市場に流れたとしても値が張る。正直、伯爵家の身内とはいえ子どもの小遣いで買えるものではない。おまけに種族の壁もあって忠誠心が低いことが多いし、エルフより魔法が上手い種族だと、服従の魔法を自力で解除される恐れもある。ロマンはあるが、僕の現状を鑑みると論外だろう。

僕の狙い目はというと、二番目に挙げた元犯罪者……正確に言えばその類縁だ。御家騒動や謀反《むほん》の嫌疑などが掛けられたりして家が一つ取り潰されたりすると、その子に累が及んで奴隷に落とされたりする。つまり、ある程度教育を受けている可能性のある手頃な奴隷が市場に流れるのだ。僕としても初期教育の手間が省けるので、そういった奴隷は喉から手が出るほど欲しい。貴族の子なら、魔法の素養もある可能性が高いだろうし。

魔法の源である魔力。これを備えているかどうかは多分に体質的なもので、ある程度は親から子へと遺伝する。その上、魔法は呪文や運用法を含めてきちんとした教養が無ければ使えない。基本的にはハイソの特権なのだ。それもそうだろう。科学の未発達なこのイトゥセラ大陸において、主力武器は剣と魔法だ。平民に革命なんて起こされちゃ堪《たま》らないから、魔法の素養を持った人材や魔法の習得に必要なテキストは、貴族層が厳重に管理する。冒険者とかいう便利屋の中にも魔導師はいるが、アレも大概は貴族の紐《ひも》付きか没落貴族そのものからしい。

そんなことを考えながら、奴隷を安い順から一人一人チェックする。多少魔法の心得があれば、垂れ流している魔力の大きさくらいは判別可能だ。勿論《もちろん》、それを隠す技術だってあるが、そんな技量の持ち主は相当な高値が付くだろう。売り手を誤魔化してわざわざ自分に安値を付けさせる？　真っ当な神経の持ち主なら、それはない。バーゲンで買った部屋着と一張羅のブランド物スーツを、同じように着回す人はいないだろう。安いということは、買われた後の待遇も値段相応になるということだ。自分という唯一無二にして至高の財産は、売らなければならない状況に追い込まれた時は、出来るだけ高く売るのが原則である。

……うーむ、中々これはというのが見つからない。魔力持ちはやはり希少だ。教養ある奴隷もまた同じである。仕方ない、もう少しグレードの高い商品の売り場へ移ってみるか。

と、思った時である。

「お？」

僕の感覚に引っ掛かるものを感じた。中々に上質な魔力だ。いかにも微弱な感触だが、よく練られている。しかし、どうにも弱々しいのが引っ掛かった。僕の知る限り、基本的に魔力の質と量は比例するものである。こういった質は良いが量感に乏しい魔力というのは中々に珍しい。ひょっとすると、死にかけか？　基本的に屋敷に閉じこもって研究ばかりしている僕が出会うのは、健常な状態の人間ばかりだ。半死半生で息も絶え絶えな人間とは、会った経験が少ない。希少な魔力持ちなら尚更だ。父や兄が怒りに任せて奴隷を死なせた現場なら幾度か見たが、流石《さすが》にその被害者に魔法の素養は無かった。それにしても、あのライナス兄上でさえ躊躇《ちゅうちょ》することなく殺すとは、本当に奴隷とは人間扱いされていない存在であることだ。

　ともあれ、ひょっとしたら掘り出し物かもしれないな、と僕は感知した魔力の方へ顔を向けた。

「こいつは酷ェ……」

　視線の先にあったものの惨状に、従者の男がポツリと漏らす。

　確かにこれは酷い。

　そこにいたのは、多分少女だろう。体格からして今の僕より、一つか二つくらいは下なのではないだろうか。

　長い髪はそれなりに櫛《くし》を通していた名残があるが、今となってはバサバサに乱れている。肉付きの良さや肌の白さからいって、こんなところに身を落とす前は、そこそこ良い暮らしをしていたことを偲《しの》ばせる。だが、それが逆に無惨だった。

　顔は何度も強く殴られたのか、あちこちが腫れ上がり、どこが目なのか鼻なのかといった具合。性別を推測するのに多分、などという単語が付いたのはその所為《せい》だ。元の形が分かったものじゃない。身に着けているのは、穴の開いた麻袋のような奴隷用の粗末な貫頭衣。よく見るとそれは、股ぐらのところだけが乾いた血やら汚物やらで黒く汚れている。裂傷の所為か下半身の堪《こら》えが機能していないのだ。この市場に落とされる前に、元の売り手が随分と手荒く扱って愉《たの》しんだ後なのだろう。年齢一桁の相手に、よくもまあ張り切ったものだ。僕には理解出来ない世界である。まったく酷い短慮だ。綺麗なまま売り払えば、まとまった金になっただろうに。

僕はチラリと彼女の値札を見た。

「……高っ」

思わず呟《つぶや》きが漏れてしまう。

記されていた値段は、僕に与えられた予算ぎりぎりという高値だ。辛うじて呼吸出来ているような死に損ないに付ける値段じゃなかった。希少な魔力持ち、それも相当に優れた資質だから仕方ないが、ならばせめて治療くらいは施してやっても良いと思う。そうすれば一、二ランクは上の売り場にも並べるだろう。いや、健康な状態なら魔力量も元に戻るだろうから、それだけで今日の最高値が付いてもおかしくないのではないか。まあ、奴隷市場は魔導師の斡旋《あっせん》所ではない。多少の魔力があることは分かっても、それがどれ程のものかまでは、売り手も理解していなかったのだろう。企業努力の不足を感じるが、だからといって改善を要求するような義理もつもりも無かった。

「行きましょう、坊ちゃん。可哀そうな子ではありますが、どうにもいけねえ」

従者の男が、袖を軽く引く。

僕はそれを振り払った。

「まあ、待ちなよ」

息を呑む従者を無視して、彼女の傍に屈み込む。

検分してみると、手にはやはり労働の痕跡は無い。力任せに掴《つか》まれたのか右手首が折れているが、掌は綺麗なものだ。裸足の足は石床に擦れてか傷が付いていたが、爪の形が整っている。床に接していない足の甲やくるぶしの辺りは無傷。売られる前は靴と靴下を履いて暮らしていたのだろう。やはり良い家の子だ。それが没落したか誘拐されたかして、その末にこの奴隷市場に落とされた。つまり僕が求めている、ある程度の教育を受けた子どもである可能性が高い。

……僕はしばらく考え込んだ。

一つ、年齢が僕に近く、父が求めている人使いの教育素材に適している。もう一つ、僕が求めている程々の教育を受けている可能性がある。そして……魔力はすこぶる上等だ。はっきり言って、これだけの逸材が手に入る可能性は、今後を含めてもそう高くない。それが手の届く値段で投げ売りされているのである。問題は、今この瞬間に死んでもおかしくない程の傷物だということだけだ。

果たして、この子を買っても良いものだろうか？　家に連れ帰って命を拾ってくれれば万々歳だ。が、悪い方に転べば、来月分の小遣いを丸々使って、死体を一つ買ってきた、なんてことにもなりかねない。そうなったらどうなる？　馬鹿なことをしたと説教を喰らう程度ならマシな方だろう。下手をすると、そんな馬鹿な買い物をする子どもに大金は預けられん、と再来月以降の小遣いを減らされることもあり得る。

それ以外には？　……特に無いな。

勿論《もちろん》、僕の評判は暴落だろう。父も今までのように可愛がってはくれまい。だが、それがどうした？　問題なのは、その父が可愛さ余って僕を跡継ぎにしかねないことだ。そうなると長男である兄と争わなければならないし、もし彼に勝ったとしても伯爵家当主としての政務に追われ、研究どころではなくなる。いや、最悪の場合は御家騒動を理由にお上に取り潰される恐れだってあるのだ。

それを考えれば、多少の失点は未来への先行投資の内だろう。当主の座なんてものは、やる気のある兄に任せれば良い。僕は彼からある程度の捨扶持《すてぶち》でも貰《もら》って、不老不死に至る為の研究が出来れば満足だ。死にかけの奴隷を買って、すぐに死んだとしても、困るのはしばらく研究が停止することくらいである。元々研究は行き詰まっていたのだ。ならば次にまとまった金が入るまで、神様がくれた長い休憩だとでも思って過ごせば良いだろう。

外れて元々、当たれば儲け。そう考えれば、この奴隷を買うのも宝くじを買うようなものだ。僕が負う傷は何とかなる範疇《はんちゅう》で、この娘は傷を治して命を拾う機会を得る。兄はライバルの失点で後継者の地位を約束され、父は誰が本当に嫡子に相応《ふさわ》しいか理解出来る。何てことだ、八方丸く収まるじゃないか！

「よし。この子、買っちゃおう」

「坊ちゃん!?」

従者の男が、大仰に目を瞠《みは》る。信じられない、といった顔つきだ。正常で真っ当な反応だろう。僕はそれを無視して、うずくまる少女の顔を覗《のぞ》き込む。悪臭がツンと鼻を突くが、無視する。毎日薬品の調合をしていれば、この程度の臭いには慣れるものだ。

「君、名前は?」

「………………」

顔を腫らした少女は、何事かをもごもごと呟《つぶや》いた。聞かれた通りに名乗ったのか、悪態でも吐いたのか、それとも単なるうわ言か。僕には判断がつかない。

「まあ、答えられるようになったら、また改めて聞くよ。それで、ええっと……買い取りの話は誰に持って行けばいいのかな?」

僕が話を持って行くと、売り手はきな臭い顔をしながらも二つ返事で承ってくれた。まあ、棺桶に足を突っ込んだ、二目と見れない有様の奴隷だ。それを買って行く子どもなんて、幾ら不審がっても足りない相手だろう。

――こうして僕は、彼女を手に入れた。

それが今後、どんな意味を持ってくるのか知らないままに。

第二章　マイ・ファーストレディ

昇歴一〇一二年　四月　九日
継続しての人体実験、加えて助手の育成というのは、今までに無い長期的な計画である。その為、通常の研究記録とは別途に日誌を用意した。まずは今日施した治療が効果を発揮しなければ、取らぬ狸《たぬき》の皮算用となるが、これも願掛けのようなものだ。何しろ、今筆を走らせている日記帳自体は、五歳だか六歳だかの誕生日に貰《もら》って以来、部屋の棚で埃《ほこり》を被っていた物だ。僕の懐は痛まない。実験体一号が失敗した場合も、ページを破り捨てればまた別の実験記録に使えるだろう――

僕の初めての奴隷兼将来の助手候補・一号ちゃん（仮）を家に連れ帰ると、案の定ちょっとした騒ぎになった。

父は頭を抱え込むは、兄は化け物を見るような目で見てくるわ、使用人たちは騒然とするわで、散々である。まあ、予想通りの反応だった。

で、父の説教やなんやを聞き流して、屋敷の地下に構えたラボに戻った。一号ちゃん

（仮）は、僕の仮眠用ベッドに寝かしつけてある。彼女にはまだ息があるのだ。いつ息の根が止まるか分かったものではないが。

にわか錬金術師であり、現代日本からの転生者として、聞きかじりとはいえそれなりの医学知識がある程度の僕であるが、そんな素人が診察しても分かることがある。どうやら一号ちゃん（仮）に加えられた暴行は、想像以上に陰惨で悲惨であることが、だ。

ここでは書くことが憚《はばか》られるような無体に遭わされているのは、まあ基本だ。特筆すべきは顔面の骨格をメッタメタに砕き、その上で回復魔法をかけられていることだろう。これは延命の処置なんていう温情に満ちた代物ではない。もっと底意地の悪いものだ。

簡単に言うと、折れた骨をわざと歪《いびつ》な形で繋《つな》ぎ、元の形に戻せないようにしているのである。おまけに歪《ゆが》んだ骨格が顔の肉を食い破り、あちこちが内側から膿《う》んでいるという悲惨さだ。これでは仮に命を拾っても、残りの生涯はずっと顔面が崩れた状態で過ごすことになる。教会の神官でも治せるだけの力量を持つ者は稀有《けう》だろう。仮にいたとして、傷を治すには教会への寄付金という名目で、相当な額の治療費を要求される。つまり奴隷なんていうお金と無縁の存在には、一生掛かっても治せない。

これはどう考えても、年齢が一桁の小児にする行いではない。というか、大人にだってやっちゃいけないだろう。これ程までに執拗《しつよう》に容姿を破壊する行為からは、どうも女性の同性に対する深甚な嫉妬だの粘着質な憎悪だのなんだのを、感じずにはいられない。中国の呂后《りょこう》や則天武后《そくてんぶこう》なんかが夫の愛人にやったアレと似た所業だ。いわゆる人豚という悪名高い逸話。それを連想させられた。この世界で最低の身分である奴隷に落とし、更には奴隷としても買い手がつかない状態にまでして貶《おとし》める。惨い話である。

まあ、どうでもいい話だ。僕は彼女を奴隷として買ったのであって、弁護士として雇われた訳ではない。年端の行かない少女をこんな目に遭わせるような危険人物とは、関わり合う気など毛頭無いのだ。僕が彼女にすることはもっと別のことである。

――チチチ、とラボの隅に置かれた籠の中で鼠《ねずみ》が鳴いた。

そういえばそろそろ餌の時間だ。僕はそいつに向けてヒマワリの種を放ってやる。鼠は檻《おり》の中に投げ込まれたそれを、両手で拾って齧《かじ》り出した。

不幸な患者には申し訳ないが、初めての本格的な人体実験に僕は胸を躍らせていた。なにせ今までは使用人や小動物を相手に、子どもの悪戯《いたずら》で済む程度の小規模なヤツしか出来なかったからなあ……。さて、僕は彼女に何をするのか。簡単に言えば、酷く単純で乱暴な治療法を行うつもりでいる。つまり『悪い形で治ってしまった部分をもう一度壊し、改めて正しい形へと治す』のだ。そう言うと野蛮で原始的に聞こえるかもしれないが、腫瘍を手術で切除したり、虫歯を削ってその穴を埋めたりするのと、手順はそんなに変わらない。現代医学の代わりに、魔法と錬金術を駆使するだけである。

手始めに顔の骨格を探査魔法で軽くスキャン。現状の全体像を炙《あぶ》り出すと同時に、どこがどう歪《ゆが》んでいるのか、歪みを正した際にあるべき形はどうなのかを確定させる。これが手術のおおよその指標となるのだ。図面も無しに家を建てる大工はいない。錬金術師もまた同様。まずはどこにどう手を付けるべきかを確定させる。メスを入れたりなんだりするのは、それからだ。

続けて切り開いた部分を埋める為の人工筋肉や人工皮膚の培養である。こう言うといかにも難しいことに思えるかもしれないが、実はこれが最も簡単だ。少なくとも、多少の心得がある錬金術師にとっては、だが。錬金術の目標の一つに卑金属から貴金属を作るというものがある。例えば、鉛を金に変えるように。つまり、材料と変化後の物質にある程度共通項があるならば、魔法でもって欲しい物へと変化させられるのだ。今回の場合は、そこら辺の食肉を奴隷一号ちゃん(仮)の肉や皮膚に変化させる。駆け出しの僕にとって金を生み出すのは難事――というより不可能――であるが、獣の肉を人間の肉に変える程度は朝飯前である。少なくとも生きた人間をゼロから作るよりは、余程簡単というものだ。

そして、忘れちゃいけないのが麻酔。手術の途中で痛みに暴れられたりしたら大変だし、酷い場合はそのままショック死されてしまう恐れもある。なので、手術中は感覚を麻《ま》痺《ひ》させ深い眠りに落ちてもらう。麻酔に用いる薬は既に調合済みだから新たに用意する必要は無い。錬金術の入門書に記載されていたレシピで作った、魔法の眠り薬だ。効果の程も実験動物や館の使用人たちで確かめてある。そういえば、こっそりと飲ませてやった下男が薬の効果時間が切れるまで何をやっても起きず、仕事を寝過ごしたことでクビにされたそうだが……まあ、尊い犠牲だと思っておこう。副作用で後遺症が出なかっただけマシだと思うべきだ。形になるまでの間、マウスを結構な数使い潰してしまったことだし。

こうした手順を踏んで、ようやく手術に取り掛かれる。輪郭に沿って顔の皮膚を取り外し、邪魔になる部分の肉を切除して、溜まっている膿《うみ》や壊疽《えそ》を除去。歪んだ骨格を一回壊してから僕の回復魔法で正しい形に治し、切り取った部位を錬金術で用意した代替品で埋め合わせる。中々に手間な作業だ。勿論《もちろん》、手術中に出血多量で死なれないよう、止血作用のある薬や失った血を取り戻す為の造血剤も投与する必要がある。こんな手順をお祈り一つで省ける、教会の神官が羨ましい。

あの連中の行う治癒の秘蹟は、回復魔法とは似て異なる上位互換だ。僕が覚えている、そしてこの子の顔を歪める為に施された魔法は、言ってみれば『物の形を変える魔法』と同系統に属する。強引に形を変えて損傷を塞ぐ、と表現すれば分かりやすいだろうか。地水火風に大別されるポピュラーな属性の中でも、地属性の影響が強いとされる魔法だ。対して神官の使う神聖魔法と呼ばれる治療方法は、傷を負ったという事実を無効化し過程を飛ばして、治療したという結果だけを残す。だから、骨格や腱が歪むといった後遺症とは無縁なのだとか。便利なものだが、その分使い手は信仰の篤《あつ》い聖職者に限られている。素質を持つ者が少ない魔法の使い手から更に限定されるのだから、とんでもなく希少な才能だ。なので、軍隊などでは後遺症のリスクすらある下位互換の地属性系回復魔法で妥協しているらしい。

話がずれた。まあ、要するにだ。僕は錬金術の力を借りた手術で、神官並みの治療を疑似的に実現しようという訳である。

勿論《もちろん》、僕が幾らこの年にして大人並みの知能を持っている転生者とはいえ、錬金術師としては駆け出しであり、前世で医者だった訳でもない。初めての手術は色々と失敗が多かった。途中で切っちゃいけないところを切っちゃったり、麻酔が切れちゃったりとか。特に顔の皮を外して膿《うみ》を取っている時に麻酔が切れた時は大変だった。何か一号ちゃん(仮)が震えているなー、と思ったら目が覚めていたのだ。それなら声くらい出しても良かったのに。危うく気付かずに執刀を続けて、痛みでショック死させかねないところだった。

そうした諸々の失敗を乗り越えて、僕が一通りの施術を終えることが出来たのも、全て魔法のお陰だろう。僕が使えるのは初歩も初歩だが、それでも血管の損傷程度は塞げる回復魔法など、有用なものが揃っている。これらを駆使することで、未熟な腕前をかなりカバー出来たのだ。こんなに魔法が便利なら、そりゃ科学なんて発達しそうにないな。特に物質の構造を把握する為の探査魔法なんて、とんでもない代物だ。アレのお陰で、僕は一号ちゃん（仮）の悪意をもって歪《ゆが》められた顔面、その元の骨格の形を知ることが出来たのである。いや、練習した甲斐があったものだ。物の構造を知るのは、錬金術の基礎でもあるのだから。

……にしても、かなり血腥《ちなまぐさ》いことをしているのに、まるで平気であるとは、僕の精神はどうしてしまったのだろうか？　医療行為の為とはいえ、他人の身体に刃物を入れるなど、かつての僕では考えられない。繰り返すが、前世は医者ではなかったし、更に言えば注射も大嫌いだった。刃物を人に向けたことなんてありはしないし、喧嘩《けんか》すらしたことは無かったのに。というか、当たり前のように奴隷だの人体実験だのを受け入れている辺り、相当にアレだ。

この世界に生まれてからまだ十年足らずとはいえ、既に貴族社会に精神を毒されているのだろうか。貴族にあらずんば人にあらず。みたいな。人間、特殊な役割を振られるとそれに流されてしまうという、前世の世界じゃ映画の題材にもなった心理学上の学説があるが、それと似たようなものだろうか。ひょっとしたら、僕の素の性格がかなり壊れているだけなのかもしれないが。まあ、一回死んでいる身だ。人生観も人間観も、多少は変わっても仕方ないだろう。

閑話休題。

という訳で、一号ちゃん（仮）の治療はひとまず成功裏に終わっている。悪意ある形に捻じ曲げられた顔立ちも綺麗に復元したし、手荒い扱いで切れていた部分も治しておいた。感染症に罹《かか》った気配も無いし、身の回りも清潔を保っている。後は顔を覆っている包帯が取れるのを待つばかりである。

が、それで済んだのは身体面の治療のみ。メンタルケアの方は、ほぼ手つかずである。正確な経緯は知らないが、それなりの身分のご息女が、ある日突然にケダモノどもの欲望の捌《は》け口にされ、更にその容色を完膚なきまでに破壊されたのだ。しかも年齢一桁で。これがトラウマにならないはずがない。ならなかったら、その方がどうかしている。その証拠に、既に会話に支障は無いはずなのに、僕は彼女から一度として意味のある言葉を聞いたことが無い。彼女の名前さえもだ。お陰で彼女のことは、未だに一号ちゃん（仮）と呼ぶ羽目になっている。

とはいえ、メンタルケアは流石《さすが》に専門外だ。生まれ変わってこの方、ほとんど屋敷から出たことの無い、良く言ってインドア派、悪く言って引き籠もりの僕に、そんなことが出来る訳無い。前世の知識も聞きかじりの心理学知識が多少ある程度だ。夢診断を頼まれても、フロイトよろしく全て性欲の所為《せい》、で片付けるのが精一杯である。身体の方の治療だって、学生時代の生物の授業を思い出しながら、この世界の魔法の力で何とかやり遂げたのだ。これ以上を期待されても、その、なんだ、困る。

駄目押しをすれば、一号ちゃん（仮）は僕のことを、彼女に無体を働いた連中と同程度か、下手をしたらそれ以上に恐れている可能性だってある。彼女からすれば、死にかけて朦朧《もうろう》としているところを、訳も分からないまま連れ去られて、得体の知れない薬を投与され、意識の無い内に身体のあちこちを弄られ、とされているのである。医学の進んだ前世でも、大手術を前に外科医《いし》に身を任せてどっしりと構えていられる患者はそういない。歯医者の待合室でさえ、死刑執行を待つ囚人のような顔をする人は多いだろう。子どもなら尚更だ。その上、僕はまだ八歳児だし当然無免許である。そもそも、この世界に医師免許は無いけれど。そりゃ、不信感と恐怖心は鰻《うなぎ》登りだろう。僕だったら、絶対にそうなる。

困ったことだ。彼女には身体が治ったら僕の助手として働いてもらいたいというのに。敵意や不信があっては、教育に差し障る。勿論《もちろん》、奴隷には服従の魔法がデフォルトでかけられているのだから、それでゴリ押せばいいのだが、やはり本人が積極的に協力してくれた方が余程捗るのは、言うまでも無いことだ。

僕は彼女がこちらに抱いている不信感が、なるべく小さいことを祈っていた。

昇歴一〇一二年　四月　十四日

~~僕は改めてこの世界の、錬金術の素晴らしさを知った。ワクワクする気持ちが止まらない。これからの実験を思うと胸が膨らむのを感じ~~……記録として参考にならない部位を訂正。以下に本日の成果を記述する——

「やあ、一号ちゃん（仮）。今日はいよいよ包帯を取る日だよ！」

「……？」

僕が柄にもなくテンションを上げて言うと、一号ちゃん（仮）は無言で包帯だらけの顔を上げた。

結局、今日に至るまで彼女との会話は成立しないままである。何度も会話を試みているのだが、一号ちゃん（仮）は常に無言を守ってきた。声帯に瑕疵《かし》は無いし、殴られた際に噛《か》んだらしい舌も治療したのだが。なのに彼女は、苦痛に悲鳴を上げることさえしない。まるでこの世の全てを拒絶しているようですらある。

うーむ、出来ればこれを機に、少しは心を開いてくれれば良いけれど。まあ、僕だったら、本人の同意に基づかない医療行為を施した相手なんて、信用も信頼もしないだろうが。

そんな考えを弄《もてあそ》びながら、人形めいて無抵抗な彼女を椅子に座らせ、壁に設えられた姿見へと向けさせる。何だか美容師にでもなった気分だ。というか、実際髪もカットしたというか刈ったんだけれど。だって手術の邪魔だったし。なに、その内生えてくるさ。

「それじゃ、外すからね。じっとしているんだよ？」

結び目をハサミで切り、切れ端からゆっくりと包帯を巻き取っていく。布と皮膚が微かに擦れる音を立てるが、懸念していた異物との癒合などは起こっておらず、実にスムーズに剥《は》がれていった。

果たして露わとなった彼女の顔は、施術を行った僕としても瞠目《どうもく》に足るものだった。つるりと自然なラインを描く輪郭に、瑞々しい生気に富んだ肌。目鼻立ちは子どもらしく未成熟であるが、その造形には一点の歪《ゆが》みらしきものも無い。

一体どこの誰が、この顔を見て、あの完膚なきまでの無惨な破壊から再生した姿であると想像が付くだろうか？

完璧だ。完璧な、成功だ。

「――素晴らしい」

ぶるりと背筋が歓喜に震える。これほどの達成感は、前世の経験を合わせてみても類を見ない。本当に素晴らしい。僕は、僕の手は、ここまで精緻な技巧を凝らすことが出来たのか。そして錬金術という業は、これほどまでの奇跡をもたらしてくれるのか！

「……」

僕の言葉に反応してか、彼女もゆっくりと瞼《まぶた》を持ち上げる。

ぱっちりとした緑色の瞳が見開かれ、鏡の中のそれと目を合わせた。

「……っ⁉」

彼女の顔は、鏡越しにも目まぐるしく変化した。驚き、戸惑い、そして恐らく喜び。白い肌がサッと赤らみ目を潤ませる表情は、決してマイナスのものではあり得ないだろう。

「どうだい、一号ちゃん（仮）！　見事なものだろう？　正直言って僕もここまでのものになるとは思ってなかったよ！」

「うぇ……ぐすっ……」

僕が寿《ことほ》ぐのに合わせて、一号ちゃん（仮）は顔をくしゃくしゃにして泣き出した。先程から表情の変化にもまるで淀みが無い。表情筋の機能も正常である。

「あ、ありがと、ございます……！」

掠《かす》れた声で、彼女がそう漏らすのが聞こえた。思えばこれが、彼女から聞いた初めての言葉だった。今まで好き勝手し放題だった僕に、素直にお礼まで言えるとは。まったく、本当に出来た子だ。親御さんの躾《しつけ》が良かったのだろう。

「なに、僕の方こそ君にお礼を言いたいくらいだ！　本当によくここまで頑張ってくれた！　有意義な実験だったよ！」

感極まって抱きつくと、彼女の方も小さな手で抱き返してきた。

涙と鼻水で服が汚れるが、構うものか。散々手術で取り出してきた血膿《ちうみ》に比べれば、どうということはない。

薄暗い地下室の中で、幼い僕らは二人で掴《つか》んだ初めての成功に、歓喜に浸り続けた。

「トゥリウス……その子は誰だ？」

地下室から連れ出した彼女を見て、父が面食らったような顔をして聞いてきた。

勿論《もちろん》、やましいことなど一切無い僕は胸を張って答える。

「何を仰いますか、父上。僕の奴隷ですよ」

「はっ……？」

が、僕の答えはますます父を混乱させたようだった。盛んに目を瞬かせている。

「……もう二人目を買ったのか？」

「違いますよ。今まで怪我が酷くて表に出せなかったのですが、ようやくここまで回復してきましたので。それで連れ出したのです。ほら、父上にご挨拶を」

「……はじめまして、わたしは、ユニ、です」

僕の服の袖を掴みながら、ぎこちなく一礼してみせる、元一号ちゃん（仮）。

ユニというのは、流石《さすが》に人前で一号ちゃん（仮）はまずいだろうということで、急遽《きゅうきょ》付けた名だ。うろ憶《おぼ》えだが『単一の』だとか、確かそんな意味であったはずである。一号だから一に関わる名前を、って安直過ぎて今までのものと大差無い気もするが。

ちなみに本名は僕も知らない。僕に買われる以前のことを聞いてもみたのだが、感触は芳しくなかった。答えたがらないというか、答えることが出来ないというか。僕が治せたのは、あくまで彼女の外見だけだ。内面の方は、未だに混乱しているのだろう。自分でも自分が分からないくらいに。彼女の前歴に興味はあるが、まあ、落ち着いてから聞けば良いだろう。

「はっ？」

あんぐりと大口を開ける父。

あの顔中を腫れ上がらせた半死人が、短期間でこうも綺麗に回復するとは、思ってもみなかったらしい。それもそうだろう。僕としても、生き長らえれば儲け物、死ななかったとしてももう少し傷は残るのではと予想していたのに、彼女はそれを覆して傷一つ無い顔を晒《さら》している。

これほどの治療を、十歳にもならない子どもがやってのけたというのだ。信じられないのも当然だろう。僕だって他人から聞かされたら鼻で笑うと思う。父はこの状況を咀嚼《そしゃく》するのに、たっぷり一分は掛けたようで、やや口ごもりながら言った。

「う、うむ……み、見事な手際だ、トゥリウスよ。よもや傷物の奴隷を手ずから治療してみせるとは……お前の才幹にはほとほと感嘆させてもらったぞ！」

「いえいえ、これも彼女の生命力の賜物でしょう。僕としてもここまでの回復を見せるとは思ってもみなかったので」

「は、ははは……謙遜も過ぎれば嫌味にしかならぬぞ？」

どうやら、僕の手腕を褒め上げることで頭の中の整合性を取ることにしたらしかった。

父はゴホンと咳払いをする。

「だが、だ。当初の目的を忘れるなよ。私はお前に、従者を躾《しつ》ける術を学ばせる為に奴隷を買わせたのだ。治療の練習が上手くいったからといって本分を疎かにはせぬようにな」

「ええ、勿論《もちろん》です」

当然である。元々、ユニを拾ったきっかけは彼女の魔力を見出したからだ。これからこの子を、僕の忠実な従者として、そして便利で役立つ助手として、十全に教育していかねばなるまい。

「それなのですが、父上。差し当たって彼女に簡単な作法などを学ばせたく思いまして、出来れば屋敷の侍女で手隙の者に助力願いたいのですが、よろしいでしょうか？」

とりあえずまずは形から入る。

面従腹背《めんじゅうふくはい》、という言葉もあるが、面と腹を完全に切り離すことは意外と難しい。ましてやユニは、僕のような転生者という訳でもなさそうだ。正真正銘の子どもである。ならば幼児期に人に従って生きるやり方を身に染みさせていけば、大人になる頃には従順な人格に育っていることだろう。

僕がそんな不埒《ふらち》なことを考えているとも知らず、父は億劫《おっくう》そうに肯《うなず》いた。

「好きにせい。その程度のことは許そう」

「ありがとうございます」

会話を終えると、彼は足早にこの場を去る。

「よし、父上からの許可は取り付けた。早速今日から頑張ってもらう。いいね？」

「はい、ごしゅじんさま」

感情の窺《うかが》えない平坦な声でそう言うユニ。治療という恩義もあってか、僕の命令には今のところ忠実に振る舞っている。が、それで満足する訳にはいかない。人間とは成長するにつれ自立していく生き物だ。今は恩と奴隷契約で縛ることが出来ているが、この関係が終生続くという保証はどこにも無いのである。

第一、彼女は魔力だけなら相当良質だ。僕の助手として錬金術、魔導に関する知識を溜め込んでいけば、自力で服従魔法を解呪する恐れすらある。この主従関係を維持する為には、普段の振る舞いや礼法からみっちりと仕込んで、反復による学習から、より確固とした形で忠誠心を刷り込んでいくべきだろう。将来的にはより高度な洗脳魔法——或《ある》いは脳改造をも施すことを視野に入れている。

臆病に過ぎるかもしれない。でも、僕は転生者だ。一度は死んだことのある人間だ。二度も死ぬのは、御免だ。だから僕に従い、手足となって動く存在には、絶対に裏切られる訳にはいかない。

僕は努めて優しい顔を作って彼女に笑い掛けた。

昇歴一〇一二年　四月　二十一日

■実験体一号を外へ連れ出す。術後の体調不良、屋敷での躾《しつけ》や座学教育の疲労もあって

か、些《いささ》か体力に欠ける面が見られる。許容範囲内と判断。所定の手順を続行──

ユニの教育が始まってから一週間、彼女は従者として最低限それらしく振る舞えるようになってきた。やはりボロボロにされて奴隷市場に売られる前は、貴族かそれに準ずる階級の家に生まれ育ったのだろう。礼儀作法の基本は、イロハのイぐらいは出来ているし、学習効率も悪くない。で、身体が空く時間帯も出来始めたところで、僕の助手兼護衛としての教育だ。まず手始めに行うのは、体力づくりである。

「ほらほら、足が止まっているよ！　動いた動いた！　いち、にっ！　いち、にっ！」

「は、はいっ！　ごしゅじんさまっ」

晴れた日に、護衛の従者も連れて町の郊外に繰り出した僕は、とにかくユニを走らせた。奴隷になる前は（多分）どこぞのご令嬢、奴隷になってからは治療の為に地下のラボ暮らし。そんな彼女は走り始めて五分も経たずに息が上がり始めていた。まあ、ここは前世にあるような公園や運動場のように整備された場所ではなく、草が生い茂りその陰に小石だのなんだのが転がる野生の原野である。たとえ体力自慢であっても辛いだろう。

「坊ちゃん……一体、こりゃあどういう趣旨で？」

僕を訝《いぶか》るように言う従者。ユニを買いに行った時も付いて来た人だ。今回も護衛兼馬車の御者として同行している。

「見て分からないかい？　体力づくりだよ。たまには屋敷から出して運動もさせてあげないとね」

何事をするにも、大事なのは体力である。この魔法飛び交うファンタジー世界に転生して、僕がまず学んだのはそれだ。攻撃魔法や回復魔法、果ては錬金術における物質の変換などなど、ありとあらゆる魔法は使用者の魔力を消耗することによって行われる。この辺りは前世に存在したコンピューターゲームと同じだ。が、違う点が一つ。魔力が枯渇した際の、身体への影響だ。それは多くの場合、動悸《どうき》や息切れ、目眩《めまい》や意識の混濁といった症状で表れる。ぶっちゃけた話だが、魔力を使い切ると物凄く疲れてしまうのだ。

僕も魔法を覚えたてで自分の限界を把握していなかった頃、何度か倒れた経験がある。一度など、劇薬の調合中に意識が遠のいて、危うく地下室から失火してしまうところだった。

で、その経験から考案した対策が、これ。魔力切れ時の急性疲労に耐える為、出来得る限り体力をつけること。単純だがこれに尽きる。

あくまで仮説段階ではあるが、確度の高い仮説ではあると思う。その証拠に、周りの大人から聞いた話では、魔力切れで昏倒《こんとう》するのは大部分が体力に劣る子どもや老人、稀《まれ》な例ではあるが著しく体力が低い者だという。が、この方法論を取る者はほとんどいないようだ。なんでも魔導師のほとんどは、研鑽《けんさん》する時間の大半を、最大魔力の向上や新たな魔法の習得、実験や魔導礼装作成に充てる為、体力づくりのような余分なことをしている暇は無いからしい。僕に魔法を教えた家庭教師——去年辺りから来なくなった——も、汗水を流すのは野蛮人のすることだのと吹聴していた。

まあ、一理はある。時間は無限だが人生は有限だ。優先的な目標に注ぐ時間は最大限に、それ以外は最小限に、という発想は合理的ではある。魔力の最大量が増せば、自然と魔力切れのリスクも減るだろう。

だが僕がユニに望んでいるのは、魔法だけ唱えていればいい固定砲台ではない。僕に代わって冒険に出て、必要な物資を調達してくる助手であり、ひいては非戦闘員たる僕の護衛だ。それが肝心な時に魔力欠乏でへたばられては堪《たま》らない。まだ子どもの内から持久力を鍛え、運動神経を養っておく必要もあるのだ。

「にしても、こいつァ酷だと思うんですがね。あのお嬢ちゃん、怪我から治って間もないんでしょ？」

「だから早いところ、体力をつけてやらないといけないんじゃないかな。その方が、後の教育も捗る」

少なくとも、屋敷を歩き回るくらいは問題無いほど回復しているのだ。ならば早急に鍛えるべし。丁度、現在の僕は彼女を買って懐が寂しく、錬金術の研究を一時中断している状態にある。ユニの為に時間を取れる内に、彼女の基礎能力を出来るだけ向上させたいと思うのは、当然の帰結だ。

それに彼女に施した治療の中には、人工皮膚の移植なんかも含まれている。長時間日光に晒《さら》された場合のデータも取っておきたい。またこうした近場で取れる薬草や、人里周辺に現れるモンスターの対策――そう、いるんだよねモンスターが。大昔には魔王もいたとか――や、得られる素材についても、実地で教えることが出来る。一石三鳥だ。

「安心しなよ。僕としても、折角《せっかく》の逸材をみすみす壊すつもりは無いから」

言って、肩を竦《すく》めてみせる。ユニには野歩きの為の靴も買ってやったし、肉刺《まめ》が出来たりしないよう靴下も重ねて履くよう指示してある。給水だって折を見てちゃんとさせるつもりだ。転んだり毒虫に刺されたりしても、僕なら治療出来る。

「あっしには、坊ちゃんが何を考えているのかよく分かりませんよ……」

従者の男は、苦い表情でガシガシと頭を掻《か》いた。主家筋の人間に対する口の利き方ではないが、まあいい。大人として常識的な反応だ。僕だって自分にとって必要なことだと思わなければ、こんなことはしない。説得力は無いかもしれないが、僕に女の子を苛めて愉《たの》しむ趣味は無いのだ。ただ期待に応えようといじましく振る舞うユニの姿には、感動に似た思いが胸を衝く気もするが。

「いっち、に……いっち、にっ……はァ、はァ……」

やがて僕も従者の人も押し黙り、町外れの野原にはユニの掛け声と荒い吐息だけが響き続ける。

……結局、ユニは三十分ほどで完全にへたばり、僕が手を貸さなければ馬車にも乗り込めないような有様になった。初日としては、よく頑張った方だろう。後で疲労回復の霊薬を奢《おご》ってやろうと思う。

昇歴一〇一二年　五月　十九日
実験体一号への錬金術教練を実習段階に移行。普段の振る舞いから予想はしていたが、幸いなことに物覚えは悪くないようだ――

「ユニ。今日から簡単な薬剤の調合を覚えてもらう。いいね？」

「はい、ごしゅじんさま」

まだまだ成長途上、というより本格的な成長期を迎えるより大分前の彼女だが、毎日の訓練により体力面はかなり改善されている。少なくとも薬草を乳棒ですり潰す程度では、音を上げたりはしないだろう。

体力づくりに出掛ける原っぱで得られる、身近な薬草を原料とした最低級のポーション。まずはそれくらい作れるようになってもらわなければ。

「緊張しなくてもいいよ。僕が三年も前からやっていることだし、難しくはないさ。いいかい、まずはだね――」

昇歴一〇一二年　五月　三十日
実験体一号への錬金術教練の成果は順調そのものと言える。練習過程で作られるポーションの質も良好の模様。これを元手に資金を調達することを検討する――

「ほお、これが坊ちゃんの作られたポーションですか」

小瓶に入った透明感のある青紫色の液体を、矯《た》めつ眇《すが》めつして眺め回す中年の男性。彼は伯爵家に出入りする商人だ。僕は今日、こっそりと屋敷を抜け出してこの商人の店に出向いている。目的は商談だ。僕やユニが錬金術を学ぶ過程で調合している霊薬。それをこの人に買い取ってもらおうという訳である。

何しろユニという高い買い物――勿論《もちろん》、値段に見合うだけの働きは期待しているが――の後だ。大枚を叩《はた》いた僕の懐はとても寂しいことになっている。これでは研究の為の資金を捻出出来ない。一応、来月には前借りの期間が終わって再び小遣いが入るようになる予定であるけれど、父の機嫌を損ねればまた何か理由を付けられて減額、最悪打ち切られる可能性もあった。

だからこうして、内職の成果で資金を稼ごうということになったのだ。

「ええ。どうです？　色艶といい透明感といい、市場に出回っているものと遜色無いと自負しているのですが」

訝《いぶか》しげな様子の商人に向かって、精一杯の笑顔でセールストークを展開する。しかし、彼のむっつりとひそめられた眉は、中々開かれない。

「うーむ……しかし私めとしましても、お客様からの信用というものがございますので」

まあ、当然の反論ではある。どこの誰が、得意先の息子に持ち掛けられたからといって、八歳児の拵《こしら》えた薬など買うだろう。おままごとの延長と捉えられて機嫌を悪くされたかもしれない。卑賤《ひせん》だ何だと言われつつも錬金術師という職業が消えてなくならないのは、結局のところ必要とされているからだ。手軽に傷の治療へ使うことの出来るポーションは、大怪我を負っても教会にかかれない貧乏人の生命線。また魔物との戦いや戦争なんかの急場には、呑気に神官を呼んでいる場合ではない。そういう時にもやはり持ち運びの出来る薬が重宝される。

じゃあどうして錬金術師がそんなに無碍《むげ》に扱われるのかと言うと、やはりシェアを奪われまいとする教会からの圧力に敗れた所為《せい》だと思う。仕方ない、何しろ向こうには神様がバックに付いているんだから。神官様のありがたい説話の中で錬金術を腐せば、碌《ろく》な教育も受けていないこの世界の大衆はころっとそれを信じるだろう。いや、教育を受けている層も思想の基盤は宗教――大陸中で信仰されている聖王教の教えであるのだから、効果的に反論するのは難しい。

思考が脇道に逸れた。ともかく、信用第一の薬売りへ、子どもが作ったポーションを売りつけることは難しいということである。けれど僕だって必死だ。金が無いのは首が無いのと同じ。首が無いと生きていけないじゃないか。勿論《もちろん》、そんな思い詰めた心理は顔には出さない。相手は海千山千の商人だ。弱みを見せれば、足元も見られる。

「その点は心得ておりますとも。切った張ったの土壇場で、子どもの作った薬に信を置ける者は少ないでしょうし」

僕はさも訳知りという風な表情を作って言う。店主がホッと小さく息を吐く。厄介なお坊ちゃんが我儘《わがまま》を通すことを諦めてくれた、とでも思ったのだろうか。

「ええ、そういう訳ですのでこの話は――」

だが、甘い。僕の話はまだ終わっちゃいないのである。

「ですから、お値段は少々勉強いたしましょう」

「――は？」

予想外の切り口だったのだろうか。商人は目を丸くする。が、その動揺は僕にとって絶好の隙だ。このままこっちのペースで畳み掛けてやろう。

「薬の値打ちは信用の値打ち。であれば、捨て値で捌《さば》かれても結構です。そちらと既にお取引を持たれた薬師の方もおられるでしょう。僕にその方たちとの商いに割って入るつもりはございません。ただ、ね？　従来の商品よりお安く、訳あり品として並べて頂くというのは如何《いかが》でしょう？」

僕だって既存の取引相手と商売敵になって揉《も》める気は無い。社会的地位からして伯爵家次男にあからさまに喧嘩《けんか》を売ることはないだろうが、飯の種を、生きる為の糧を奪われた人間は何をするか分からないものだ。

「つまりです、お客様の中には、急に薬がご入り用となりながらも、手元の侘《わび》しさ故にお買い求めになられない方もいらっしゃると思うのですよ。そうした人々の為に、多少効き目が心許《こころもと》なくとも、相場よりお安く提供出来る薬をご用意する。このような商いの仕方も悪くないかと」

いわゆる、安かろう悪かろうというやつだ。正直に言ってあまり好きな言葉ではない。商品の質が低い次元で満足してしまうことで、作り手側の向上心を奪ってしまうというのが気に入らないのだ。が、今はそんなお為ごかしだろうと方便にせざるを得ない。まったく、貧すれば鈍するとはこのことだ。

店主はそんな僕の言葉に、多少感じ入るものがあったように、ふむと声を漏らす。あと一息といったところだろうか。残る関門は、

「ですが、肝心の効き目の方を最低限保証して頂けませんことには……」

これだけだ。果たして僕のポーションがどれだけ効果があるのかということ。はっきり

言えば、それが一番容易なことである。

そんなもの、目の前で使ってみせれば手っ取り早いじゃないか。

「では、こちらをご覧下さい」

僕は懐から一本の針を取り出す。そしてそれを親指に押し当て、小さな傷を作った。ぷつりという手応えの後、傷口から血が滲《にじ》み出す。

「ぼ、坊ちゃん⁉」

慌てふためいて腰を浮かす商人。何をそんなにおたつくことがあるんだろうか？　たかが指から血が出たくらいだ。そりゃ僕だって痛くはあるけれど、何も死ぬほどのことじゃあない。

僕は彼の反応を尻目に、悠々と小瓶を開け、中身の液体を飲む。するとどうだろう。じくじくと血を流していた親指の傷口、その周囲に見る見るうちに肉が盛り上がり薄皮を張っていくではないか。ポーションの効用が正常に働いている印だ。少々治った後の皮膚が突っ張る感じがするのは頂けないが、まあ、売り物にはなる出来映えだろう。

驚きに目を瞠《みは》る相手に、僕は今度こそ正真正銘心から微笑んでみせる。

「如何《いかが》でしょう？　これなら貴店の棚の端に並べて頂ける程度には、効き目があると自負しているのですが」

……およそ一時間後、僕は機嫌良く店のドアをくぐって帰宅することに成功した。

さて、ひとまず契約は取り付けたとはいえ、あの商人も父と関係が深い。もしこの商売がバレて辞めろと言われたら、父の側に立つこともあり得る。リスク分散の為に、そして収益を増やす為に、近いうちにもう何口か取引を持てる商人を探しておこう。

昇歴一〇一二年　六月　二十三日
実験体一号への試験および教育に特記事項は無し――

「ようやく、僕たちの薬も販路に乗り始めたね」

「おめでとうございます、ごしゅじんさま」

テーブルの上に無造作に積まれた革袋を前に、僕らは揃って感慨に耽《ふけ》っていた。中身はこの世界で流通する貨幣の中で、最も価値が低いとされる銅貨だ。とはいえこの量である。両替商に持って行けば、銀貨の数枚くらいにはなるはずだ。

自家製の薬を市場で売り捌《さば》くことに、父――残念なことに商売を始めて一週間ほどで露見してしまった――は大分難色を示していた。伯爵家の人間が卑しくも商人の真似事などを云々《うんぬん》、という理屈である。説得には随分骨を折ったものだ。商人たちに売り物の品質が確かなことを認めさせる時より、ずっと苦労した気がする。

「だが、これで最低限度の収入源は得た」

それを思うと、唇が吊り上がっていくのを止められない。今までの僕の研究資金は、父からの小遣いに依存していたが、独自に商売が出来るようになれば、小なりといえど自活出来る。たとえ父の堪忍袋の緒が切れて、錬金術の研究をやめさせようとしても問題無い。規模の縮小こそ免れ得ないだろうが、自力で継続していくことが可能になったという訳だ。

「もうちょっと蓄えが出来たら……研究を次の段階に進めるべきかな」

昇暦一〇一二年　七月　三十日

実験体一号への技術実習と心理負荷試験を兼ねて、新たな実験体二号を購入。

特記事項：二号は極めて反抗的な性質の持ち主と推測される。従順な一号とはまた別の取り扱い方を検討しなければいけないだろう。たとえこちらは使い捨てだろうとも――

「ぎ……ご……」

「ごしゅじんさま、二号のたいおんが、じょうしょうしています。はっかんも、ぞうか中です」

「瞳孔の状態は？」

「……ちいさくなってます」

ユニからの報告を聞き取りながら、手元の紙にデータを書き連ねていく。部屋の中央部に新たに設置された手術台では、両手足を拘束され猿轡《さるぐつわ》を噛《か》まされた男が、拘束具の金具をしきりに鳴らしている。

今行われているのは、見ての通りの人体実験だ。

僕の最終目的である不老不死実現の為、人間の生体に関する処置とそのデータは必要不可欠だろう。薬一つとっても、自分に投与するにしろ他人に与えるにしろ、事前に誰かで試して効用の程を確かめておかなくてはならない。この前ユニに施した手術は動物実験のデータで十分だったが、更に高度で微に入り細に入りといった医療行為には、やはり人体実験で得られる情報が必要だろう。

その為に新たに買ってきた奴隷二号（成人男性・元犯罪者）は、中々に有用な検体である。身体もそこそこ頑丈だし、これと言って有用な技能も持っていなかった分、安上がりだった。魔力もてんで無いから服従の魔法の効きも良いし、何より貴族嫌いで態度が悪いというのが最高だ。僕も劇薬の投与などの過激な実験をするのに、良心が痛まなくて済む。

それはともかく、今回の実験はどうやら失敗のようだ。

「ううん……理論は合っているはずなんだけど。弱毒化が足りなかったかな？」

今回投与したのは、筋力増強剤の一種だ。が、被検体は異常な興奮に陥り、判断力の低下、意識の混濁まで見られる。街の古本屋から手に入れた調合のテキストを参考に作った薬だが、主成分をマンゲツハシリドコロという、毒性の強い野草で代替したのがいけなかったのだろうか。

「こうかのきたい値より、ふくさようのリスクが高すぎます。ばっぽん的に見なおすべきでは？」

「けど、毒性が弱くて代替になりそうな素材は高いんだよねえ。いっそ冒険者でも雇って、採ってきてもらおうか？　そっちの方が買うよりは安く済みそうだ」

僕がぼやくと、ユニはしょげたように肩を落とした。

「……もうしわけありません、ごしゅじんさま」

「ん？　何が？」

「くんれんを続けていただいているのに、ユニはまだ、おつかいもろくに出来ません」

などと殊勝にも頭を下げる。可愛いところもあるじゃあないか。

「別に気にする必要は無いさ。訓練計画は年単位で練っている。君を実戦に出すまで、あと五、六年は掛かる見込みだしね」

「はい……」

口では肯定しているものの、その表情はまだ不安げだった。奴隷を用いた人体実験、という新たな段階が、彼女の想定する最悪の事態を連想させているのだろう。すなわち彼女

自身を検体にしての人体実験。

だがしかし、ユニはそうそう見当たらない希少な逸材だ。奴隷市場全体で見ても、彼女ほどの魔力の持ち主に出会えることは稀《まれ》である。それこそ小さな城やちょっとした爵位を買うくらいの値が付くような、エルフの奴隷でもなければ、の話だが。本当にあの値段でユニを買えたのは奇跡と言っていいほどの僥倖《ぎょうこう》だったのだ。故に、

「安心しなよ、ユニ。君ほどの逸材を簡単に使い潰すような、愚かな真似はしない」

きっぱりと断言してやると、ようやく幾分か緊張が抜けたようだった。

「はい……はい、ごしゅじんさま……」

とはいえ、これは少し良くない兆候だ。小動物のような怯《おび》えと健気さを、呑気に愛でている場合ではない。この彼女の心情の吐露は、詰まるところ僕に恐怖故に従っていることを示唆していた。だから何らかの要因でそれが取り除かれた場合、それでもユニが僕への忠節に命を張る、なんて保証は無い訳だ。例えば、僕に代わって彼女を庇護《ひご》する存在が現れた時とか。

……あり得る。何て言ったって、僕は彼女に錬金術に使う素材の探索など危険な仕事をも任せるつもりなのだから。というか、現在進行形で教育に訓練に助手にと扱《こ》き使っている訳で。いつかユニがそれらへの不満を押し殺せなくなったり、或《あ》るいはどこぞのお節介が彼女を不憫《ふびん》に思って手を差し伸べたり……考えれば可能性は幾らでもある。

勿論《もちろん》、服従の魔法は未だに機能しているのだが、何度も述べたように絶対的に信が置ける措置ではない。その為にも、もっと彼女の心を僕へと寄せておく必要がある。洗脳の魔法や脳改造も検討しているが、今の僕では手が出せない代物だ。使えるようになるまで、時間が掛かる。何か手を講じておかなくては。

「ごしゅじんさま、二号はどうしましょう」

考え事に気を取られていた僕を、彼女の声が現実に引き戻す。いけないいけない、考え込むとキリが無いのは、僕の悪い癖だ。

「ああ、とりあえず十四番の解毒剤を投与しておいてくれ。二号くんでやりたい実験も、まだまだたくさんあるからね。やり方は憶《おぼ》えている？」

「えっと、お水をまぜて、おはなからカテーテル入れて、ポンプでしょくどうに流しこむんですよね……？」

「そうそう。間違って気道に入れないように気を付けるんだよ」

「お注射じゃ、だめですか？」

「今やってる実験は筋力増強剤の治験だよ？　この状態じゃ、盛り上がった筋肉が邪魔で針が通らない」

「……すみません」

「あははっ。そんなに縮こまらなくてもいいよ。疑問を持って質問することが出来るのは、良い従者の素質がある証拠さ」

僕は彼女をより深く籠絡する為の手管を考えながら、いかにも親切ごかして指導を続けた。


――――

昇歴一〇一二年　九月　二日
実験体一号にストレスの兆候あり。事前に想定された手続きにて解消と更なる懐柔を図る。希望的観測だが、効果は大きいと見受けられた。何よりだ。
その他の特記事項は特に無し――

「悪魔よ！　貴方たちは悪魔だわっ！」

「あー、はいはい。うるさいから黙っていてね、三号さん。あ、いや、違った。『黙れ』」

「――っ！　――――っっっ!!」

少し魔力を込めて命令すると、たちまち騒いでいた女奴隷は声を奪われた。服従魔法って、本当に便利だ。まったく、心の底からこれだけに頼ることが出来たら、僕の人生は薔《ば》薇《ら》色だったろうに。

ちなみにこの女性は、新たに買った奴隷だ。薬の効果や副作用には、男女差もある。男である二号くんだけでは、実験台としては不足なのだ。

「ユニ。君は二号くんをしまっておいて」

「はい、ごしゅじんさま……よいしょ」

意識の無い二号くんを、ユニが両腕で抱えて牢へ連れて行く。

幼児が大人の脇の下に手を入れながら、懸命に引き摺《ず》って行く姿は、何ともシュールだ。ユニも訓練を重ねることで、随分と体力をつけてきたとはいえ、自重を上回る重さの人間を移動させられるとは。前世の世界では、意識の無い人間を移動させるのは大人でも辛いものだったはず。ユニの発揮している筋力も、地味ではあるが立派なファンタジー要素だ。

「あ……う……」

微かに、二号くんが立てる呻《うめ》き声が耳に届いた。

彼もここ最近、めっきりと弱ったものだ。買い上げた当初は、元犯罪者らしい威勢の良さで、悪態を吐くわ唾を吐くわ、挙句《あげく》にユニにまで手を出そうとするわで、大変なものだったのに。お陰で服従魔法の術式に手を加えて、主人だけでなく同じ奴隷にも手を上げられないように禁則事項を増やす羽目になった。まあ、思い返せば良い経験をさせてもらったと思う。

だが、最近は言葉少な……というより、意味のある言葉を喋《しゃべ》れなくなってきている。運動機能にも支障が出ているようで、人の手を借りなければ碌《ろく》に歩けないようだ。それでもいて筋力増強剤の実験の影響か、体つきだけは立派だというのが酷い違和感をもたらす。

そろそろ限界かな、これは。

遠からず彼は死ぬだろう。他ならぬ、僕とユニの実験によってだ。元犯罪者とはいえ、れっきとした生きた人間を殺すことになる。

いや、現状でも二号くんの精神と肉体はボロボロだ。たとえ実験から解放したとして、真っ当な生活も元の人格も、二度と取り戻すことは叶うまい。さっき黙らせた三号さんも、程なくしてその轍《わだち》を追うだろう。

だというのに、僕の心は不思議なほどに動じなかった。こんなに酷いことをし、悪いことをしているのにだ。幾らこの国の法律では所有者が奴隷に何をしようと罰せられない、と知っているにしても、真っ当な人間であるならこんな所業には良心が咎《とが》めるはずなのに。

そんな疑問を、心の奥底にいる何かが笑う。

——それがどうした、と。

僕の目的は不老不死だ。生まれ変わる前に感じた、あの自分が根こそぎに奪われて無くなっていく死の感触。あれを逃れる為なら何だってやる。だからもっと錬金術を極めなくてはいけない。だからもっと実験を重ねなくてはならない。それで何人死のうが、僕が死なないで済むなら関係無いだろう？

腹の奥でとぐろを巻く蛇が、そう嘯《うそぶ》くのだ。

「一号のしゅうよう、おわりました」

ユニの報告が、僕の思案を中断させる。

「お疲れ様、ユニ。それじゃあ今日もおやつにしようか」

「！」

僕がそう告げると、ユニは微かに目を輝かせる。表情の変化に乏しい子だが、感情が無い訳ではない証左だ。そしてそれ故に、微小とはいえ背く可能性がある。

彼女を縛っているのは、服従魔法という枷《かせ》と命を救ったという恩、そして僕への恐怖という鞭《むち》だ。故に、駄目押しとして飴《あめ》を与える。文字通りの飴を。

砂糖は前世の世界においても、紀元前から作られている。この大陸においても存在はするのだが、産地が少なく高価だ。が、僕は錬金術師である。ちょっとした設備と近所の林で手に入るカエデの樹液なんかがあれば、一家庭で消費する分くらいなら幾らでも作れる。おまけにこの世界は時代的に中世、料理などの分野は未発達である。それを考えると、前世の知識があるだけで別に菓子職人でも何でもない僕が、最も洗練された菓子を提供出来る人間になる訳だ。何というインチキ。そして子どもは甘い物に弱い。どうしようもなく弱い。そもそもストレスを紛らわす娯楽に乏しい時代、そして奴隷という最下層の身分である。そこへ王侯ですら口に出来るかどうかという贅沢《ぜいたく》なお菓子を与えればどうなるか？　当然夢中になる。

「今日は……そうだな、ドーナッツなんてどうだろう」

「……どんな食べものなのでしょう？」

「簡単に言うと、生地を揚げたものに砂糖をまぶしたお菓子でね。ああ、そういえばこの前、酵母の培養に成功していたんだっけ。これを入れると揚げた後もふっくらとしたりして――」

彼女の表情は動かないが、ごくりと唾を飲み込む音が聞こえた。素直な子だ。

人の忠誠を得るには、刃物を突きつけるよりも胃袋を握った方が手っ取り早い。併せて舌も満足させられたら言うこと無しである。

……が、それでもまだ足りない。もっともっと僕に依存させ、逆らうということを考えさせないように、きっちりと躾《しつ》けていかなければならない。歴史を紐解《ひもと》けば、命を救っても恐怖で縛っても欲望を満たしても愛を捧げても、なおも裏切った人間は幾らでもいるのだから。

僕は死にたくない。死ぬなんて経験は、一度きりで十分だ。

僕は苦しみたくない。生きているんなら、可能な限り面白おかしく生き抜いてみせる。

その為にも、この得難い手駒には、何があっても絶対に裏切られないようにしなくてはいけないのだ。

昇歴一〇一二年　九月　八日
~~今日、僕は初めて人を殺してしまった。~~
これは日記帳ではなく実験記録だ。感情的な内容を残すことは避けるべきだろう。本日の過程は実験体二号の喪失以外、特記する部分は無い。一号にも動揺は見られなかった。何よりなことだ――

昇歴一〇一二年　十月　五日
失敗した。僕は何てことをしてしまったのだろう。自分の迂闊《うかつ》さを呪う。駄目だ、研究日誌の体《てい》を為さない。今回のことについては、予後を観察して後日に追記する――

「ご主人さま。ご起床の時間です」

「う、ううん……」

腫れぼったい瞼《まぶた》を持ち上げて目を覚ますと、粗末なワンピースに白いエプロンを掛けた女の子が僕を見下ろしていた。言うまでもないがユニである。

屋敷のメイドから作法などを学んでいる彼女は、メイドの見習いと言っても過言ではない。当然、格好もそれ相応のものになるが、奴隷という身分もあって着衣の質はお察しの通りだ。このオーブニル家は伯爵家という中々の身代。その使用人となると平民の中でも貴族に近しい者か下級貴族の子女が登用される。奴隷であれば彼らより数ランク劣る着衣しか許されないのが普通なのだ。

「おはようございます、ご主人さま」

「おはよう、ユニ」

身体を起こして朝の挨拶を交わす。この子を屋敷に引き取ってから半年近く経った。毎日の教育の成果か、ユニの言葉からも幼児らしいたどたどしさが抜けつつある。父から借りた使用人たちの教えも、熱心に受けているらしい。

良い傾向だと思う。初めは形から入るにしても、徐々に人に従う習慣を身に付けていけば、反抗心を抱いても抑圧しやすくなる。身体に染みついたことはそうそう忘れられない。僕に頭を下げ、尽くすことを喜びとするよう教育していけば、大人になる頃には高い忠誠心を抱くことが期待出来るだろう。

僕は起き上がって、うーんと伸びをする。けれども、すぐにまた背筋が丸くなっていくのを感じた。

身体が重い。頭がふらつく。思考が上手く回らない。脳味噌の代わりに水を吸った綿でも詰め込まれたような気分を味わう。睡眠時間が足りず、眠りも浅い証拠だ。お陰で爽やかな朝の空気に馴染《なじ》めず、気持ちが沈んで憂鬱になる。

「昨日はちょっと夜更かししちゃったかなあ……面白い資料が手に入ると、どうにも根を詰め過ぎちゃって」

「どうかご自愛ください。お身体をこわされては、もとも子もありません」

「そりゃそうだ。不老不死の本懐を果たす前に、早死にしちゃったら堪《たま》らないよね」

他愛も無い会話に興じながら、ベッドから降りて着替えを始める。ユニは甲斐甲斐しく寝間着へと手を掛けた。年下の女の子に着替えを手伝わせるのは気恥ずかしいが、こうした日常の事々に使用人の手を借りるのも貴族の義務の範疇《はんちゅう》らしい。確かに雇用の創出には繋《つな》がりそうなことだけど、ユニは基本的に無給の奴隷である。あまり経済的だとは思えないが、まあ、これも奉仕心を養う教育の一環だと考えておこう。

「……」

ふと、着替えを手伝うユニの手が止まった。

同時に、僕も気付く。身体が少し冷たい。空気に触れた端から体温が逃げて行くのを感じた。額に髪の毛がベッタリと貼り付いている。どうやら酷く寝汗をかいていたらしい。

「ご主人さま。もしかして、けさも――」

「何でもないよ」

みなまで言わせずに遮る声は、我ながら硬いものだったように思う。

どうにも、僕は夢見がよろしくないようだ。気が昂《たかぶ》ることがあった日や、何かに苛立ちを覚えた日。そんな日の眠りの中で、思い出したようにあの悪夢が再び鎌首をもたげてくる。身体が端から砕かれて、内側から喰い破られて、最後は微塵《みじん》になって何も無くなってしまう。死に至るまでの、夢が。

意識するだに、指先が強張《こわば》る。思い出したかのように湧いた悪寒が、背筋を這い上ってくる。

「うぐっ……!?」

込み上げてきた吐き気に、慌てて口元を押さえた。

ユニの小さな手が、気遣わしげに背中を這う。

「ご、ご主人さま。だいじょうぶで——」

「だからっ！　何でもないってっ!!」

カッとなって、反射的に怒鳴り声を上げた。

何なんだ、コイツは。お前に何が分かるって言うんだ。あのゾッとするほどに暗くて、冷たくて、熱くて、痛くて、苦しくて、それでいてその全てが失われていく恐ろしい体験も知らないで、平気な顔をして生きている癖に。大丈夫？　何が大丈夫なんだ、言ってみろ。お前なんかに、僕を苛《さいな》んでいる恐ろしさの何が分かるって言うんだ？　一度、思いっきりぶん殴ってやれば、僕の苦痛を欠片《かけら》くらいは理解出来——。

「あ」

思わず握り込んだ拳、その爪が掌を食い破った痛みに正気を取り戻す。

僕は、今、何をしようとしていた？

呆然《ぼうぜん》とする僕の前で、ユニは身を投げ出すように平身低頭し、ひたすらに許しを乞うている。

「も、申し訳ありませんご主人さま……。ど、どうかおゆるしを……」

僕は彼女を殴ろうとしていたのか。今現在、僕へ忠実に振る舞うことを覚え始めた彼女を、夢見が悪くて苛ついていただけで。

自分の短慮に、顔から血の気が引いていくのを感じる。迂闊《うかつ》だった。順調に馴《な》らしていた優秀な奴隷から、忠誠心がいっぺんに消し飛んでしまうような真似をするなんて。

「ごめんね、ユニ」

顔面の神経を総動員して、優しげな少年の顔を取り繕う。彼女が身を伏している床に膝を突き、その顔を起こしてやる。声を上擦らせないように気を遣った。主人としての威厳を保ったまま、怯《おび》える少女を慰める為に。

「今の僕は、ちょっとどうかしていた。君は僕を気遣ってくれていたのにね。本当に反省しているよ。だから、その顔を上げておくれよ」

我ながら陳腐で歯が浮く文句だ。けれども、これが僕が思いつける精一杯だった。

果たして彼女は、泣き濡れながらもその顔を上げてくれた。

「ひぐっ……お、怒っていませんか……？」

「うん。怒ってないよ」

「ほんとうに、怒っていませんか……？」

「ああ。本当に本当だとも」

言いつつも、ユニの小さな頭を胸に抱いてやる。彼女はおずおずと僕の背に手を回して来た。

……何とかリカバリーは出来たか。僕は安堵《あんど》に小さく息を漏らす。

今回は危なかった。順調に手なずけ、奴隷への人体実験の片棒を担ぐまでになった助手の心を、一時の短慮で離してしまいかねなくなるとは。自分で自分が嫌になりそうだ。

これからは冷静に僕自身をコントロールしていかねばならない。将来ユニが完全に忠実な手駒に育ったとして、その彼女を動かすのは僕だ。どれだけ優秀な駒だろうと、指し手の心が乱れていては使い物にならなくなる。気を付けていかないと。

未だに小さくしゃくり上げ続けるユニを抱き締めながら、窓を見る。外は晴れ晴れとした朝日に照らされ、明るく輝いていた。暗い死後とは比較にならない、光溢《あふ》れる生者の世界。僕はまだ、ここにいる。

「何も、恐れることは無いんだ」

その言葉はユニへ向けたものか、己に言い聞かせたものなのか。当の僕自身にも分かりかねることだった。

――昇歴一〇一三年　四月　九日

以前のページを確認したが、彼女と出会って今日で一年だったようだ。夜、この日誌を記入する前にそのことへ触れたが、あの子は――表情の変化が小さいので分かりにくかったが――驚きと微かな喜びを見せたように思える。良い傾向だ。ミスを重ねたこともあったが、大まかな方針からの逸脱は少ないと見える。

特記事項：午後の実戦訓練プロセスにて問題発生。詳細を以下に記述する――

「ぐはっ!?」

鳩尾《みぞおち》に訓練用の木の棒を強《したた》かに突き込まれて、男は草むらに崩《くず》折《お》れた。少女の身で大人一人を打ちのめすという偉業を達成したユニは、いつもの感情が窺《うかが》えない顔でそれを見下ろしている。

身体能力の向上を企図した訓練を開始して一年近くが経つ。例の一代騎士の男が、かつては戦争で手柄を立てたこともあるとか言っていたので、ついでに剣も習わせてみたのだが、その結果がこれだ。

大の大人、それも手ほどきをしてくれた相手を倒す七歳（推定）の少女。いやはや、末恐ろしいにも程がある。

「本日もご指導、ありがとうございました」

「な、何がご指導だ……」

生まれたての小鹿のように足を震わせながら、たっぷり一分近く掛けて立ち上がる騎士の男。ユニの一撃が相当に堪《こた》えているのだろう。

何しろ、彼女の筋力は僕が調合した薬剤のお陰で大幅に向上している。骨格の成長を阻害しないよう、筋肉の量ではなく質を高める薬を探し出すには苦労したものだ。その過程で奴隷を五人ばかり無駄死にさせてしまった。いずれも最安値の、下手をすれば玩具やお菓子より安い奴隷だが、処分の手間が掛かったのは頂けない。一度など死体の火葬を見咎《みとが》めた父にこっ酷く叱られ、説教の為に教会にまで連れて行かれたこともあった。

だけどその甲斐あってか、ユニの身体能力は相当に強化出来ている。おおよそ七歳でこれだけ戦えるなら、想定より早く探索の仕事に就かせられるかもしれない。加えてユニには、この間の朝に起きた悶着《もんちゃく》の影響も見られず、訓練に手伝いにと文句も言わず従事している。彼女の仕上がりは、心身共に順調なようだ。

明るい未来を思い描いてホクホクする僕に、家臣の騎士は渋い顔を向ける。

「坊ちゃん……この娘の相手は今日限りにさせて下せえ」

その声は痛みとは違う何かで震えているように聞こえた。

「はい？　何で？」

「正直、あっしじゃあこれ以上教えるもんが無ェです。それに毎日これじゃあ身が持ちませんや」

言いながら、何度も打たれた腹や手首をさすっている。顔にも青痣《あおあざ》を幾らか拵《こしら》えていた。確かにユニは彼より強くなった。既にこの男から学べるものは特に無い。それに彼も、自分の鳩尾《みぞおち》にさえ届かない子どもにここまでされては、騎士の面目が立たない。そこを慮ると、切り上げ時ではある。

まあ、一代騎士になれたのは戦功よりも傍仕えを評価されてのことと聞いている。この世界の戦闘要員の平均レベルがどれほどかは知らないが、彼はそう高い位置にいる者ではないだろう。ユニにももっと高水準の教材が必要な時期かもしれない。

僕が肯《うなず》くと、男は覚束《おぼつか》ない足取りで帰っていった。

「さて、明日からどうしようか？　冒険者でも雇って、魔法か探索の技能でも教えてもらうかい？」

「……よろしいのでしょうか。それでは、実験台や素材の購入に掛かるお金が――」

殊勝にもそう言うユニ。だが、それは気の回し過ぎというものだ。

「君が早い段階で物になれば、そんなの幾らでも取り返しがつくよ。むしろ早いところそうなった方が、最終的には得ってものさ」

素材の入手に金が掛かるのは、わざわざ人から買っているからだ。自前で素材の採集が出来るようになれば、その方面のコストがほとんどゼロになる。

「ま、新しい教師役の手配が済むまでは、町外れで動物かモンスターでも狩って訓練の代わりにしよう。出来るね？」

「はい。街の近くに現れるゴブリン程度には後れを取りません。その自信はあります」

ユニは平然とそう言ってのけた。実際、この野原で出くわしたモンスターは主に彼女が倒している。僕やさっきの騎士が手を貸したのは、最初の一ヶ月程度だ。これなら近場の森での探検程度なら出来そうだが、何が起こるか分からないのが実戦である。一度に大きな群れを相手取るかもしれないし、連戦となると疲労や傷で不覚を取る恐れもあるのだ。本格的に探索に出すのは、もう二、三年ほど訓練に充ててからでも十分である。これでも当初の予定を大分繰り上げてのことだ。それも予想を上回る彼女の成長ぶりが原因というプラスの要素によってのこと。

焦ることはない。丹念に丹念を重ね、じっくりと行こう。彼女ほどの逸材は、他にはいないのだから。

——昇歴一〇一六年　二月　十七日

今日は記念すべき日だ。一〇一三年の春より継続していたユニの教育、その第二段階は、予定を大幅に短縮し、そして想定以上の成果を上げて第三段階に移行した。記録を

取る筆が躍っているのを感じる。冷静な分析はまた改めて記すとしよう――


「相手も流石《さすが》は冒険者だね。ユニでも無傷とはいかなかったとは」

身体のあちこちに怪我を負った彼女に、僕は手ずから治療を施しながら言った。

このくらいの怪我程度ならユニ自身でも回復魔法で治せるだろうが、傷痕などが残ると後々面倒になる。その点、僕なら痕を残さず治療する術には人後に落ちないと自負している。何せ、あの悪意に満ちた手酷い傷すら治せたのだ。今更、戦傷程度を治せない道理は無い。

「……ご迷惑をお掛けします」

「いやいや、こっちこそ無理な仕事を頼んだんだ。君が謝ることじゃあないさ」

ほとんど表情を動かさないまま頭を下げる彼女をそう慰める。何年経っても感情表現に乏しいが、そこは長年の付き合いだ。彼女の心底はともかく、しょげていることくらいは分かる。

「それにしても困ったものだね……。僕からユニを取り上げようなんてさ」

「はい。そのようなことを企まれなければ、もっと穏当な方法で卒業出来たかと」

まったくだね、と僕は肯《うなず》いた。

ユニに怪我をさせたのは、彼女への訓練を委託していた冒険者の先生たちだ。基本的に屋敷の外で指導を行っていた彼らだが、どういう訳か僕の人体実験に勘付いたらしい。その矛先がユニにも向けられるかもとかいう理由で、彼女の身柄を引き取りたいとか言い出したのだ。貴族の奴隷といえど、主も子ども。その親に掛け合えば、金銭での取引で身請けすることも出来る、と。

そんなことをされたら僕は当主である父上には逆らえない。ただでさえ彼の本意ではない錬金術の研究に血道を上げているのだ。一も二も無くユニを手放す羽目になっただろう。

勿論《もちろん》、僕に直接言った訳ではない。訓練を施す最中に、さりげなくユニに事を諮ったのである。

で、彼女から密告を受けた僕は、すかさず彼らの暗殺を指令したのだった。嫌がるようなら服従の魔法を使うことも視野に入れていたが、拒絶は無かった。恩があり情も掛けてもらっている師を、遅疑すること無く殺しに行くとは。そう育てたのは僕だが、まったく恐ろしい子である。

彼らは二人ともそれなりに腕の立つ冒険者だったが、まさか助け出そうとしている当人に殺されるとは思ってもみなかったのだろう。パーティを組まない、いわゆるソロの冒険者だったので、一人ずつならば成長途上のユニでも十分に始末出来た。魔法を教えていた魔導師の女性は、不意打ちに背中を一突きしたらそれで終わりだった。が、問題は探索に必須のレンジャー技能を教えていた野伏《のぶし》――斥候だの鍵開けだのの専門家――の男性の方である。流石《さすが》に斥候の匠だけはあって、巧みに殺気を感知すると猛反撃を見舞ってきたらしい。

しかし、それも幾許《いくばく》かの傷を与えるのが精々だった。逃走されずに済んだのは僥倖《ぎょうこう》だろう。ユニの報告によると、念入りにとどめを刺した上で墓地に埋めてきたそうだ。この世界の死者はアンデッドになって蘇る恐れもある。なので定期的に供養が行われる墓場に埋めないといけないのだとか。死体を徹底的に破壊すればゾンビやスケルトンにはならないが、恨みが強過ぎるとゴーストになる危険があるのだ。ファンタジーな世界というのも善し悪しである。死人に口無しとするにも、更に一手間が要るとは。

ちなみに、実験で消費され火葬した奴隷たちにも何体かゴーストになって出てきた連中がいたが、魔法で退治すると同じ個体は二度と出てこなくなった。きっと、僕が生まれ変わる前に予感したように魂まで消えたのだろう。

それはさておき、

「卒業、ね。確かに不意打ち交じりとはいえ、師匠を二人とも倒せるレベルにはなったんだ。そろそろユニも探索に出て良い頃合いかな」

「……お許しを頂けるのですか？」

顔を上げたユニの瞳は、まじまじと僕を見つめていた。ご褒美をぶら下げられた時と同じ顔だ。美味しいお菓子や、ちょっとした礼装を与えられた時の仕草である。そんなに冒険に行きたいのだろうか？

粗方《あらかた》の治療を済ませ、椅子に腰を下ろしながら提案を続ける。

「良い感じに仕上がってきたし、家庭教師に支払うお金が浮いて新しい実験が出来るからね。やれるんだったら是非ともやって欲しい」

「ぁ……あ、ありがとうございます、ご主人様！」

ガバッと衣服が翻る音をさせつつユニは床に平伏した。

「必ずや……必ずや、今まで以上にお役立ちすることを誓いますっ！」

「……あ、うん」

び、ビックリした。

いつも物静かなこの子が、まさかこんな大声を張り上げるとは思ってもみなかった。

僕が呆気《あっけ》に取られたのに気付いてか、彼女は一瞬上げた顔を床に伏せる。

「……はしたない振る舞いでした。お許し下さい」

「いや、怒ってないから。それと、いちいち大袈裟《おおげさ》に土下座とかしなくていいよ。他の人が見てる訳じゃないんだし。……ほら、立って立って」

小さく嘆息しつつ許しを出した。

作法を教えるのを任せた使用人が厳しかった所為《せい》か、どうにも彼女は感謝や謝罪の仕草が大仰なところがある。確かに奴隷は貴族の下の平民より更に下、最底辺の身分だから、貴族相手にはコメツキバッタの如く振る舞うのが正しい。それがこの世界の常識だ。が、毎日顔を合わせる僕に対してもこれでは、こちらの息が詰まってしまう。忠誠心に溢《あふ》れるのは望むところだが、過ぎたるは及ばざるが如しだ。もっと楽にして欲しい。

ユニが立ち上がったのを見届けてから、僕は話題を変える。

「まあ、ユニが張り切ってくれるのは僕も嬉しいね。そういう訳だ。これからしばらくはユニの冒険者デビューに向けて、準備と行こうか。来月の頭くらいには、ギルドまで登録に行こう」

面倒ではあるが、必要な手続きだ。冒険者になれば、一般人では立ち入りが規制されている危険地帯へも行けるようになる。一応、冒険者ギルドへの登録を行わないモグリ冒険者——重たい前科持ちだとか、現役の犯罪者だとかの後ろ暗い連中——は、そんな決まり事を無視して掛かっているらしい。しかし、それは余計な揉《も》め事の元だ。バレたら罰金が取られるのは序の口。探検先で正規の冒険者と出くわしたら喧嘩《けんか》にもなるだろうし、密猟などで訴えられる恐れもある。目に余るほど悪質な真似をしでかした場合は、モンスター同然に討伐の対象にされることもあるとか。そんなトラブルは僕の好むところではないので、ちゃんと登録は行う。

「とりあえず、装備品の類はキッチリと用意しておこう。何か要望はあるかい？　使うのはユニなんだから、遠慮せずに意見してくれ」

「では、ご主人様——」

気楽な口調で促すと、彼女はどことなく躊躇《ためら》いがちに口を開いた。

「戦闘に耐えうるメイド服というのは、如何《いかが》でしょうか？」

……。

え、何だって？

「……メイド服？」

思わず耳を疑ったので、問い直す。すると彼女はこっくりと肯《うなず》いた。

「メイド服です」

どうやら僕の聴覚は正常らしい。

後ろめたげに目線を逸らしてはいるが、確かに彼女はそう言ったのである。

一体どこをどうすればそんな要求が出てくるのやら。確かにメイド服は彼女が着慣れた着衣であるし、動き易くもあるだろう。かといって、それを着て冒険に出掛けようとはどういう意図なのだろうか。

ひょっとしたら、ユニ一流の冗談なのかもしれない。そう思ってまじまじ見つめるが、彼女は、

「……駄目でしょうか？」

不安げに上目遣いでそう聞いてきた。

この子、本気だ。僕は確信する。

いや、もしかしたら自分の師に当たる人物二人を、その手に掛けたショックで錯乱しているのでは？　深刻な危惧が浮かんだが、手当の際にチェックしたバイタルは脈拍も発汗も正常そのものだった。なら、間違い無く正気で言っているのだろう。

思わずこめかみに手をやってしまう。ユニに手を煩わされた経験はほとんど無い。彼女は僕の指示によく従っている。首輪にかかった魔法も、反逆防止の諸措置以外に使ったことが無いくらいにだ。それに訓練の成果はご覧の通り。期待値を遥かに超えている。そんな優秀な子が、どこをどう間違えれば、装備品の希望を聞かれてメイド服と回答するのか。

僕は戸惑いながらも言った。

「……まあ、善処するよ」

多分、顔は盛大に引き攣《つ》っていたと思う。

しかし、突飛な答えが返ってきたが、自分で切り出したことだ。それに、滅多に自分の欲求を口にしない子の、たっての願いでもある。やって出来ないことではないし、この程度で彼女の要望を満たせるのならお安い御用だろう。そう思うことにした。

果たして、彼女は深々とお辞儀を返す。

「差し出がましい申し出をお聞き入れ頂き、感謝に堪えません……一層の奮起を誓います」

「ああ、うん。……頑張ってね」

僕としてはそう言う他に無かった。そして答えながら思案を巡らす。

メイド服、か……。この衣装にはホワイトブリム——頭に着けるアレ——やエプロンなど、付属物が多い。

(服そのものだけじゃなく、それらのオプションも礼装に仕立てれば、十分に戦闘と冒険に耐えうる物は出来る……かな?)

頭の中で試案を検討する。

ちなみに、礼装とは正確には儀礼装備という。儀式や詠唱といった、魔法の発動に必要な諸々を、使用者の代わりに行使してくれるアイテム類のこと。噛《か》み砕いて言えば『魔法の道具』だ。鞘から抜けば火を噴く剣だとか、敵の魔法を受け止める盾だとか、そんなファンタジー溢《あふ》れる代物が礼装と呼ばれる。物によっては普段から周囲の魔力を溜め込んだり、あらかじめ魔導師から魔力を充填《じゅうてん》してもらうことで、魔法の才能が無い人間にも魔法じみた力を与えてくれる。勿論《もちろん》、純粋な魔導師も、自前の魔力を節約出来たり、相乗効果でより強い効果を発揮出来るのが魅力だ。

そして、この僕は錬金術師。魔法の力で不可思議な品物を作るスペシャリストである。今の腕前でも、礼装の一つや二つ、余裕で拵《こしら》えられるだろう。

「うん。中々に面白いアイディアなんじゃないかな」

「……恐縮です」

変わらず低頭したままの彼女に、完成した礼装類を身に着けた姿が重なる。一見すると単なるメイド。しかし、その実態は幾多の装備で身を固めた魔法戦士。メイド服は彼女の普段着でもあるので、日常生活での隠蔽性も高いとも言える。そう考えるとユニに与える防具としては悪くない案ではあった。

ひょっとして、その辺も考慮に入れての選択だろうか？　そんなことを考えながら、僕は脳裏に図面を引く。

そして、ふと思い出した。そういえば次の四月九日で、ユニと出会って四年になる。明日から作れば、丁度その記念日に間に合うだろう。僕はあの子の誕生日なんて知らないし、本人も憶《おぼ》えていないようだから、その日を誕生日ということにしてプレゼントしてやるのも悪くないかもしれない。そんなことを思うのだった。

昇歴一〇一八年　六月　十六日

実験体n号――番号をど忘れした。後でユニに聞いておこう――を消費。僕らの念願がやっと叶った。後は今回の結果を追試し精度を上げていくことで、六年に及ぶ研究に一つの区切りが付けられるだろう――

「――じゃあ、最終試験だ。手に持った物で自害しろ」

僕が命令を下すと、両手にロープの端を握った奴隷は遅疑すること無くそれを引き絞った。そのロープが自分の首に巻き付いているというのに、だ。

「ぐ、げ……っ」

生きながらにして蛇に絞め殺される蛙《かえる》のような声が上がる。

首締めは苦しい。呼吸をせき止められ、血の巡りさえも阻害されて気が遠くなっていく。何分も藻掻《もが》き苦しんだ挙句《あげく》に、緩んだ下半身から糞尿を垂れ流して死ぬのだ。自殺の方法としては下の下だろう。実際、首を吊っても苦しみに暴れて縄を切る者もいるのだ。ましてや手の力を使っての自殺なんて、余程の決心が無ければ達成出来まい。

だが僕に命じられた奴隷は両腕の力を緩めること無く、ロープでの自害を続けている。服従の魔法を使ったから？　いや、違う。

「ユニ、魔法は作動したかい？」

「いいえ。魔力の放出、術式の稼働、いずれも検知されておりません」

「よし、なら問題無い」

僕が満足も露わに肯《うなず》くと同時、被験者の奴隷はガクリと震えたかと思うと手術台の上に倒れ込んだ。そして鼻を摘まみたくなるような悪臭が地下室に立ち込める。

死んだのだ。魔法での強制ではなく、あくまで口頭での命令のみで。

「被験体のバイタル停止を確認しました。実験、成功です」

ユニの静かな声が、僕の研究の大いなる前進を告げる。高笑いして小躍りしたい気分だったが、やめた。実験台が最期に漏らした物の所為《せい》で、とてもではないが激しい呼吸が必要な行為を行いたい環境ではなくなっている。

「……長かったなあ。脳改造での完全服従、その実現までは」

そう、脳改造なのである。

何度も言った通り、奴隷の首輪での服従強制は、相手の魔力次第で解除される恐れがある代物だ。それを完全に克服するには、脳味噌からして僕に従うよう改造する必要があった。メスで頭を開き、脳を弄《いじ》って、あくまでも外科的に反逆の意思を取り除き、或《ある》いは服従の意思を埋め込むのである。その手法は、かつてどこかの誰かがユニの顔にしたこと、そして僕が彼女にした治療の応用だ。対象部位を一旦破壊し、望んだ形へと再生させるのである。

この処置の味噌は、単純な魔法での洗脳解除が不可能だという点にある。何しろ術後の被験体の脳は元の形から変わっているとはいえ健康そのものなのだから、回復魔法では治しようが無い。治そうとしたら一旦洗脳の効果を発揮している箇所を壊し、正常な形に治すしかないだろう。同じ手術をもう一度繰り返す必要がある訳だ。洗脳魔法を解除しようにも、魔法で操っている訳ではないので解除する対象すら無い。敢えて穴があるとすれば、本物の洗脳魔法で操って命令権を上書きされるリスクがあることだが……そんなものの使い手はそうそういないし、致命的な魔法攻撃なので、その対処法も僕が考えるまでも無く研究され尽くしている。

要するに、現状望みうる最良の形での反逆防止措置なのだ。

「おめでとうございます、ご主人様」

ユニは恭しく頭を下げて、実験の成功を祝福する。珍しいことに、その頬は微かに紅潮していた。或《ある》いは僕よりも彼女の喜びの方が大きいのかもしれない。

「この手術を受けた暁には、より完璧なご主人様の奴隷になれるのですね……」

どことなく熱っぽい溜め息と共に呟《つぶや》かれた、この言葉が理由だ。

以前から彼女は、僕がどこかで一線を引いた対応をしていたのが、大いに不満だったらしい。

僕はユニを手に入れたその日から、首輪の力だけで奴隷を服従させられるか疑問視していた。ユニの魔力は人並み外れて強いし、実験で得られた霊薬を投与して、更に強化もされている。なので今日までは、常に反逆を警戒しながら彼女に接していた訳だ。実験中も、食事中も、寝ている時もである。定期的に特定の行動を規制する命令を下したり、就寝中も防御用の礼装を手放さなかったり……まあ、そんなことをずっと続けていたのだ。買われた時からずっと忠誠心を持つよう教育されてきたのに、それを疑われ続ける毎日。

僕だったら一日で音を上げるだろう。実際にユニと同様の目的で買った奴隷たちは、彼女以外全員、耐え切れずに使い物にならなくなってしまった。その内訳は自殺が二割で精神崩壊が一割、残りの七割は密かに反逆を目論《もくろ》んだので始末されている。全員魔力持ちでそれなりに値段が張る奴隷だった。勿体《もったい》ないことこの上無い。

で、そんな生活に文句も言わずに耐えてきた彼女も、この間、ポロリと漏らしたのだ。

「どうか私を、より完全な奴隷にして下さい」

と。

その言葉を聞いた時は、あまりにも嬉しくって小躍りせんばかりだったのを憶《おぼ》えている。長年の教育の成果が実を結んだ瞬間だったのだ。ヘレン・ケラーが「Ｗａｔｅｒ」と口にした瞬間のサリバン先生は、きっとあの時の僕と同じ思いだったことだろう。無論、こちらを油断させる為の甘言である可能性もあるので、今はしっかりと気を引き締め直しているところだが。

そういう訳で、僕は相変わらず油断無く彼女を観察しながら言う。

「まあ、まだ初めての成功例を得たに過ぎないからね。ユニに同様の手術をするのは、もう何件か成功させてからになると思うよ？」

「……はい。心得ております、ご主人様」

ユニは微かに眉を下げる。見慣れない人には無表情に見えるだろうが、僕には酷く残念そうな顔に見えた。そう見えているだけなのかもしれない、という可能性はあるが。

「でしたら、提案が一つございます」

「ん、何だい?」

彼女はハンカチを差し出しながら言う。

「次回からはこの最終試験に入られる前に、せめて被験体にオムツを穿《は》かせて頂けませんか?」

「あ」

僕は思わず大口を開け――そこに飛び込んできた臭気にえずいた。人体実験なんて繰り返していれば多少の臭いには慣れるが、不快感が完全に消せる訳ではないのだ。さておき、確かに同じことをする度に毎度ラボを汚されるのは勘弁願いたい。ここで研究する僕だって辛いし、後始末を担当するユニはもっと辛いだろう。それもオムツ一つで大分軽減される。

「何てことだ、こんなことにも気付かなかったのか僕は!?」

後悔と自己嫌悪で、頭を抱え込んでしまう。身体機能に不具合を抱いた実験台の為に、オムツくらいは常備してあるのだ。それをすっかり忘れていたとは!

何とも情けないイージーミスに、実験成功の喜びも薄らいでしまいそうだ。

「……私もただ今気付いたところです」

ユニはそんな僕を慰めるように言った。

まったく、何年も実験しているのにこんな簡単なことを見落とすとは。だが、まあ、これも弛《たる》んでいた気持ちを正す良い機会だ。

「好事魔多しだね……折角《せっかく》この実験も詰めの段階に入ったんだ。後始末が終わったら、他にも問題が無いか洗い直そう」

「了解いたしました」

僕らは気の進まないこと甚だしい後片付けを終えると、改めて実験の問題点をチェックに掛かった。

他に問題は、何も無かった。

昇歴一〇一八年　七月　二十五日

（白紙。以後のページに一切の記述は無い）――

「く、来るな……来るんじゃない！　頼むから来ないでくれえっ！　で、出ていけえっ!!」

「はあ……分かりましたよ、出れば良いんですね？」

裏返り切った悲鳴に背中を押されるようにして、僕はその部屋を出た。扉が閉まっても、向こうで叫ぶ声は引っ切りなしに聞こえる。

父は最近、すっかりこんな調子だ。僕の顔を見る度に奇声を上げて追い出そうとする。どうにも神経が参ってしまっているらしい。身体の方も病み付いているというのに、僕の治療はおろか診察すら受ける気が無いようだ。寝室に籠もりっきりで、わざわざ見舞わなければ顔を合わせることが無いのが、救いと言えば救いか。もしも食事の席なんかであんなに喚かれたりしたら、堪《たま》ったものじゃない。

「哀れなものだな」

そう声を掛けてきたのは、僕の兄であるライナス・ストレイン・オーブニルだった。部屋の外でずっと様子を窺《うかが》っていたらしい。

成人を迎えた彼は一層男ぶりを上げ、今や絵物語にでも出てくる白面の貴公子そのものだ。ただ近頃は眉間に皺《しわ》が寄りっぱなしで、いかにも近寄りがたい雰囲気であることが玉に瑕《きず》か。

「ええ、本当に。せめて気持ちだけでも落ち着かれれば、教会で治癒の秘跡を受けることも出来るでしょうが」

このままでは長くなさそうな父の様子に嘆息する僕を、兄はふんっと鼻で笑った。

「私が言っているのはお前のことだよ」

「えっ、僕ですか？　どうしてまた」

思いも掛けぬ言葉に目を瞬くと、これ見よがしに溜め息など吐いてくる。何がしたいんだ、一体。

「分からぬか？　卑賤《ひせん》の業に入れ上げ、御家の格式に泥を塗り、遂には父上の寵《ちょう》も尽き果てているのだよ。その様を哀れと言わず、何と言う？」

どうやら嫌味の類を言いに来たらしい。元々そんなに仲の良い兄弟ではなかったが、数年前からは顔を合わせる度にこれである。人の顔を見て、ゴキブリにでも出くわしたみたいに騒ぎ立てる父も相当だが、近頃の兄が僕を見る目には時として憎悪すら感じさせる。

「ああ、成程。そういう見方もありますね」

こういう手合いには真剣に付き合っても、びた一文の値打ちも無い。僕は素っ気なく肯《うなず》いた。

言われてみれば、酷い様だ。子どもの頃は父にチヤホヤされていた僕も、気付けば彼から嫌忌される対象になっている。親からの愛を失った子どもは、確かに不幸だろう。

父はどうにも、僕が奴隷を実験台として殺し過ぎるのが気に入らないらしい。

妙な理屈である。この国では、自分のものであれば奴隷を幾ら殺そうとお構いなしとなっているはずだ。研究を安全に行う為に、何が違法行為に当たるのかくらいは事前に調べているのである。それに父にしろこの兄にしろ、怒りに任せて奴隷を手に掛けたことは一度や二度ではないのだ。なのにどうして僕だけが非難されるのか。そこがどうにも理解出来ない。消費するペースが早過ぎるのには違いないが、そんなに目くじらを立てることだろうか？

まあ、僕は父が何を思おうがどうでも良い。こちらの不利益にならない限り、愛してくれても憎んでくれても構わないのだ。既に研究資金はポーションの売買で賄われているし、ユニが冒険者として稼いでくれてもいるので、小遣いも必要無い。

問題は血迷った挙句《あげく》に勘当されることだが、僕は犯罪を行っている訳でも——行っているが露見はしていない——社交の場で非礼を働いたことも無い。というか社交の場にはそもそも出ていなかったりする。なのでそんなことをする正当性は父には無いのだ。

僕の返事が気に入らなかったのか、兄はピクリと頰を引き攣《つ》らせた。

「……フン。どうやら身に徹しての理解は適わぬと見える」

「かもしれませんね。で、お話はそれだけですか？　なら僕は失礼しますけど」

言いながら身を翻す。正直、兄との会話は疲れる。会う度会う度、口にするのは嫌味か研究中止の命令だ。不老不死の研究を完成させないと、僕はいつか死んでしまうというのに。この人は僕が死んでも構わないのか？

結果の見えている話を、いつまでも続けるなんて無駄だ。僕は自分が死ぬことの次くらいには無駄が嫌いなのだ。

さっさとラボに戻ろうと歩き出すが、

「そういえばトゥリウス――」

兄はまだしつこく声を掛けてきた。

「貴様のあの奴隷はどうした？　ここしばらく、姿が見えんが」

彼が聞いているのはユニのことだろう。僕の奴隷は全て実験台である。大抵は実験の影響で死ぬか、情報漏洩《ろうえい》防止の為に処分している。なので、わざわざ『あの』なんて言葉を必要とするのは、長年生きている彼女くらいだ。

「何ですか兄上。ユニが気になるんですか？　たとえご所望されても、あげませんよ」

仮にこの国の王様に譲れと言われても、僕はノーと答えるだろう。膨大な時間とコストを掛けて、ようやく満足のいく水準に仕上がってきたところなのだ。それを錬金術の『れ』の字も知らないような連中に渡す気は無い。精通しているような輩《やから》には尚更だ。

肩越しに振り返ると、兄はさも心外そうに顔をしかめていた。

「同類の腸《はらわた》の臭いが染み付いた奴隷など、こちらから願い下げだ。単に不審に思っただけだ」

何て失礼なことを言う人だろう。僕らは常に衛生環境には気を配っているのだ。自分にも助手である彼女にも、そんな不潔な臭いが取れなくなるような不手際は無い。こまめにお風呂には入れるようにしているし、着替えだってちゃんとさせている。奴隷の清潔さを保つことにかけては、この王都――いや、世界で一番だと自負しているのが僕だ。

何しろ雑菌の類は病気の元だし実験結果を狂わせる要因でもある。殺菌処理に関しては死体の処分と同じくらい気を回しているんだ。消毒液の臭いがキツイと言うなら分かるが、腸臭いなどとは心外にも程がある。

僕が微かに作った渋面に、兄は少しだけ愉快そうな顔をした。

「――或《あ》いは、とうとうあの娘も実験とやらに供したのかとも思ってな」

そして更に皮肉を言い募ってくる。言っちゃあ悪いが、失笑ものの発言だ。ユニで実験した？　そんなの彼女を買った日から、ずっと行っていることだ。今更何を、というヤツである。

「その彼女を迎えに行くところなのですよ。……では、失敬」

不毛で実入りの無い会話を今度こそ打ち切り、僕は地下室へと急いだ。

まったく、折角《せっかく》の日にとんだケチが付いたものだ。今日はようやく、彼女の仕上がりが一段落するっていうのに。

まあ、良い。無理解な連中の野次など雑音に等しい。そんなことに気を取られるより、手早く処置を完了させよう。これが終われば、ようやく僕は最初の手駒を完成させられるのだから。

地下室の手術台の上で、彼女は眠っていた。

麻酔が十分に効いているのだ。手術はもう済んでいる。開頭した切り口は癒合済みだし、いつだかとは違って髪の毛も元通りだ。僕の人体修復術も上達しているということである。

「……お疲れ様、ユニ」

僕は思わず彼女の髪を手で梳《す》きながら呟《つぶや》いていた。

万感の思いが胸を衝く。六年間、僕の期待に応え、教育を受け、成果を上げ続けてきた自慢の奴隷。その彼女が一応の完成を見る日が来たのだ。これに何も感じない訳が無い。瞳を閉じて穏やかに眠り続ける彼女は、童話の世界のお姫様のように美しい。素直にそう思った。

閉じられた瞼《まぶた》を飾る長い睫毛《まつげ》、スッと通った形の良い鼻梁《びりょう》。口唇も、麻酔と多少の失血で微かに色を落としながらも、なお花弁を思わせるように優美な形を誇っていた。一流の彫刻家は原石の段階でその完成形を悟ると言うが、それが確かならば僕はその道で大成出来ないと思う。六年前、壊れ切った身体と命で奴隷市場に捨てられていた姿からは、今あるこの美貌を想像だに出来なかったのだから。治した当時でさえ、術前術後のギャップに深い感嘆を覚えたものだが、成長を経た今ではそれをも上回る感銘をそそる。きっと、これから大人になるに従い、もっと綺麗になっていくだろう。そしてこの造形美の下には、それ以上に深甚な機能美が眠っていることを、僕は知っている。この細腕から繰り出される剣撃の強さと鋭さ。ほっそりとした足が地を駆ける速さとしなやかさ。自らの気配を隠し、敵の気配を悟る技法。蓄えた技術と知識の数々。僕が彼女を見出すきっかけともなった魔力の程は、こうして眠りながら微かに漏らしているだけでも圧倒されるものを感じさせる。

何より、その全てが僕の為に存在し、僕の為だけに振るわれるというのが素晴らしい。今回の手術で、ユニが僕に逆らう要素は無くなった。心にそんなものを抱く部分を、完璧に消し去ったのだ。文字通り、彼女の全ては僕のものとなったのである。

「ふふふ……」

思わず頬がだらしなく緩むのを感じる。世界中の宝物を余さずこの手に握った気分だ。不老不死の研究、その第一歩である絶対に裏切らない協力者を手に入れただけだというのに、この充実感。もしも本懐を達成する時が来たら、どれほどの喜びを味わえるというのだろう？

ああ、早くこの子が目を覚まさないだろうか。話したいことは幾らでもある。次の研究のことを、次の実験のことを、一刻も早くユニと語り合いたかった。

僕は逸る気持ちを抑える。麻酔を解き、強制的に覚醒させるのは簡単だ。けれど、こうして穏やかに微睡《まどろ》む姿を見ていると、出来るだけ自然に心地良く目覚めさせてあげたいという情も湧いてくる。今まで散々苦労を掛けたし、これからも今まで以上に働いてもらうのだ。そんな温情くらいは与えてやりたい。

そう思っていると、

「んっ……」

ユニの瞼《まぶた》が震え、うっすらと目が開かれる。

予想より随分と早いお目覚めだ。麻酔への抵抗力が上がってきているのだろうか。

ぼんやりとした翡翠《ひすい》色の瞳が焦点を結び、翠玉《すいぎょく》の輝きを取り戻す。

朝顔の開花を思わせる清冽な目覚めだ。それに恍惚《こうこつ》を覚えながら、僕は万感の思いで声を掛けた。

「おはよう、ユニ」

「……おはようございます、ご主人様」

第三章　メイド・イン・ザ・シェイド

「僕って、あんまりネーミングセンスが良くないんだよね」

か細い明りだけが頼りの暗い地下室、少年はそう言って困ったように笑った。

「だから、まあ、何だ。あんまり良い名前は期待しないでくれよ？」

それで構わない、と彼女は思う。前の名前に、思い出は無い。あったかもしれないが、無くなった。だから彼に礼を述べると、まず新しい名前を願ったのだ。

過去と現在は断線し、自分を自分と思えない。穢《けが》され、傷つけられ、壊され、貶《おとし》められ、かつて人間だった残骸に堕した塵芥《ちりあくた》。そんなものから作られた人形が彼女だった。今更彼女に、人がましい名前などしっくり来ない。だからどんな名前でも良い。再生された彼女には、この身体とこの心で生きる為の、新たな名前が必要だった。彼は短く考えてから言う。

「じゃあ、こういうのはどうだろう？」

君が僕の一号《はじめて》だから、一に因んだ名前が良いと思う――。

そんな枕を付けて提案された名前は、穴だらけの心の中心にピタリと嵌《は》まり込んだ。それは古い言葉で、『統一』だとか『単一』だとか……そんな意味を備えている。

統べて一つに。単に、一つに。短く柔らかい音にシンプルな意味を込めた名前は、成程、この身に沿った名付けである。砕かれた破片を一つに戻して蘇らせた、今の彼女には相応《ふさわ》しい。

「――？　――。――……」

与えられた名前を、何度も呟《つぶや》いた。舌と耳とに憶《おぼ》え込ませるように。何があっても決して忘れないように。拙い発音が、冷たい壁に反響する。

「どうかな？　嫌なら別のを考えても良いけど」

そう言う彼に、首を横に振って否定を示す。唇を震わせて、良い名前だと思います、と賛意を口にした。そのつもりだが、それはきちんと発音されただろうか。

「そう？　気に入ってくれたようで、嬉しいよ」

果たして、彼はニコリと微笑んだ。優しい笑顔だが、眼の色は熱っぽくもひやりと冷たい。人として破綻した矛盾を抱えている目だ。壊れた彼女と、同じくらい狂っている。かつて彼女だった人間の残滓《ざんし》がそれを恐れ、今の彼女である人形はそこに惹《ひ》かれた。

「じゃあ、行こうか。屋敷の皆にも君のことを紹介しないとね」

言って彼は彼女に手を伸ばす。壊れて蘇った少女は、蘇って狂った少年の服の袖を恐る恐る摘まむ。彼の足取りに覚束《おぼつか》ない歩みで従い、彼女は地上への階段を上がる。

「……っ」

地下から出ると、眩《まばゆ》い日光が網膜を焼いた。生命の光だ。中身が零れた空っぽの心に、生の実感が再生される。

「ああ、それにしても生きてるって素晴らしいね。君もそう思わないかい？」

振り返り、逆光の中に笑顔を溶かす少年へ、少女は小さな高鳴りを隠して肯《うなず》いた。

……要はそれが全ての動機なのだ。恐怖や隷従や慈悲や厚遇よりも強く胸を打ち、身体を衝き動かすのは、至極当たり前でちっぽけな、ありふれた理由。不確かな自分には持ち得ない確信と、生きることを諦めていた自己に欠落していた強く命へと執着する意思。

それらを滲《にじ》ませる彼の笑顔に——彼女はどうしようもなく焦がれてしまう。ただそれだけが、主人に尽くし全てを捧げんとする想いの起源だった。

「申し訳ありませんが、お断りいたします」

そう言ってユニは目の前の男へと丁重に頭を下げた。何度も何度も持ち掛けられた話に対して、その度に繰り返させられた謝絶の返事。表情はピクリとも動かないが、正直なところ内心ではうんざりとするものを感じている。

この後に続くだろう相手の言葉も、七割方は予想通りであろう。

「何故だ？　俺たちと来れば、奴隷のままでいるよりよっぽど良い暮らしが——」

ほら見たことか。声には出さず小さく息を漏らす。

場所はブローセンヌの冒険者ギルド。話の相手は、ここ最近この街にやってきた新進気鋭の冒険者パーティを代表する男だ。奴隷ながらこの王都で名を売っているユニをスカウトし、自分たちの一団に加えようという腹積もりである。奴隷身分からの解放という条件を餌にして、だ。

勿論《もちろん》、彼女にその話を受けるつもりなど毛頭無い。

「ですが、ご主人様に仕えることこそ私めの望みでございます」

「主人にも話は付ける！」

人の話を聞かない男だ、とユニは相手への評価をまた一段と下げた。

ユニは今、主人に仕えることが望みだと言ったばかりではないか。義務ではない。それが願望なのだ。だというのに、主人に話を付ける？　何を言っているのだろうか。この男が今現在交渉しているのは他ならぬユニであろう。彼女の意志を枉《ま》げて仲間に加えたいと言うのなら、出来る限りその望みに沿うよう事を運ぶのが道理。それを無視して、奴隷ならば解放が望みだろうと単純に思い込み、とにかくその身柄を手に入れることしか考えていない。お話にならないとはこのことだ——もっとも、ユニにそんな話を進めるつもりが無いのは、先にも述べた通りだが。

だというのに、冒険者の男はなおも食い下がる。

「金なら十分にある。ここに来る前の仕事で一山当てて――」

「恐縮ですが、金銭で解決する話ではないかと」

早いところ諦めてくれないものか、と思う。奴隷の身分とはこういう時厄介だ。同じ平民であれば強く言って断ることも出来るが、人間未満の首輪付きではそうもいかない。一番手っ取り早いのは、トゥリウスに取り次いで彼から謝絶してもらうことなのだが、こんな下らないことに彼の手を煩わせるというのも考えものである。

(ご主人様も、新たな研究でお忙しいでしょうし)

ずくん、と頭の奥が甘く疼《うず》いた。彼の手で施された、反抗を抑止する為の脳改造手術。細首に締められた銀の輪よりなお強く、彼女を戒める鎖の感触だ。脳に痛覚は無いので錯覚に過ぎないのだろうが、だとしても好ましい錯覚だった。この手術を受けて以来、目に見えて主から寄せられる信頼が強くなったのだから。

今現在、トゥリウスはこの技術の更なる応用法を研究中だ。これが物になった暁にはきっと――ああ、想像するだけで胸が熱くなる。

その為には彼の助手として仕込まれてきた自分の力も必要だ。こんなところで油を売っている暇など無い。資金調達と素材収集を兼ねた依頼を終わらせて、早く屋敷に戻ろうと思っていたのに。

その時、彼女に思わぬ方向から助け船が入った。

「もういいんじゃないか？　嫌だって言うなら仕方が無いだろう」

男のパーティの一員らしい人物が、呆《あき》れたような風情でそう言う。白い肌に金糸の髪、そして突き出るように尖《とが》った長い耳。声の主はエルフだった。人里離れた森に住まい、優れた魔力と、ヒトとは比べ物にならぬ長命を誇る亜人。排他的で気位の高い彼らが人間と行動を共にすることは珍しいが、無いことでもない。変わり映えのしない森での暮らしに飽いた若者が、刺激を求めて里抜けを行うことは稀《まれ》にあると聞く。冒険者となったこのエルフも、その類なのだろう。

エルフの青年は肩を竦《すく》めつつ続ける。

「大体、私たちは今のメンバーで十分にやれていただろう？」

「そうじゃそうじゃ！」

次いで、酒で焼けた胴間声。

「長耳なんぞに同意するのは癪《しゃく》だがの、今更こんな手弱女《たおやめ》を加える必要はあるまいて」

ひょこひょこと前に出たのは、毛むくじゃらの小男だった。女性として平均的な身長のユニより小柄で、それとは対照的に大きく張り出た腹に、太く短い首と手足。だがみちみちという音が聞こえそうなほど漲《みなぎ》った筋骨は、頑丈さと逞《たくま》しさを備えている。

ドワーフ。谷間や洞窟などに起居する、これまた長命の亜人種。エルフ種が線が細く優美であり、若いまま姿を長く保つのに対し、無骨で粗野で頑健、老いても長らくを生きるという種族である。戦士として、また鍛冶師《かじし》としても秀でた能力を持つが、頑固かつ騒々しい気性はエルフたちと酷く折り合いが悪い。この二種族が併存し、なおかつ短命の人間種をリーダーとして戴いている点で、成程このパーティも名を売るだけのことはあった。

とはいえ、パーティのメンバーも反対だと言うのなら、ユニには願ってもないことである。

「お仲間もこのように仰られていることですし、ご縁が無かったということで――」

「待ってくれ！」

リーダーの青年は、本当に諦めが悪かった。一体何が彼をそこまで駆り立てるというのだろうか。確かにユニは自分の実力に些《いささ》かの自負はある。またそうでなければ主の役に立つ道具たり得ないだろう。しかし、これまで苦楽を共にした仲間の反対を押してまでユニを加えようとするほどのものだろうか。もしそう思っているのなら、この男も目が曇っているか――或《あ》るいはその逆に見え過ぎているのか。

「せめて一度だけ、俺たちと一緒に依頼を受けてみてくれないか？　試すと思ってさ。なあ、頼むよ！」

遂には膝を折って拝み始める始末である。断じて奴隷に対して取る態度ではなかった。特に公衆の面前では、だ。当然、その姿は大いに周囲の目を引く。

「何だ何だ？　どうしたってんだ、一体」

「あの奴隷女を仲間にしたいって奴が、また出たんだよ」

「へっ、物好きな輩《やから》ってのは幾らでもいるもんだぜ……」

ギルドに屯《たむろ》する他の冒険者たちが、口々に噂し合うのが聞こえた。どうでも良い雑音ではあるが、愉快な気はしない。加えて余計な注目を引くのも上手くないだろう。ユニは一度目を伏せてから、小さな声で答えた。

「……では、依頼への同行につきましては主に話を通させて頂きます」

その言葉に、僅かな嘆息を滲《にじ》ませて。


――まあ、良いんじゃない？　中々に面白いものも得られそうな依頼だしさ。

それが事情を説明された際のトゥリウスの答えだった。正直な話、彼がここまで快く話を受けるとは思わなかったが、他ならぬ主の意向だ。奴隷であるユニとしては断る理由は無い。

主が寛容にも求めに応じる意向だとの旨を伝えた時、相手方のリーダーは――他の二人の難色を余所《よそ》に――躍り上がって喜んだ。

「ほ、本当に？　……やった！　いや、嬉しいよ。君のように綺麗な、あいや、腕の立つ冒険者と組めるなんて」

その反応で彼女は更に男の評価を低く修正したものである。彼の判断基準には、実力面だけでなく下心も多分に交じっていたということだ。愚かなことである。それに比べれば、顔の潰れた死にかけだった時に自分を見出した主の、何と賢明なことだろうか。

さておき、彼女は今、件《くだん》の冒険者パーティと共同で受けた冒険《クエスト》の目的地へと向かっていた。依頼の内容は主に調査。王都近郊のとある地域で、魔物の出現が続いている。近隣の民草や街道を行く隊商が襲われ、被害が出ているようだ。本格的な討伐を実行する前に威力偵察を行い、情報を集めつつ可能な限り魔物を漸減《ぜんげん》せよ。このような方針である。

「見えてきたぞ」

パーティのリーダーである人間の剣士が、顎をしゃくって前方を示す。王都ブローセンヌを離れること数日の距離。人手を入れた気配が無い草地の切れ目、鬱蒼《うっそう》とした森を背景に背負った寂れた館があった。長らく無人のままに放置されていたのだろう。塀に壁にと蔦《つた》を這わせた佇《たたず》まいといい、破れ窓を晒《さら》したままの荒れ果てぶりといい、いかにも幽霊や怪物が棲家《すみか》としそうなものだ。

「この屋敷の辺りを中心にして、魔物による襲撃の報告が相次いでいる」

「にしても、妙なところにある家じゃのぉ。何故こんな寂れた外れに建っておるんじゃ？」

重量感のある戦槌《ウォー・ハンマー》を太い指で扱《しご》きつつ言うドワーフ。

もっともな意見である。街道外れの森の傍に館を構えるなど、不経済ではないか。生活物資を運び入れるにも不便であるし、肌に感じる空気も湿気が強く不衛生な印象を受ける。幼時から合理的であれ、経済的に考えよとトゥリウスから教育を受けてきたユニにとって、どうにもこの建物を建てた人物の意図が分からない。

それを察した訳でもないだろうが、リーダーの男は訳知り顔で講釈を始める。

「聞いた話だと、ここは元々廷臣が国王から下賜された、猟場を兼ねる別荘だったらしい。獲物となる鳥や獣が絶えぬよう、森を拓かず原っぱも畑にしないままにしているとか」

「で、狩りの後はこの屋敷に逗留《とうりゅう》して捌《さば》いた獲物に舌鼓を打つ訳か。人間のお偉いさんも良い趣味をしておるのぉ？」

とエルフの青年へ水を向ける。言われた当人は、当て擦りの気配を感じてか心外そうに顔をしかめた。

「冗談も大概にして欲しいな。戯れの為に無駄な殺生を行うなど、狩りの王道とは程遠い。野蛮な所業と言う他無いと思うね」

語調にも露骨な嫌悪感が滲《にじ》んでいた。エルフの民は狩りに長《た》け、その生業《なりわい》に誇りを持っていると聞く。この青年は装備や体つきを見たところ魔導師のようだが、それでも生半な猟師よりも弓や追跡に造詣が深いように見受けられた。種族の伝統を貴族の遊興と同列に扱われるのは不本意であると、言葉の端々で主張している。

ゴホンと咳払いをして話を戻そうとする人間の剣士。

「それはともかく、だ。この館と周辺の土地を拝領していた貴族は、大分昔に失脚した。

その騒動でこの土地屋敷の所有権も宙に浮き、以後そのままで現在に至る訳だ」

「まったく杜撰《ずさん》もいいところだ。街から離れた空家を放置しておくなど、賊か魔物の塒《ねぐら》にされるに決まっているじゃないか」

「人間どもの王都の周辺は、近衛とか言ったか、そんなご大層な騎士団が治安を担当しておるんじゃなかったかの？」

ドワーフの戦士が言う近衛騎士団は、王都と王家の守護を任せられたこの国最精鋭の騎士団である。王宮の警備やブローセンヌ周辺の街道における治安維持、そして貴族が謀反《むほん》を起こした際の鎮圧などを任務としているはずだ。目の前の幽霊屋敷は、街道から辺鄙《へんぴ》な場所とはいえブローセンヌ近傍に存在する。であれば近衛騎士団の巡回が定期的に行われ、魔物の巣になどなりそうもないのだが、

「それがな……このボロ館の主が取り潰された時、辺り一帯の土地割りが変わったらしい。その結果、ここは王領や貴族たちの荘園との境界が入り組む位置になった。お陰で騎士団としても手を出すとややこしいことになるようだ」

下手に踏み込むと貴族たちの縄張りを侵すことになるので、手を付けかねているということなのだろう。何ともまあ馬鹿らしい話である。不要になった建物など早々に取り壊せば良い。だが、そう単純にはいかないということくらいはユニでも理解出来る。この近辺の地図が政変で塗り替わったと言うのなら、同じことが起こればまた土地が振り分け直さ

れるだろう。その時に新たな地主となる貴族にこの空き家をあてがえば、新しい屋敷を建てるより安上がりだ。もっとも、長期間放置され傷んでいる箇所もある物件である。こんなものを与えられる人物は貧乏くじを引かされたも同然だろうが。

「で？　貴女は我々の話を聞いているだけなのか？」

出し抜けにエルフの魔導師がそう言ってきた。これまで会話に加わっていなかったユニに、胡乱《うろん》なものを見るような目付きを向けている。短い間とはいえ、ここに至る道中でも言葉を交わした回数は最低限度だ。急遽《きゅうきょ》彼らのパーティに助力することになった彼女のことを、今もって信用していないと見える。

「ゾンビの目撃例が四件――」

「は？」

「――ゴーストが現れたとの報告が一件。夜の森に不審な灯火らしいものを見たという事例が二件。恐らくウィル・オー・ウィスプでしょう。他にも幾つかの魔物が現れていますが、おおよそはゴブリンなど在来種が凶暴化したものです。特異な情報はアンデッドに偏っています。以上のことから、知性のある高位のアンデッドがこの館を根拠にしていると判断出来ます」

ユニが事前に集めておいた情報を並べると、冒険者たちは揃ってぽかんと口を開けた。

彼女は構わず続けることにする。

「必要とされる物資、装備は、主に聖水や教会の祝福を受けた武器などですね。最悪の場合は館ごと焼き払うことも想定しなければいけないかもしれません。準備はされていますでしょうか？」

「あ、ああ。聖水は常に備蓄しているし、俺の剣は銀膜張りに祝福を掛けた物だ」

リーダーの剣士が目を瞬きながら肯《うなず》いた。アンデッド対策としては最低限度の備えで、率直に言うと不足を感じるのだが、そこは指摘しないでおく。不備をあげつらっても余計にこじれるだけだ。

「こりゃ驚いた。嬢ちゃん、よくこの短期間で調べたのう？」

「王都で仕事を受けておりますれば、些少《さしょう》ながら伝手《つて》はございますので」

仮にも冒険者であり、またこの男たちのようにパーティへ属する訳でもない、いわゆるソロを貫いている身である。事情通に顔を繋《つな》ぐなど、万一に備えて情報を集めることは習慣付けていた。またこのような作業を滞りなくこなす為のレンジャー技能もあるだろう。

具体的には、この辺りに土地を持つ貴族の屋敷に忍び込んで、警備の報告書を盗み見てくるだとか。辺りの荘園の主たちがギルドに情報提供を行っていれば、今回の依頼のようなリスクの高い威力偵察は不要になるのだが、儘《まま》ならないものだ。

「成程、噂になるだけのことはある。流石《さすが》は【銀狼】の二つ名で呼ばれる冒険者、といったところかな？」

皮肉げにエルフが口にした呼び名に、ユニは表に出さないまでも心がささくれ立つのを感じる。ギルドは功ある冒険者を称える為、またそんな人物を輩出した組織の成果を喧伝《けんでん》する為に、一定以上の等級に至った者に二つ名を贈る。ユニもそれに（やや特殊な事例だが）該当し、【銀狼】なる名で呼ばれることになっていた。

一匹狼を貫いていることと首に嵌《は》められた銀の首輪からの連想だろうが、正直に言えばあまり好きな呼ばれ方ではない。躾《しつけ》のなっていない野生の獣のように言われるなど心外だった。どうせなら犬の方が良いと思う。何より、二つ名を得たことを主に報告した際に「何だかちょっと恥ずかしい響きだね」と評されたことが堪《こた》えた。彼に恥ずかしいなどと思われるとは、それこそ恥辱の極みである。

数瞬、微妙な空気が漂う。リーダーの男はそれを振り払うようにまた咳払いを一つ。

「ともあれ、ここで話し続けても埒《らち》が明かない。そろそろ内部に突入しよう」

言う通りではある。ユニらはここへ仕事をしに来たのであり、親しくもない相手とピクニックに来た訳ではない。いつものようにやるべき仕事を手早く終わらせて、すぐに主のところに戻りたかった。

※　※　※

エルフの魔導師は自分たちの前を行く小さな背中を不審を込めて眺めていた。見た目十代の半ばといったところの人間の小娘。それも奴隷。更にはいかなる酔狂か、身に纏《まと》っているのはとても冒険に向いているとは思えないメイド服である。出自や年齢はともかくとして、格好はどうにも頂けなく、加えて人となりの方も鼻白むような頑なさであった。

（リーダーも何を考えて、こんな人間を加えようだなどと言い出したのやら）

ここ数日何度も繰り返した愚痴を口の中だけで呟《つぶや》く。

冒険者にとって仲間の選択は最も重要な要素だ。自分の命を他人に預け、また自分も相手のそれを預かるのであるから、忽《ゆるが》せに出来る訳が無い。パーティは信頼出来る相手と組まなければならないし、大規模なクエストに挑む為のアライアンス――複数のパーティや一匹狼《ソロ》を集めた冒険者の連合――もまた信用出来る相手を選ぶのが筋というもの。その点を言えば、この【銀狼のユニ】とか呼ばれている冒険者は最悪だった。

まず寡黙に過ぎる。聞かれたことには最低限の返事で答えるが、本当に最低限だ。口下手であるとか、気が弱いとかで言葉が続かないのは良い。が、この娘の硬い無表情から感じられるのは、己の側に踏み込まれるのを一方的に拒絶するような壁。打ち解けようという意思が微塵《みじん》も感じられない。

連携を取るつもりもまた皆無のようであった。調査対象である廃屋に突入する際、

「私が先行しますので、後から随行して下さいませ」

と告げたきり、こちらの返事も聞かずに一人で前を行っている。まるで自分たちのことを余計なお荷物だと言わんばかりの態度だった。ズカズカと探索の先頭に立つ以上、野伏《レンジャー》としての技巧には自信があるのだろう。それは良い。だが前衛であるリーダーの剣士やドワーフの戦士との間合いも気にした様子も無い。連携もへったくれも無かった。これではアライアンスというよりパーティに余計な瘤《こぶ》が一つ付いただけだ。

(今度ばかりは、リーダーの見込み違いじゃないのか？)

勧誘の為にギルドで顔を合わせた時から、そんな危惧が胸を噛《か》み続けている。このユニとかいう女、確かに腕は立つだろう。二つ名の名乗りを許されるほど高位であり、同時に徒党を組むよりも格段に生還の難しいソロで生き延び続けている。弱い訳でも無能でもない。だが、そのことと組めるかどうかは別の話だ。幾ら切れ味が良かろうと、自分たちをも傷つけかねない諸刃の、それも抜き身の剣は不要。稀代《きたい》の名刀をおっかなびっくりとへっぴり腰で振るうより、たとえ鈍《なまくら》だろうと全力で叩きつけられる剣の方が頼りになる。一瞬の判断で生死が分かれる土壇場では、躊躇《ためら》い無く使えるものの方が有用なのだ。それが分からないリーダーでもないと思っていたのだが。

(これは本当に色香に迷っただけなのかもしれぬ)

先程からユニの一挙手一投足にチラチラと視線を送る彼の姿に、小さく嘆息する。この女の容姿は、異種族のエルフである彼から見ても整っているように見えた。そこに腕の立つ冒険者という付加価値があれば、下心に抗い切れなくなる男が出てきてもおかしくはない。だが、それがよりによって我らがリーダーとは。元々、人間には珍しいほど純だった男だ。身贔屓《みびいき》かもしれないが、美しい少女が奴隷の首輪を嵌《は》められていることに対する憐《れん》憫《びん》もあろう。それも相まって、ころっと籠絡されてしまったのではないか。

と、思っていると、

「……」

件《くだん》のユニがエントランス脇の扉の一つで足を止め、チラリとこちらを見た。

「なに――」

リーダーが意図を質《ただ》す前に、彼女は扉向こうから死角になる位置を取りながらドアノブを回す。その瞬間だった。

「ARRRGGG――っ!!」

朽ち腐って脆《もろ》くなった扉を突き破るようにして、何かが飛び出してくる。暗い眼窩《がんか》へ目玉の代わりに不気味な赤光を灯しながら、糜爛《びらん》した肌を晒《さら》す動く死体。ゾンビ。死人が蘇った怪物、アンデッドの中でも、スケルトンと並んで知られる存在だった。

「待ち伏せ!?　アンデッドが!?」

即座に武器を抜き放ちながら、動揺も露わに呻《うめ》くリーダー。彼の当惑も当然だった。アンデッドという種族は概して知能が低い。物事を考えるべき脳味噌が腐っていたり、霊体であっても未練や怨念に塗り潰されて複雑な思考が出来なくなるからだ。人間と同等、或《あ》いはそれ以上の知性を示すアンデッドなど、相当の高位でなければあり得ない。

が、そのことに衝撃を受けている暇は無かった。今はこの死に損ないどもを片付けるのが先決。現れたゾンビは三体。まず先頭を行くそれをリーダーの抜き打ちがざっくりと斬り込む。次いで動きが鈍ったところにドワーフのハンマーが頭部を叩き割った。こういった死体型のアンデッドは頭を潰すことで仕留めるのが定石。胴体や手足を傷つけても可動部が減りこそすれ動き続ける。だが、頭部を失えば不浄の命を使い果たして今度こそ死ぬのだ。

エルフの魔導師もぼうっとそれを見ているだけではない。即座に手指で印を組んで、慌ただしく魔法を唱える。

「《ファイアーボール》っ！」

咄嗟《とっさ》の事態に長々と詠唱を行う猶予は無い。正規の呪文の大部分を省略し、魔法の名だけを口にして発動を行った。火の印を象った両手から火球が飛び、二体目のゾンビに叩きつけられる。腐汁を滴らせる死体はたちまち燃え上がるが、

「GGUUUUU……っ！」

やはり詠唱省略による威力の低下は無視し得なかった。体表の大部分を焦がしながらもゾンビは今もなおこちらに向かおうとしている。

「まず――」

一体目を仕留めた体勢のままの仲間たちへ不潔な爪が伸びる光景に、エルフの男は警告とも悲鳴ともつかぬ声を上げかけた。所詮は下級のゾンビ、一撃で致命ということはないだろうが、この手のアンデッドは屍毒に由来する厄介な毒を持つことが多い。毒消しのポーションを備えていても、人体に有害な症状によって消耗する体力は戻らないのだ。

が、死体の手指は何者をも掛けることはなかった。

扉の陰に身を潜り込ませて強襲をやり過ごしていたユニ。その両手が閃《ひらめ》いたかと思うと、三体目のゾンビの頭が飛ぶ。彼女が抜き放ったショートソードの刃が正確に首の骨を切断したのだ。そして得物を振り切った体勢から、そのまま勢いを殺さず踊るように回転しつつ蹴りを放つ。はためくスカートから伸びた細足、その踵《かかと》が、全身を焼け焦げさせながらも動いていた二体目の盆の窪《くぼ》に突き刺さった。

熟れた瓜を潰すようなぞっとしない音と共に、標的の頭部が破砕される。同時、首を切り離されていた三体目も、今頃になってどさりと床に伏した。

慌ただしい襲撃の後の、痛いほどの沈黙。三人の冒険者が荒い息を吐く中、メイド姿の小娘だけが涼しい顔で、不浄のものを斬ったショートソードに懐紙で拭いを掛けている。

「お、驚いたのぅ……まさかゾンビなんぞに待ち伏せを喰らうとは」

ドワーフの戦士が気まずさを誤魔化すように言う。彼も、よもや緒戦からゾンビ如きに危ういところを晒《さら》すことになるとは、思ってもみなかったのだろう。リーダーの剣士も肯《うなず》いた。

「ああ。だが、何とか彼女のお陰で大事には至らなかったな」

「いえ。それほどでもございません」

ユニが武器を鞘に戻して、恭しく頭を下げる。だが、エルフの魔導師としては些《いささ》か納得しかねた。

「ふんっ。そうは言うが、今の襲撃は君の不手際が原因じゃないのかな？」

鼻を鳴らしつつ非難を口にする。ドワーフが目を瞬きリーダーが心外そうな顔をするが、彼は収まらなかった。

「違わないだろう？　君が不注意にもドアに手を掛けたから、不意打ちを受けて手負いになりかねない事態となったのだぞ」

「恐れながら、事前に目配せはしたはずですが」

「目配せ一つで分かるか!?」

思わず声が高くなる。事前の打ち合わせも無しに仕草だけよこされて、意思疎通も何もあったものではない。たとえ今回の冒険だけの間柄としても、このような突発時に最低限でも連携を取れるようにする為にコミュニケーションを重ねる必要があるのではないのか。閉鎖的な気質で知られるエルフである自分ですら分かっていることが、この女にはまるで理解出来ていると思えない。彼はそう感じてしまう。

「言いたいことは分かるが、ちと落ち着け。敵地じゃぞ？」

いつもの闊達《かったつ》さに欠ける曖昧な苦笑を浮かべつつ、肩に手を置いてくるドワーフ。彼は土臭い顔を寄せるようにして耳打ちを一つする。

「まあ、リーダーもそろそろ分かってくるじゃろうて。腕前や見目だけで、この娘を加える訳にはいかんとな」

「……ふんっ」

むさ苦しいちんちくりんに諭されるのは癪《しゃく》だが、同感だった。横目で窺《うかが》ってみると、リーダーは仲間である自分たちと、臨時に組んだ相手である女の間に、微妙な温度を感じさせる視線を彷徨《さまよ》わせている。既存のパーティと、そこへ新たなメンバーとして加えたい相手の噛《か》み合わなさ。それを改めて実感しているようだった。

まあ、良い。これで彼も理解するだろう。自分たちの間に余計な異物は必要無い。ドワーフなんぞと組んでいる現状にも思うところが無いではないが、少なくとも『これ』よりはマシだ。斥候に長《た》けた野伏技能の持ち主と言えど、信が置けないならば、いないよりなお悪い。結局のところ、今まで通りが最善なのだ。百歳を過ぎたばかりの若いエルフは、心底そう思う。

諸悪の根源は、取りすました表情を変えもせず口を開いた。

「では、先に進みましょうか」

その点にだけは素直に同意する。早くこの仕事を終わらせて、このいけ好かない人間種の小娘と縁を切りたかった。


二階建ての屋敷の地上部分では、低級のアンデッドによる散発的な攻撃があるのみ。正直に言って、ユニなどいなくとも三人がしっかり連携さえしていれば後れを取る相手ではない。手を焼くのはゴーストのような、物理攻撃の通りが悪い霊体の敵くらいだ。それも簡単な魔法で退治出来る程度だし、リーダーの持つ銀を張った祝福済みの剣ならば有効なダメージは与えることが出来る。正直言って、自分たちより一つ二つ等級《ランク》が下のパーティであっても、十分にこなせた依頼だろう。探索は残すところ、地下部分くらいであるが、

「はてさて、どんなものかのう？　今のところアンデッド発生の原因にはぶち当たっておらぬが」

「恐らくはこの下でしょう」

地下への階段を下りつつ、抑揚に乏しい声でユニ。この精気の乏しさには、彼女の方こそ黄泉返《よみがえ》った死人なのではとさえ思わされる。

エルフの青年は、どうにか胸中の反感を捻じ伏せて言った。

「それで？　貴女としては何が待ち受けているとお考えかな？」

「随分と棘《とげ》のある言い方じゃないか」

リーダーの剣士の、そちらこそ棘を含んだ反駁《はんばく》。これはまさか、本当に色香に迷ったのではと今更ながらに心配が湧く。が、渦中の女はやはり気にした様子も無く答える。

「最も安全な想定では、はぐれ死霊術師の実験という線かと」

死霊術師。その言葉の持つ後ろ暗い陰鬱さに、またぞろ顔をしかめてしまう。死霊術師はまたの名をネクロマンサーともいい、死霊や死体を操る不浄の魔法を専門とする外法の魔導師だ。高潔なエルフは勿論《もちろん》、人間社会でも鼻摘まみ者とされている。が、生命の天敵たるアンデッドを抑止し制御し得るとして、白眼視されつつも弾圧はされずにいるという。彼としては、そんな外道の輩《やから》などさっさと討滅すべきと思っているのだが。

「逆に最も困るのは、ギルドの危惧通りに、力のある高位のアンデッドが巣食っている場合ですね」

「その線は無いと思うがね。それにしてはこの館をうろつくモンスターは低級に過ぎる」

脳味噌の腐った死に損ないや我執に囚われた亡霊は、だからこそ愚劣な感情のままに自分の力を誇示することを好む。ゾンビや低級霊などを好んで周囲に置くなど、高位のアンデッドの習性には合致しない。

「恐らく、小賢しい死霊術師か中位程度のアンデッドの仕業だろうさ」

「だろうな。さっさと退治して依頼を終えてしまおう。この程度なら、俺たちだけでも対処可能だ」

「ほほ！　威力偵察のはずが大将首を挙げたとなると、報酬にも色が付くじゃろうな！」

パーティの面々は殊更に気を大きくして階段を下っていく。突入しての緒戦こそ少々驚かされたものの、これまで大した脅威に出くわしていない。そのことが彼らに異変の原因の恐ろしさを低く見積もらせていた。

一行を先導するユニは、

「……いずれにせよ、警戒するに越したことはないかと」

やはりどこか他人事のように、頼り無い光量のカンテラを片手にしつつ言った。

地下への階段は、想像よりずっと長い。内装も途中で、石壁から土を剥《む》き出しにしたものへ変わっていく。まるで当初の設計には無い地下室を後付けしたようだった。鼻孔をツンと黴《かび》の臭いが突き刺す。その趣きは放棄された貴族の別邸というより墓穴のそれだ。いかにも不死者どもの親玉が好みそうな場所である。

「ここが終点か？」

足元も覚束《おぼつか》ない暗闇の中、階段から床へと足を下ろしながら言うリーダー。そこは地下室ではなく洞窟と表現すべき空間だった。天井から水滴がピチャ、ピチャと不定期に落ち、床といい壁といい湿気を孕《はら》んだ土で出来ている。

そんな中、ユニの手にしたカンテラが地底の小広間、その中央にある何かを照らした。

それは匣《はこ》のように見える。いや、少し違う。土床から浮かび上がる祭壇の上に供えられた、艶を消した黒の長方形。それは言うなれば、死者をその内に納める為に拵《こしら》えられた――、

「棺、桶？」

そう棺桶だ。見るからに厚く頑丈そうで、まるで貴人を葬る目的か、もしくは固く封をし重い蓋でもって、中にいる者を閉じ込める為にあるような。死臭漂う廃屋の最奥へ座すには相応《ふさわ》しく、同時に粗末な地下の空洞にはどこか不釣り合いな代物。

「……この私の領域を、随分と騒がせてくれたものだねえ？」

目を瞬く彼らに向けて、くぐもった男の声が投げ掛けられた。発生源は？　考えるまでも無い。目の前にある棺桶の中だ。

――ギィイイイイぃぃぃっ……。

耳障りな軋《きし》みと共に上蓋が奥にずれ、ゴトリと祭壇に落ちた。そして中にいたモノがゆっくりとその身を起こす。顔をこちらに向けたそれは、闇の中でその双眸《そうぼう》を爛々《らんらん》と輝かせた。不吉に灯る眼光の色は赤。顔色は橙《だいだい》色のカンテラの明かりにも死人めいた青白さと知れた。

「こんばんは、侵入者諸君。挨拶が遅れて申し訳ない」

四人からなる冒険者を前にしているとは思えないほど悠然とした言葉。ニンマリと不敵な笑みの形へ歪《ゆが》められた唇の端からは、不自然に長い犬歯がギラリと光を照り返す。

「ま、まさか……!?」

一瞬の自失から立ち直り、素早く武器を構え直すリーダー。ドワーフの戦士も緊張に顔を強張《こわば》らせながらそれに倣う。一人、エルフの魔導師のみが眼前に現れた怪物の名を呆然《ぼうぜん》と呟《つぶや》いた。

「ヴァンパイア……!?」

吸血鬼。夜の貴族。不死者の王。アンデッドの中でも紛れも無く高位に位置する化け物、それを彩る無数の異名が、脳裏を瞬いては消える。曰く、血を吸った相手を下僕となるアンデッドへ変える異能を持つ。曰く、太陽に背を向け日光に焼かれることを代償に闇の中では正真正銘の不死身と化す。曰く、人外の膂力《りょりょく》と桁外れの魔力、高い知能、そして数々の特異な能力を併せ持つ超級のモンスター。

討伐に要する冒険者の等級は、個体差はあるものの最低でもBランクのパーティ。先日Cランクに昇級したような自分たちでは、まさに及びも付かない相手……!

「怖気づくなっ!」

予想外の怪物の出現に気圧《けお》されていた一行を、リーダーの一喝が正気付かせる。

「こんな辺鄙《へんぴ》な廃墟に潜むような手合いだ。ヴァンパイアだとしても、成りたての弱い個体だっ！」

言われてみて、ハッとなる。確かに王都の直近とはいえ打ち捨てられたボロ屋敷は、夜の貴族を称するヴァンパイアには似つかわしくない。力のある存在ならば棲家《すみか》として選ぶ場所も選り好みするはず。豪奢《ごうしゃ》な縄張りを見繕う実力に欠く、貧弱な個体であるとの推測には説得力があった。

虚勢半分とはいえ自身の実力を貶《おとし》められた吸血鬼は、フンっと鼻を鳴らすと重みを感じさせない不気味な身のこなしで、棺桶から地下の床へと舞い降りた。

「腹が立つことだが、中々に的を射た推察じゃないか」

「う、動くなっ！」

「妙な動きをすれば、その頭を叩き潰すぞいっ!?」

リーダーとドワーフが武器を手に脅しを掛ける。だが、それを向けられた対象は気に留めた素振りも無く、

「ご賢察の通り、私は人間から吸血鬼に変じてまだ数年といった若輩さ。自慢と言えば、同胞の牙に掛かって成ったのではなく、術を極めた果てで、ということくらい。だがねえ、逆にこうも考えられるのではないかな――？」

悠然と両手を広げながら自慢げな顔つきで、

「――人間の天敵でありながらまだ弱いが故に、頭を捻って罠を用意していると」

不吉な宣告を歌うように口にした。

その瞬間である。

「『なっ⁉』」

ボゴリ、と籠もった音を立てて足元の地面から手が伸びた。枯れ木めいた細い腕がリーダーの、ドワーフの、エルフの、そしてユニの足を、見かけに反してがっちりと掴《つか》む。

「これは……レッサー・ヴァンパイア？」

ユニが口にしたのはヴァンパイアの毒牙に掛かった犠牲者が成り下がる魔物の名だった。

「ご名答だよ、変わった格好のお嬢さん」

処女、童貞が吸血鬼に血を吸われれば同族にされるとはありがちな伝承だが、もしそうでない者が同じことをされたら？　その答えがこの腕の主どもである。全身の血液を失いミイラのような有様になり果て、知性無き出来損ないの吸血鬼として使役されることとなる。だが、その能力は吸血鬼の端くれらしくゾンビなどとは比較にならない難敵。

「下等な使い魔どもをそこいらに徘徊《はいかい》させていれば、冒険者である諸君も大した使い手などいないと勘違いしてのこのこと誘《おび》き出されてくれると思ってね。君たちのように『そこそこ』強い人間は、我々にとって美味しいごちそうなんだ。血には滋養がたっぷりあるし、死体は新たに強力な手駒を作る材料にもなる」

間抜けな侵入者を配下のレッサー・ヴァンパイアで拘束した状況を詰みと取ってか、得意げな調子で種明かしを始める。その高慢さがエルフの魔導師の反骨心に火を付けた。

「《炎の精よ――》」

ヴァンパイアといえどアンデッドはアンデッド。火葬されるべき動く死体に過ぎない。弱点である炎の魔法を唱えて焼き払ってやる。怒りのままに自由なままの口で詠唱を行うのだが、

「おっと」

「――むぐっ⁉」

いつの間にか眼前に現れた相手に、顎を掴まれ遮られてしまう。吸血鬼の手は、やはりと言うべきか体温を持たず氷のように冷たい。触れられているだけで怖気《おぞけ》を振るう不気味さだった。いや、それだけではない。

「あ、ぐ、ぐ……?」

「ほんのちょっぴりだが精気を奪わせてもらったよ。身体が麻痺《まひ》して動かないだろう？」

ヴァンパイアの異能の一つ、麻痺の指先。その手で触れた相手の肉体を硬直させ抵抗力を奪う、吸血の為の下拵《したごしら》えだった。これを受けては舌先すらも自由にならない。魔導師は呆気《あっけ》なく無力化された。

「さて、どれから頂こうか」

温度を感じさせない爬虫類《はちゅうるい》的な眼光が、三人の男と一人の少女を眺め回す。無論、リーダーやドワーフも黙ってそれに晒《さら》されているだけではない。自身を拘束するレッサー・ヴァンパイアの腕に武器を打ちつけ、何とか振りほどこうとしている。だが、人外の怪力を持つ魔物に脚部を掴《つか》まれていては、脱出にも相当難儀するようだった。

ヴァンパイアは残酷な視線を最初の犠牲者の顔へと注いだ。

「土臭いドワーフは不味《まず》そうだね」

そう言うと、ひょろりとした手で拳を作り、ドワーフの戦士の顔面へ叩きつけ……一撃で陥没させた。

「なっ……!?」

気に入らないことは多々あったが、それでも頼れる前衛として認め、冒険を共にしてきた毛むくじゃらの男。その顔が一瞬で、事も無げに、二目と見られない残骸に変じてしまった。リーダーとエルフはあまりにも大きな衝撃に声を失う。そんな彼らを尻目に、ヴァンパイアは長い舌で拳に付着した返り血を舐《な》めたかと思うと、すぐさまペッと吐き捨てた。

「思った通り、美味しくないな。そこの屑肉《くずにく》は後で下僕どもの餌にしよう。ああ、そうだ。君らをアンデッドにしてやって、その最初の食事に、というのはどうだろう？　元仲間の血肉と文字通り一つになるってのも乙なんじゃないかなァ？」

「ふ、ふざけるなあっ!!」

リーダーが怒声と共に、レッサー・ヴァンパイアの拘束を振り切る。仲間の死を侮辱された激昂で力を引き出したのであろうか。彼は怒りのままに対アンデッド用の祝福儀礼の施された銀剣を振り上げ、仇たるヴァンパイアに斬り掛かり、

「そんな物を人に向けるなよ。危ないじゃあないか」

呆気《あっけ》なく剣を掴まれ止められてしまった。ジュウ……っと不死者の掌が神の威光に焼かれ、煙を上げるが、ただそれだけ。ヴァンパイアは何ら痛痒《つうよう》を感じた素振りも無く涼しい顔で彼の首元に顔を寄せ、

「男は好みじゃないが、ドワーフよりはマシか」

ゾブリと牙を突き立て、血を吸い始める。

「あ、ああ……ユニ、さん。たす、け――」

彼が助けを乞うのは、今まさに死を与えんとする怪物でも最後に残った仲間であるエルフでもなく、行きずりに組んだだけの奴隷の女。しかし、亡者に足を掴まれたままのユニは、黙して動かない。

「――なん、で？　どう、して……？」

それが彼の人間としての最期の言葉。ユニならば怪物の拘束を脱して戦えるのではという妄信か。それともどうしてこんなことになったのだという後悔か。いずれにせよ、パーティのリーダーであった青年は、気難しいエルフにも頑固なドワーフにも認められていた

男は、あっという間に見る影も無く細り、枯渇し果てて、床を蠢《うごめ》くレッサー・ヴァンパイアの新たな一体と成り下がった。

終わった。麻痺《まひ》に自由を奪われ硬直し、瞼《まぶた》を閉じることすら叶わなくなったエルフの魔導師は、心底からの絶望と共にそう思った。魔物と戦うのだという義侠心と外界への好奇心から森を出、人間の社会に失望し、それでも仲間を得、何とか一端《いっぱし》の冒険者として名を売り始めたところだというのに。彼と仲間たちの旅は、こんな場末の廃屋で亡者の手に掛かって終わるのだ。

気が付けばヴァンパイアは、拘束を振り解く素振りも見せずに立ち呆《ほう》けているユニの前に立っていた。……何が【銀狼のユニ】だ。拍子抜けするほどに無抵抗な彼女の姿に彼は内心毒づいた。この女が全ての元凶じゃないか。こんな女を新たな仲間だのと見込んで、一緒に依頼を受けたりしなければ、こんなことになったりはしなかっただろうに。看板倒れの役立たずめ、どうしてお前なんかが自分の仲間より僅かとはいえ存《なが》えているのか。エルフの魔導師の声なき悪罵を余所《よそ》に、ヴァンパイアは上機嫌に獲物へと語り掛けている。

「エルフはメインディッシュに取っておくとして、次は君だ」

「……」

「しかし残念でならないねえ？　君のような美しい女性にこそ、永遠の夜の世界は相応《ふさわ》しいと思うのだが、これからその美貌が失われてしまうとは」

大仰な、空々しい身振りを添えて言うヴァンパイア。エルフは麻痺に痙攣《けいれん》する肺から失笑の吐息を絞り出した。つまりあの女は、その容貌を保ったまま不死へと変わる条件――清い身体のままでいることが出来なかったという訳か。成程、奴隷の身の上で男好きのする顔となれば、当然のことだろう。いや冒険に赴くに当たってメイド服などという奇矯ないでたちを選ぶというご趣味だ。当人も相当な好き者というヤツかも知れぬ……悪意に満ちた感想が次から次へと浮かんだ。

「正直に言って惜しいと思うよ……どうだね、私の下に就くつもりは無いかい？　私のように術を極めて不死化すれば、若く美しいままで永遠を生きられる。とても魅力的な提案だと思うのだがね？」

ヴァンパイアは自分の言動に酔うような蕩《とろ》けた表情で、ユニの顔に手を伸ばす。

その手は、しかしユニ自身の手で止められた。

「失礼ながら、お断りいたします」

みしみしと、材木がへし折れかけているような音。その源はヴァンパイアの手首だ。ユニのほっそりとした手指に掴《つか》まれている部分が、万力で締め上げられているように悲鳴を上げている。

ヴァンパイアは初めて驚きに目を丸くした。奴隷の首輪を嵌《は》めたメイド姿の冒険者は、構わずに言葉を継ぐ。

「私が傅《かしず》くべきお方は、後にも先にもただ一人ですので」

そして彼女は手首を返す。握り込んだ相手の腕をそのままに。

ボキリと。硬い物が折れ砕ける音が地下に響いた。

「ぎぃいいやあああああっ⁉」

悲鳴が上がる。ヴァンパイアが、不死の魔物が、パーティの仲間を瞬く間に殺した化け物が、腕を折られて痛みに泣き喚いている。

何なんだ、この女は。エルフの魔導師は呆気《あっけ》に取られながらも思った。人間を超えた腕力と耐久性を誇るモンスターの腕を、事も無げに素手で破壊するとは。あの細腕のどこにそんな馬力が眠っていたというのか。驚愕《きょうがく》するエルフ。だがそれ以上に驚き、かつ恐れていたのは、他ならぬ痛手を被った張本人。ヴァンパイアは背を丸めて折られた腕を庇《かば》いつつ無様に飛び退く。

ユニはそれを追わない。代わりに短く呟《つぶや》いた。

「《ワール・ウインド》」

風属性の中位魔法。それを詠唱省略により一言の下に発動する。狭い地下を旋風の刃がところ構わず切り刻み、レッサー・ヴァンパイアの群れをズタズタに裁断していく。その中には、かつてパーティのリーダーだった男の成れの果ても含まれていた。あっという間の形勢逆転に、吸血鬼は牙をカチカチ鳴らしながら喚く。

「な、何なんだ……何なんだお前はァ!?」

返答は言葉ではなかった。ユニはエプロンドレスのスカートの裾に手をやると、そのまま手首を閃《ひらめ》かせて何かを投じる。

「ぎぃいっ!?」

地下室の壁際にまで後退していた標的は、飛来した凶器に手足を縫い止められた。まるで磔刑《たっけい》に処される罪人である。見ればそれは柄の短い投擲《とうてき》用の小刀だった。そんなものを何本もスカートの中に仕込んでいたというのか。一転して拘束される側となったヴァンパイアは、何とか逃れようと身を捩《よじ》る。

「こ、こんなもので私の動きを封じたと思ったら――」

「ヴァンパイアの能力に霧への変異というものがございましたか。それを利用して脱出されるおつもりでしたら、無駄であると申し上げておきます。その小刀も対魔物用の礼装の一種ですので」

「――な!?」

どうやらその言葉に嘘は無いのだろう。吸血鬼は幾度も何事かを念じるが、その度に四肢を壁に留める投げナイフから紫電が生じ、その身を苛《さいな》む。ユニはツカツカと遠慮無くヴァンパイアの元に近づくと懐から何かを取り出した。先端に針を備える、目盛りの刻まれた透明な筒。エルフは、そしてヴァンパイアは知らないことだが、その奇妙な道具は注射器と呼ばれるものだった。

彼女は慣れた手つきで吸血鬼の腕にそれを突き刺し、ピストンをゆっくりと引く。赤黒く濁った何かが、筒の中を満たしていった。

「な、何を、何をしている！」

「貴方は先程、若く美しいままで永遠を生きられることを、とても魅力的な提案だと仰いましたね？」

困惑に満ちた声に、答えにならない返事。彼女は作業を終えると傷口から抜いた針を折り、注射器を懐にしまい直した。

「だからその為の素材を頂きました。そして続ける。モンスターを倒して素材を得るのも、冒険者の仕事ですので」

同時に、腰から抜き放ったショートソードで胸を一突き。心臓は吸血鬼にとっても致命的な弱点だった。人から啜《すす》り取った不浄な血液を全身に回らせる器官。不死性の要とも言うべき臓器を破壊されたヴァンパイアが、断末魔すら上げる暇無く塵《ちり》と化していく。

「――」

灰は灰に塵は塵に。死したる者はかくあるべしという聖句をなぞって、吸血鬼は消えていった。その従僕たるレッサー・ヴァンパイアたちも同様。後に残されたのは、几帳面に武器へ拭いを掛けているユニと……麻痺《まひ》から解き放たれてへたり込むエルフの青年のみ。

「……どうしてだ？」

パーティの中でたった一人生き残ってしまった男は、それこそ死人のような微かな声で呟《つぶや》く。初めは茫洋《ぼうよう》と宙へ投げ掛けられていた視線は、やがて一点へと焦点を結んでいった。悔恨と憎悪とに染められて。

「どうしてなんだ……何故、最初から本気を出して戦わなかった？」

伏兵として現れたレッサー・ヴァンパイアの群れを魔法で蹴散らし、首魁《しゅかい》たるヴァンパイアさえ片手間のように打倒してのけたユニ。彼女が初めからその能力を振るってモンスターと戦っていれば、仲間たちは死なずに済んだ。そうではないか？

そんな非難の意を込めた視線を浴びせるが、女はちらりと流し目をよこすのみ。顔色一つさえ変えはしなかった。

「答えろっ！　何故だ、何故私の仲間を見殺しにしたァ!?」

立ち上がり、詰め寄り、胸倉を掴《つか》んで叫んでも、彼女の表情は凪《な》いだまま。例えるなら小波一つ生じない湖面のそれだ。ただ一言、ポツリと端的な返事だけが返ってくる。

「――の為ですよ」

え、と聞き返すことは出来なかった。ドンと胸を突く何かに遮られ、息が止まる。

カンテラの朧《おぼろ》な明かりを照り返す緑色の眼差しは、結局一度として色を変えることは無かった。

※※※

数日後、ユニは変わらず地下にいた。当然、場所は違う。今いるのはオーブニル邸、心安らぐ懐かしの、主の懐たる実験場だ。そこでユニは床に跪《ひざまず》き、敬愛する主人の言葉をじっと待つ。

「流石《さすが》はユニだ。予想通り、良いサンプルを手に入れてきてくれたじゃないか」

浮き立つように朗らかなトゥリウスの声に、内心ホッと胸を撫《な》で下ろす。どうやら無事、主の期待には応えられたようだ。

「勿体《もったい》なきお言葉です」

揺れる胸中をひた隠し、沈着な従者のなりを取り繕って答礼する。ここで声を震わせ大袈裟《おおげさ》な振る舞いをするなど慮外の極み。いついかなる時も冷静に、主の求めだけに道具のように忠実に応じること。彼女はそう教育され、そう作り変えられてきたのだから。

「いやいや、謙遜することはないよ。これだけの上物を手に入れられることは滅多に無いんだ。もう少し誇っても良いんじゃない？」

「これは失礼しました。ご主人様のお喜びに水を差してしまったようです」

「うん。こういう時はさ、一緒に喜ぶべきだよ。何てったってさ——」

言いながら、トゥリウスは背後を振り向いて示す。

「――長命種の死体なんて、とびっきりのレア物なんだからね」

部屋の中央、手術台の上に載せられた二つの身体。それは今回の探索で行動を共にした冒険者たち――ヴァンパイアに殺されたドワーフと、ユニ自らが仕留めたエルフの死体である。

「長命の亜人は奴隷市で買うにも高いからねえ。死体とはいえタダ同然、いやクエスト達成の報酬ってオマケ付きで手に入るなんて、ツイてるね」

「とはいえ、アライアンスを組んだパーティが全滅という結果ですので、相応に減額されてはいますが」

「それは仕方ないよ。不幸な事故の所為《せい》なんだから」

「はい。まさかヴァンパイアなどという怪物に出くわすとは、本当に不幸な事故でした」

興に乗ったらしい主に合わせて、白々しいカバーストーリーを口から紡ぐ。筋書きはこうだ。アンデッドの大量発生の原因を調査しに赴いたユニと行きずりの冒険者パーティのアライアンスは、そこで吸血鬼という予想外の脅威に遭遇。さしものユニも敵を倒して自分一人が生き残るのに精一杯で、同行していた冒険者は全員、怪物の牙に掛かって眷属《けんぞく》へと変えられてしまった。アンデッド化した彼らの死体は、母体であるヴァンパイアを倒すと同時に風化し崩壊。遺憾ながら塵芥《じんかい》と化した遺体を回収することは出来なかった、という風に報告してある。

だが、実際にはご覧の通り。ヴァンパイアに頭を砕かれたドワーフと、仮初《かりそめ》の仲間に裏切られ胸を刺されたエルフは、秘密裏にオーブニル家の地下に運び込まれ、主の研究に役立つだろう貴重な標本になった訳だ。

「出来れば、生きたままこちらへお連れしたかったのですが……」

今更な繰り言とは分かっているが、思わずそう零してしまう。標本は新鮮である方が望ましいし、生きているのであれば自分のように脳味噌を改造してまた別の使い方も出来るだろう。だが流石《さすが》の彼女も、非協力的な生き物を人目に付かず屋敷に連行するのは難しい。ユニの言葉にトゥリウスも同意の肯《うなず》きを返す。

「まあ、ね。これはこれで掘り出し物だけど、生きた素体をそのまま手に入れる方が魅力的な選択肢ではある。うーん、何とか即効性ある洗脳なんかが使えれば良いんだけれど」

残念ながら、偉大な主人にも不可能なことはある。そもそも不老不死になる術を手に入れられないから四苦八苦しているのだ。それが当然のことだろう。

「僕が手に入れられる範囲の教本じゃ、洗脳に使える薬の調合法は見当たらないしなあ。人を操る方法なんて危険過ぎるから、秘匿されていても仕方の無いことかもしれないけど」

「高名な錬金術師や国の研究機関ならば、所蔵されていることもあるかと」

「かといって、そこから盗む訳にもいかないしね」

言って、お手上げのポーズを取るトゥリウス。

「それとヴァンパイアから採取した血液のサンプルなんだけどさ」

「はい」

「手に入ったは良いんだけど、正直今は持て余しているんだよね」

懐から取り出した赤いアンプルをくるくると回し弄《もてあそ》ぶ。これもユニの戦利品の一つだ。

ヴァンパイアの血液。彼の種族は血を媒介に同族や眷属《けんぞく》を作って繁殖するという。この中身を適当な被検体に注射してやれば、特に対象が清い身体であれば、それだけでギルドが目を剥《む》くような怪物が王都のただなかで産声を上げるだろう。

しかし、

「ギルドや教会に気取られると危険ですね」

そういうことだね、と主の肯定。人間を襲い、餌食となった者を同種に変えて増えるモンスターなど、人類にとっては悪夢のような天敵でしかない。魔物討伐を担うギルドは勿《もち》論《ろん》のこと、神による死後の救済を拒んだ罪深き存在として、教会にも目の敵にされている。それらに知られれば、たちまち主の危機である。それは本意ではなかった。

「これも分かりやすく不老不死に近い存在だから、じっくりと研究したいんだけどなあ」

「しかし今は時期尚早である、と」

「僕の護衛やラボの警備、保守管理に使える手駒が足りないからね」

それもまた彼女にとって悩みの種である。主に忠実であり、有為な助手であり、彼が永遠に至るまでその命を守れるのは、今現在ユニしかいない。せめて自分が資金や素材を調達に出ている間、彼の傍にいることが出来る者が必要だろう。少なくとも、吸血鬼の特性を調べるという実験の最中に、あのライナスのような輩《やから》に踏み込まれないようラボを守れる程度の人員は欲しい。

「ま、高望みしても仕方ないよね」

トゥリウスは気を変えるようにそう口にした。

「何にせよ、今回はユニの頑張りで良い物が手に入ったんだ。僕としても研究のし甲斐があるってもんさ」

「ご主人様にお役立ち出来たようで、何よりでございます」

「うんうん。さあて、それじゃあ早速、今日の研究に取り掛かろうか！」

殊更に明るく振る舞いながら手術台に向かう彼。困難の数々を物ともせず邁進《まいしん》しようとするその背を、ユニは切ない想いを込めて見つめた。

八年前のあの日。身体を壊され、心をぐちゃぐちゃにされた惨状から蘇生して以来、彼女は自身の価値が分からないままでいる。何故、死ななかったのか。何故、生き続けているのか。そもそも記憶が混濁して自身の過去さえ杳《よう》として知れない。何もかも理解不能な混乱の闇の中で、たった一つ見出した確かな光。それが彼だった。

どんな困難にも諦めない心。何者にも譲らない強固な自我。そして見果てぬ夢を追い求め続ける眼差しの輝き……自分には無い、或《ある》いは失ったかもしれないそれを抱く彼にどうしようもなく惹《ひ》かれてしまう。

この人の為に生きたい。この人の為に死にたい。背反する情動は、少女の中で矛盾無く並立し一つとなっていた。

要するにそれが彼女の理由の全て。

「今日の研究課題は長命種の寿命の秘密だ。解剖学的見地から、それを探ってみよう」

「はい。——全てはご主人様の為に」

そうしてユニは、今日も主と自身へ忠実に職務を遂行するのだった。

……結局、死体の解剖ではエルフやドワーフが長寿を実現するメカニズムは見つけ出せなかった。だがそれでも、トゥリウス・シュルーナン・オーブニルがいつか夢を叶えると、傍らに立つ少女は疑い無く信じ続けている。

幕間　殺意に至る病

「婚約を解消しましょう」

ライナス・ストレイン・オーブニルは、自分の許婚《いいなずけ》であった女性の言葉に耳を疑った。一瞬目を瞬く。身を乗り出した弾みで伸びた手が茶器に触れ、カチャリと音を立てた。彼はそれで自分の聴覚が正常であることを改めて知った。

「失礼。……今、何と?」

「婚約を解消しましょう、と言ったのよ」

目を伏せながら、テーブルの対面に座った女は続ける。

先程からこちらが給仕した茶に口を付ける素振りも無く、互いに押し黙ってじれじれとした時間が流れていた。さては相当に良くない話題を切り出されるのではと覚悟していたが、これは極めつけである。

「理由を、伺いたいのだが」

ライナスは硬い声でそう問うた。とはいえ、彼にも半ば答えの見当は付いている。彼はこれまで彼女を粗略に扱ったことは無かったはずだし、家格などの問題もまた同様だ。で

あるなら、婚約を破棄するような理由に成り得るのは、

「理由？　そんなの一つしか無いじゃない……オーブニルの人喰い屋敷なんかに、嫁げる訳が無いでしょう⁉」

ライナスの弟であるトゥリウスの、狂気に満ちた行状に他ならなかった。

【奴隷殺し】、【人喰い蛇】……今やあの弟の所業は、おぞましい仇名と共に王都ブローセンヌの貴族たちの間に広まっている。もしトゥリウス・シュルーナン・オーブニルの悪名を耳に入れたことの無い者がいたとしたら、貴族同士のサロンにも招かれないような木っ端であるか、田舎から都入りしたばかりのお上りくらいだろう。

改めて自家の評判を噛《か》み締め、うなだれるライナス。婚約者だった令嬢は、そんな彼に同情する素振りも見せず続けた。

「話はこれだけです。用は済みましたので、失礼します。……お断りの為に足を運ぶことすら苦痛でした」

卓を揺らして立ち上がり、足早に去っていく。退室の許可さえ求められなかった。仮にも伯爵家世子に対して、何という無礼だろうか。だが、それを咎《とが》めることは出来ない。社交界の世情は、その無礼を許すまでにオーブニル家の立場を苦しいものにしていたのである。

「……何ということだ。子爵家如きの小娘風情が、栄えあるオーブニル家に向かって舐《な》め

た口を……」

ボソボソとした呟《つぶや》き声。その主は同席していた父だった。頬をゲッソリとこけさせ、それでいて腹の辺りは空気を張り詰めたように膨れているというのが、何とも見苦しい。彼はここ数年病みついていたのだが、息子の婚約者来訪に気を良くし、無理を押してこの席まで出張ってきたのだ。しばらく絶えて無かった来客に、復調の目でも錯覚したのだろう。とんだ勘違いだった。息子が家格で劣る家の娘に三行半《みくだりはん》を突きつけられるという、新たな恥が生まれただけだ。

「どうしてだ……どうしてこうなったのだ……」

父はそのまま、ブツブツと恨み言めいた声を漏らし始める。

ライナスは俯《うつむ》きながら思う。

（どうしてこうなった、か……）

勿論《もちろん》、理由はあの狂人――今や弟とも思えぬ忌まわしい男、トゥリウス・シュルーナン・オーブニルの所為《せい》に決まっていた。

ライナス・ストレイン・オーブニルが弟トゥリウスに対して抱く感情を、嫌悪であると明確に理解したのは、いつ頃のことだっただろうか。正直に言えば、弟のことは最初から――彼が生まれた時から、好きであるとは言い難かった。弟の誕生は、ライナスの愛していた母の命と引き換えてのことであったのだから。

七歳の頃、弟が生まれて母が死んだ。彼の母は元々身体が丈夫であるとは言い難い女性だった。控えめで物静かで、いつも日向や暖炉の傍で編み物や読書をしていた。家臣や使用人たち、或《ある》いは奴隷が相手でも折檻《せっかん》どころか声を荒げることも無く、嬉しいことがあれば穏やかに微笑み、悲しいことがあれば少しだけ眉をひそめた。瞼《まぶた》の裏には母のそんな姿ばかりが映し出される。

対して父であるオーブニル伯はと言うと、正直な話好きではない。いや、はっきりと軽蔑していた。若年から奢侈《しゃし》に流れて家を傾け、政務を省みず、貴族の会合があると聞けば飲みに出掛け、商人が来訪すると無駄な調度品を買ったり袖の下を受け取る。それでいて妻であるライナスの母へは酷く冷淡だった。母は元々断絶寸前の下級貴族家の出自で、本来であればオーブニル家に嫁げるような身代ではなかったとのことだ。それで縁組が成り立ったのは、ひとえに若き日の父が家の名を落としていたからに他ならない。自業自得の極みだったが、彼に言わせれば下賤《げせん》な家の腹黒い女に、まんまと妻の座を占められたことになるらしい。要は八つ当たりだった。

仮にそうだったとしても、ライナスは母の方を支持するだろう。知恵が働くのは悪いことではないし、彼女は自身の出自を弁えてか浪費や醜聞とは無縁だった。父と違って家名に傷を付けた例も無い。何よりライナスに優しかったのだ。

父の腹いせは、身分の低い妻のみならず彼女との間に生したライナスにも及んでいた。

伯爵家の跡取りとして凡庸に過ぎる。それが父の言い分だった。他家の者が子どもについて、やれ言葉を話したのが早かっただの、やれ腕白で家臣の子を苛めては餓鬼大将を気取っているだの、そんな他愛も無い話を父としたとする。その度に、大人しく内気な子どもだったライナスは腐された。どこそこの子に比べて、ライナスは意気地が無い、学問も見るべきところが無い、魔法の素養もある訳ではない。こんな子どもに栄えある一門の未来を託せるであろうか……そんな不快な愚痴がライナスの子守唄だった。長じて物の裏というものを見られるようになった今では、それらの心無い言葉は自信に欠ける父の不安の裏返しに過ぎないと、理解出来ている。だが、幼児期にそんな理屈など思いつくはずも無い。事あるごとに父に叱られる度、または年齢に見合わぬ厳しい教育を課される度、優しい母に泣きつく毎日だった。

そんなある日、母は再び身籠った。ライナスを不出来な子と思い込んでいた父は、身体の弱い母に無理な房事を度々強いて、次の子を生したのである。つまりは要らない子の代わりを、だ。このような経緯で宿った児に、父を嫌う兄が好意を抱けるだろうか。幼い彼は母の腹が大きくなるにつれて苛立った。あんな男の子どもなんて、生まれてこなければいい。自分から母を取り上げるかもしれない兄弟など、要らない。そう思い詰める彼を、母は度々苦笑を浮かべつつ諭した。

「ライナス。貴方は立派なお兄さんでしょう？　お父様の無理にも応えようと、頑張っているじゃない。家族に辛く当たられる悲しさだって、知っているでしょう？　どうか、この子を優しく迎えてあげてね……」

穏やかな声音で言い聞かせる母の顔は、日増しに青く、痩せ細っていった。

そして十月十日にもまだ早い日。彼女は急に産気づいて産褥《さんじょく》に身を置き、助産と洗礼の為にやってきた神官が、青ざめて泡を食った顔をしながら弟を取り出した。元々強くなかった身体を、妊娠と長年の心労で弱らせていた、母の命を対価として。

ライナスはしばらく泣き濡れながら過ごし、母の亡骸が墓所に弔われるまでを涙を友としてあった。その後、何とか立ち直ると、母の言った通りにしようと意を新たにする。自分は母を知らない弟の兄となったのだ。この子を導いてやらねばならない。横暴な父の手から庇《かば》ってやらねばならない。弟の為に母が死んだことは悲しいが、憎むのは駄目だ。むしろ、母が命を捨ててまで残していった子を助けてやらねば、と。

ところが、トゥリウスと名付けられた弟は、物心のつく頃には既に兄を必要としていなかった。言葉を覚えることこそ手間取って父をやきもきさせたが、口が利けるようになりこの国の文字を理解し始めると、途端に事情が変わる。時に大人顔負けの弁舌を振るい、またある時には幼児に似つかわしくない文献を絵本代わりに読む。おまけにライナスには備わっていなかった魔法の素養まであったのだ。父は狂喜した。トゥリウスこそ自分の待ち望んでいた子、オーブニル伯爵家の中興となる神童である、と。ライナスからすれば馬鹿馬鹿しい限りである。それほどの才子を中興に充てねばならないほどに家を傾けたのは、どこの誰であったか。だが、父の単細胞ぶりを笑っている場合ではない。トゥリウスが父の期待通りの――つまりはライナスを優に超えるほどの天才であるならば、ライナスの世子としての地位は無いも同然。早晩、父のお墨付きまで得た弟に次期当主の座から追い落とされるだろう。

ライナスは恐怖した。それでは自分の今までの努力は何だったのだ。渋々とはいえ無理を言う父に従い、勉強を重ね、怠惰に流れぬよう身体も鍛え、オーブニル伯爵家二百年を次代に残す当主たらんとしてきた人生。その成果を全てトゥリウスに奪われてしまうのか。かといって、弟と争うことも本意ではなかった。あの母が最後に残し、託していった子なのだ。これを除くことなど自分には出来ない。また骨肉の跡目争いは、父の放蕩《ほうとう》以上に家名を損なうだろう。あの父以下にはなって堪《たま》るか。母の遺志に背いてはなるものか。だが、そうすれば自分の全てを弟に明け渡すことになる。強烈なアンビバレンツが、ライナスを苛《さいな》んだ。

幸い、と言っていいのだろうか。トゥリウスの興味は次期当主の地位よりも習い覚え始めた魔法に向いていた。もし弟がこのまま魔導を究めることを選び、家を出て独自の道を行こうというのなら。それならば兄弟相食《あいは》む泥沼の事態は避けられる。父は期待を掛けた子を後釜に据えられず悔しがるだろうが、それは父個人の事情に過ぎない。トゥリウスが順当に栄達し宮廷魔導師にでもなってくれれば、彼を輩出した家の名声も上がるだろう。父の我意さえ折れてくれれば、そしてトゥリウスがこのまま魔法に熱中していてくれれば、三者共に損をせずに済むではないか。ライナスは葛藤の中でそう欣求《ごんぐ》するようになっていた。

彼の願いは半分だけ叶えられた。思惑通りにトゥリウスは魔導の探求に耽《ふけ》っていったが、彼が特に入れ込んでいたのは錬金術。怪しい薬を煎じたり鍛冶屋《かじや》紛いの作業をしたり、酷い場合には鉛を金に染め上げ黄金を造ったと嘯《うそぶ》くような、数ある魔法の中でも特に卑賤《ひせん》な分野なのである。当然、父は激怒した。長年待ち望んでいた才気溢《あふ》れる後継者候補が、よりにもよって詐欺師の業とまで言われる賤業にかぶれたのである。オーブニル伯ならずとも、子を持つ貴族ならば誰でも怒るだろう。トゥリウスに魔法を教えていた家庭教師は、伯爵家の子にあらぬことを吹き込んだと解雇された。しかし、事はそれで終わらなかったのである。

師が放逐され、父の激怒を買った。普通の子どもであればそれだけで萎縮し、錬金術になど金輪際手を出さなくなるだろう。トゥリウスは違った。屋敷の地下にあった物置を自分のものにすると、道具を運び入れてそこで独自の研究を始める。父も度々叱ったが、根が弟に甘いものだから効果は薄い。トゥリウスはのらりくらりと叱責を躱《かわ》し、日がな一日を地下室で過ごすようになる。

……それから少しずつ異常が始まった。使用人たちがゴミに鼠《ねずみ》の死骸が多いと首を傾げ出す。あるメイドが仕事中にふらりと昏倒し、後で話を聞くとトゥリウスが差し入れた妙な味の飲み物を口にしたと言う。屋敷で飼っていた番犬や鼠駆除の猫が、ある日突然姿を消す。トゥリウスの仕業だった。

これも全て、錬金術を研究する為だと弟は言う。

「だって調合した薬は、生き物で試してみないと効果が分からないでしょう?」

その口ぶりはどことなく自慢げですらあった。

「ちゃんと期待した通りの薬効を発揮するか、そうでないか。或《ある》いは体に害のある副作用があるか否か。事前に小動物で確かめてみてからでないと、危なっかしくて人間には使えませんよ」

そして動物だけでは足りないから、身分の低い使用人などでも試してみたらしい。

「人間と動物とでは、害になる物が違いますからね。人間が問題無く口に出来る食べ物も、犬猫にとっては毒になる場合もあります。玉葱《たまねぎ》などが代表ですかね。逆もまた然りでしょう。動物に投与して問題の無かった薬が、人間が飲むと毒だったりしたら大変じゃありませんか」

ライナスは即座に父に訴えた。トゥリウスのしていることは、過激に過ぎる。もっと強く叱ってやるべきではないか、と。だが、父の返事は木で鼻をくったようなものだった。所詮は子どもの悪戯《いたずら》だろう、地下に籠もってばかりいるので心配だったがそんなに元気な子だったとは、昔から覇気の無かったお前とは大違いだな……。要するに、跡目争いが為の讒言《ざんげん》と受け取られたのである。

とはいえ、父の方も錬金術への耽溺《たんでき》を放置しておくつもりは無かったようだ。ある日、朝食の席でトゥリウスにこう命じた。お前もそろそろ奴隷を買って、人使いを覚えねばなるまい、小遣いの前借りという形で金を渡すから、奴隷市場に行ってこい、と。トゥリウスから研究に使う資金を奪うのと同時に、本腰を入れて後継者候補へ帝王学を教える気になった訳である。長男として思うところが無い訳ではなかったが、これで弟の奇行が収まるかと思うと複雑な心地だった。

しかし、弟はまたも予想外のことをしでかす。彼が買ってきた奴隷は、とても見られたものではない顔の潰された死にかけの子どもだったのである。

トゥリウスは言った。

「この子は傷物ですが、魔法の素養には見るべきところがあります。死ぬまでは僕が面倒を見ますので、どうか家に上げてやって下さい。ああ、勿論《もちろん》お客の目が届くようなところには置きませんよ。僕が治療をする為にも、当分は地下室に入れておくつもりですし」

もしかすると弟は狂っているのではないかと思った。その予感は後に的中するのであるが、この時はその腕前の方が余程に狂っていた。初めて見た時は死体一歩手前、いや向こうに片足を突っ込んでいた奴隷は、一週間もすると傷一つ無い顔を晒《さら》して弟に付き従う姿を見せ始めたのである。父は引き攣《つ》った顔で息子を労《ねぎら》うと、しばらく距離を取って好きなようにやらせた。忌避感と我が子の才能を思う父親の情、その均衡がそうさせたのだろう。それが、最大の間違いだったというのに。

父の態度を錬金術への黙認と考えたのだろう。トゥリウスはそれから常軌を逸した研究にのめり込んでいった。あの最初の奴隷を巧みに助手にと仕込むと、独自に調合したポーションを売り捌《さば》き、家に依拠しない資金源を得始める。それを皮切りに次々と新たな奴隷を購入し、実験と称して殺していった。発覚した時点で、一体何人を殺していたのか。顔色をなくし問い詰める父に対して、トゥリウスは抜け抜けと言った。

「父上、奴隷は持ち主がどう扱っても良いと、法律で決まっているのでしょう？　なら問題無いじゃないですか」

と。

「それに大抵の貴族は癇癪《かんしゃく》で奴隷を殺しますけど、僕は有為な実験だからしているんです。ああ、付け加えて言うなら、僕も殺したくて殺しているんじゃない。実験をすると大抵は死んでしまうだけなのですよ。ほら、ユニみたいにちゃんと生きている奴隷だっているでしょう？」

悪魔の言葉だと思った。父も同感だったのだろう、青ざめた顔で奴の手を掴《つか》むと、そのまま教会まで引き摺《ず》って行って神官に泣きついた。私の子どもから悪魔を祓《はら》って下さい、と。だが、信じられないことに悪魔は憑《つ》いていなかった。感知魔法も、聖遺物も、奴から悪魔らしい邪気など見出せなかったのである。呆《あき》れたことにトゥリウスは、駄目押しのように聖典の文言を諳《そら》んじてみせ、逆に神官から歓心を買ったという。その神官はモグリの売僧《まいす》に違いない、とライナスは今でも信じている。この手口が悪魔でないならば、一体この世のどこに悪魔がいるというのか。いや、神官の見立てでは悪魔は『憑いていない』とのことだった。ならばトゥリウス自身が悪魔なのだろう。

それからのオーブニル家は、毎日が地獄だった。地下室では奴隷を供物にした実験が続き、庭では死んだ奴隷が度々荼毘《だび》に付される。死臭と骨肉の焼けた臭いがあちこちに染みつき、家人はそれに心を病んで、辞めていく者が後を絶たなかった。

そんなある日のことである。

「ところでライナス卿。貴方は香水に興味は無いのですか？」

貴族子弟のサロンに出掛けた時、同席した客から出し抜けにこんなことを言われた。訝《いぶか》しむ彼に向かって、発言の主は皮肉げに続ける。

「いえね、オーブニルの御家では、殊更に臭い消しが必要かと思いまして……」

思わずカッとなった。お前の家は臭いと、卑しくも伯爵家の長子に向かって吐き捨てられたのだ。ライナスがその無礼者を殴り倒さなかったのは、自身の自制心が為せる業ではない。周囲の若い貴族たちが、揃って同意するように嘲弄の笑みを向けていたからだ。何より堪《こた》えたのは、友人であると思っていた連中も、オーブニル家を馬鹿にした冗談に追従する素振りを見せたことである。当然、ライナスも抗議の声を上げた。

「何を笑っている……？　私の家を笑うのが、そんなに楽しいか⁉　我々は友人同士ではないかっ！　なのに、何故平然と笑うことが出来る⁉」

「けど、ライナス――」

友人だった男の一人が、おずおずと言う。

「――私たちは一度も、君の家に招かれたことが無かったじゃないか」

二の句を継げることが出来なかった。確かにライナスはここ数年、友人を家に上げたことは一度も無い。パーティーを開くなど、もっての外だ。貴族の繋《つな》がりは家同士の繋がり。一度も家に上げたことの無い相手を、友人と呼べるだろうか。相手はそう言っているのだ。だがそれは、全て弟の所為《せい》ではないか。アレが年中奴隷を殺戮《さつりく》し、庭で死体を燃やしているから――そんな家に人を呼ぶことなど、出来る訳が無い。そう言いたかった。しかし、それを口にしてしまえば、先の悪意ある冗談を真実であると認めることになる。彼は結局、黙って席を蹴立てて帰るより無かった。後を追いかけてくる嘲笑の声が、背中に刺さるような気持ちだった。

その一件以来、ライナスが他家に招かれることも、招かれたとしてそれに応じることも、めっきりと減っていた。目を閉じると、友人だと思っていた連中が卑屈な笑みを浮かべる顔が目に浮かぶ。オーブニル家を馬鹿にする連中と同心して、自分をせせら笑う声が耳に聞こえる。とても人付き合いに精を出す気にはなれない。時を同じくして父が体調を崩し始めると、それ以前から滞っていた政務を自ら代行するようになる。仕事に打ち込んでいる時だけが、彼の気が休まる時間だった。紅茶を啜《すす》りながら書類に目を通し、ペンを走らせ、家臣にあれこれと指示を出す。何かに没頭するその間だけ、弟のことも他の貴族のことも忘れていられるのだ。ただ、時折殺される奴隷の悲鳴が聞こえたり、庭から火葬の火が上がるのが見えると、すぐさま悪夢のような現実に引き戻されてしまうのであるが。

ライナス・ストレイン・オーブニルの人生は、汚辱にまみれた家門と共に、急激に腐り始めていた。

「ら、ライナス……なんとかせい……このままでは、このままでは我が一族は――」

憐《あわれ》みを乞うような父の声に、暗い思索から覚まされる。憂鬱に頭を押さえられながらも視線を上げると、弛《たる》み切った肉皮を歪《ゆが》ませる父の顔。ガリっ、と噛《か》み締めた奥歯が音を鳴らす。

（あの狂児をのさばらせていたのは、貴様だろうが……！）

オーブニル家の窮状、その原因の最たるものがトゥリウスならば、それに次ぐのがあろうことか伯爵当人だ。贅沢《ぜいたく》と遊興に溺れて他家の蔑みを買い、更には甘やかした次男が【奴隷殺し】に育ってしまうのを座視していたのだから。恨み言は尽きないが、今になってそれを言っても始まらない。ライナスのするべきことは、地に落ちた家名を何とか盛り返す手立てをとること。不幸中の幸いと言うべきか、父も心身が弱り切り、多少の無茶を提案しても丸呑みせざるを得なくなっている。ライナスが具体的な打開策を思いつけば、それに否を唱えることはあり得まい。

(だが、どうする……?)

彼は悩んだ。小賢しいことに、トゥリウスは罪を犯した訳ではなかった。もしかすると隠れて何かやっているのかもしれないが、ライナスらが関知しているのは、人体実験と称した奴隷への虐殺のみ。自分の奴隷ならば幾ら殺そうと構わないのがこのアルクェール王国、いやイトゥセラ大陸の法である。気が狂うほどの酸鼻な行いであっても、甚だしく行儀が悪い程度のこと。法曹を司る機関に訴え出ても、それを矯められなかった家中の恥を晒《さら》すだけだ。

トゥリウスを殺す、というのも具合が悪い。跡継ぎ争いの内訌《ないこう》は御家取り潰しの口実として格好のもの。現在は地方貴族の粛清を邁進《まいしん》する中央集権派が国政の主導を握っている。伯爵家という大身の上、評判が悪く他の貴族にも庇《かば》われないオーブニル家など好餌となるだろう。付け入る隙は与えられない。この手段も——魅力的だが——取れはしない。せめて、ほとぼりを冷ませるだけの間、オーブニル家の世評を回復するだけの期間、トゥリウスがブローセンヌを離れてくれれば良いのだが……。

（……待てよ？）

ライナスは顔を上げた。

ある。トゥリウスを年単位で王都から切り離せる、絶好の名目があったのだ。加えて、トゥリウスにとっても実利があり、提案を受け入れさせるだけの余地がある、そんな手段が。

「父上。確か王宮の方では現在、隣国のザンクトガレンとの融和政策を推進しておりましたな？」

アルクェール王国の東、ザンクトガレン連邦王国。国境付近の係争地を巡り、幾度となく干戈《かんか》を交えた相手であるが、ここ数十年は互いに矛を収め、緊張を孕《はら》んだ平和とも言うべき状態を共有する相手だ。中央集権派のラヴァレ侯爵などは、和平を維持する為の交友として盛んに彼の国へと留学生を送っていると聞く。

「あの国には魔導アカデミーなる学園が置かれている。そう小耳に挟んだことがあります。何でも、あらゆる分野の魔法を研究しているらしく……錬金術も例外ではないのだとか」

そこへトゥリウスを送ってしまえば良い。そんなにも錬金術を学びたければ、その為の学び舎《や》へ通うのが筋というものだろう。研究だろうと調合だろうと人体実験だろうと、留学した先で好きなだけやれ。代わりに口利きをしてやった対価だ、ほとぼりが冷めるまで王都に、この国に帰ってくるな。要はそういうことだ。

ライナスの提案に、父は鈍く瞳を輝かせる。

「おう、おう！　妙案であるぞ、ライナス！　形はどうあれ、国策での留学は名誉。我が家の世評も少しは盛り返すであろうし、何よりトゥリウスも断り難かろう！　よ、よし！儂《わし》にも昔の伝手《つて》がある。そこへ話を持って行って、何とか捻じ込んでみせようぞっ！」

現金な反応に、思わず溜め息が漏れそうになった。とはいえ、これで問題児を家から引き離す目途が立ったのである。ライナスとしては胸を撫《な》で下ろしたいところだ。それにしても父の言う昔の伝手とは、遊び呆《ほう》けているに等しい社交で培ったものだろう。果たしてどこまで役に立つのやら。

……結局、伯爵の持っていたコネでは全く話が進まず、ライナスは自分で駆けずり回りトゥリウスの留学の話を進めねばならなかった。それでも、これから先数年の平穏を買う為と思えば我慢も出来よう。トゥリウスも話を持ち掛けられると、二つ返事で了承し例の最古参の奴隷を連れて旅立って行った。

これで卒業までの間、弟は帰ってこられない。その内に家の評判と他家からの信用を回復せねば。また弟が戻ったとして、再び好き勝手をされることの無いよう、態勢を固めておく必要がある。婚約の破談など、気に掛けている暇は無い。平穏と言うには忙しくなる未来を思って、ライナスは久しぶりに笑みを浮かべた。


オーブニル家の幸福な時間は、一年を僅かに過ぎただけで終わりを告げた。

「ただいま、兄上。恥ずかしながら戻って参りました」

メイド服を纏《まと》った奴隷に傅《かしず》かれながら、【人喰い蛇】と忌み嫌われた男が玄関をくぐる。

ライナスはその光景を愕然《がくぜん》としながら目に入れていた。無意識に目を擦る。自分が見ている光景が信じられない。

「……トゥリウス？　お、お前っ、何故ここにいるっ⁉　留学はどうした⁉　卒業は再来年のはずだろうっ！」

口から飛び出した声は、悲鳴に近い色合いだった。トゥリウスはそれを意に介した様子も無く、へらへらと薄っぺらに笑いながら言う。

「いや、それがですね。向こうの学生さんから決闘を挑まれてしまいまして。不本意ながらそれを受けて、やっつけてやったんですけれど、どうもあちらの国では結構な家柄だったみたいです。その相手に怪我をさせたとかで、退学になりました」

「なん、だと？」

退学？　退学と言ったのか？　国策に沿う形で留学しておきながら、問題を起こして学籍を剥奪《はくだつ》されたと？　何という不名誉だろうか。性懲りも無くオーブニル家の名に泥を塗る真似をしでかすとは。新たな醜聞を巻き起こした張本人は、反省の色も無く続ける。

「ですが、心配は無用です！　魔導アカデミーが蔵する知識の深奥は、しっかり余さず学び取って参りましたからね！　いやあ、これでまた新しい実験が捗りますよ」

ふざけるな、と言いたかった。誰もお前が知識を深めることなど期待していない。留学先で卒業までの年月を恙無《つつがな》く過ごし、オーブニル家の風聞に負わされた傷を癒す。それまでの時間を稼いでくれと願っていただけだ。その願望は、最悪の形で裏切られたのである。

失意と失望のあまり、ライナスは声も出せない。それで話は済んだと思ったか、トゥリウスは配下の奴隷に向き直った。

「さて、と。それじゃあユニ。何はともあれ、まずは父上へ挨拶と行こうか」

「はい、ご主人様」

悪魔とその使い魔の愉《たの》しげな声を聞きながら、ライナスは絶望する。またか。また、あの地獄のような日々が始まってしまうのか。奴隷の悲鳴、火葬の炎、吐き気を催す死臭。怪奇と猟奇にまみれた実験が、またこの屋敷で行われてしまうのか。

背を向けた弟を、視線だけで射る。

(最早、この男を生かしてはおけない)

社会のしがらみ、家族の情、そして母が今わの際《きわ》に遺した言葉。その全てが憎悪の火にくべられて灰と化していく。トゥリウス・シュルーナン・オーブニルこそ伯爵家の癌《がん》。取り除かない限り、この家も自分も生き残ることは出来ない。早急にあの世へと送るべき罪人だ。

「……ひぃいいいいいぃ～っ⁉」

トゥリウスの姿が上階へと消えたかと思うと、父の悲鳴が館中に響き渡った。自分と同じく、追放したはずの化け物の帰還に仰天したのだろう。病に倒れてから長い。もしかすると、この心痛がとどめとなって身罷《みまか》るかもしれなかった。いや、確実にそうなるだろう。だが、そんなことを気にしている場合ではなかった。

父は死ぬ。それは彼の中で既定のものとなっていた。ならば、それを利用して――

(殺すしかない。あの、化け物を……！)

ライナスの中にあった弟への嫌悪は、今やはっきりと殺意へと変じていた。

第四章　蛇をめぐる冒険

1. 王都ブローセンヌの酒場にて――オーブニル伯爵家、元家臣の証言

高等法院ってのも、暇なところなンですなァ。あたしゃ見ての通り、ただの飲んだくれでさァ。叩いて出るホコリなんざ、酒場のツケくらいのもんでしょうに。がはははっ。

ええ、仰る通りで。あたしゃこれでも昔ァね、一代騎士の名乗りを許されていたんですがねェ。どうもコレがやめられなくって。おかげで酒場でちょいと揉《も》めちまいましてな……そういう訳で、平民のごんたくれに逆戻りしたんですわ。

それで、ええっと、何をお尋ねになられるんで？　今晩は景気良く奢《おご》ってくれるんでござんしょ？　お礼に何でも答えたりますわ。

……オーブニル？　オーブニル家の相続問題について？

……。

は、はははっ！

冗談を言ってもらっちゃ困りますぜ。あそこの家は万事滞りなく、何の問題も無くご長

男が家督を継がれる訳でしょう。そこをつついたって、あんた、それこそ時間の無駄ですわ、うん。

それともアレですか？　雲の上の方々の政治的駆け引きっつーアレですか？　宮中の派閥争いの？　だとしたら若様も大変なこってすね。痛くない腹を探られて、跡目を継ぐ前に足止めとは。

ああ、そうです。確かにあたしゃあすこの御家に仕えてました。長年の傍仕えに報いて頂いて、騎士叙勲なんて栄誉にあずかれたのも旦那様——この間身罷《みまか》られた、先代の当主様のお陰でやんした。まあ、最後の最後で身を持ち崩しちまって、御恩に後ろ足で砂を掛けるような真似をしちまったのは、他ならぬ手前でやんすがね。

っつー訳ですわ。こちとらあの御家には恩も負い目もたっぷりある訳ですよ。だからですね、御家の迷惑になるようなあること無いことなんざァ、口が裂けても言えませんね。

え？　違う？　貴族同士の足の引っ張り合いではない？　個人的に気になることがある？

……旦那、悪いことは言わねェよ。火の無いところに煙を立てたって、一銅貨の得にもならねェんだ。世の中ね、みんながみんな納得して右から左に流してるもんを、無理にまた右に戻そうったってね、何にもならない。どころか周りから煙たがられる。それがオチってもんですよ。

で、一体何が気になるってンです？　飲みかかった酒、もとい乗りかかった船だ。肴《さかな》の代わりに聞いたりますわ。

長男の家督相続が上手く行き過ぎている、ですって？　跡目争いのもう片方、次男はどうしてあっさり引き下がったか？　……ああ、なァんだ。そんなことですか。

その前におたく、その次男坊とやらについて、どれだけご存じか伺っても？

ふんふん？　若年かつ独学にして錬金術を修めた麒麟児《きりんじ》、独自にポーションを調合し売り捌《さば》く辣腕家、隣国の魔導アカデミーからも招聘《しょうへい》された神童、っと。確かに、そこんところだけ聞きゃ、目立たぬ長男よりもよっぽど跡目に相応《ふさわ》しく聞こえますわな。ははは！けど、まあ、ね。裏を返せばですよ？　そいつァ、伯爵家の当主としていかほど役に立つって言うんです？

旧主の息子を悪く言いたかないんですがね、錬金術師ってのは所詮卑しい山師ですわ。毒だか薬だか分からんけったいな調剤に、鉛を金に変えるなんて駄法螺《だぼら》、ひいては不老不死と来たもんだ！　吹くにも程があるってもんでしょうに。そんなもんにかぶれた子どもに、跡目を願う親なんていやしませんよ。聞いた話じゃあの旦那様、死の床にあっても彼が用意した薬だけは絶対に飲まなかったそうで。まあ、その程度のもんだったんですよ。

ポーションを街で売り歩いてたってのも、頂けませんや。そうでしょ？　お偉いさんってのは、自分で商売するのが仕事じゃあない。下々のもんに商売させるのが仕事でしょうや。そこを履き違えてちゃいけねえですぜ。

大体、折角《せっかく》留学したアカデミーからも僅か一年で放校処分ですぜ？　一体、何をやらかしたのやら……。

ええ、あたしゃ向こうで何が起きたのかは存じません。ちょいと調べりゃ分かるこってすが、トゥリウス坊ちゃん――件《くだん》の次男坊がアカデミーに渡る前、騎士を首になってますんで。

これだけ話せば分かるでしょ？　どだい、伯爵家を継げる器じゃなかったんですわ。だから家中にも担ごうって輩《やから》がいなかった。誰にも担がれずに、正嫡を追い落とせるはずがない。だから、すんなりご長男が跡目になられたということです。

もういいでしょ？　もう納得なさったでしょ？　あの坊ちゃんが当主になれなかったのも、全ては自業自得ってもんです。安い歌劇で謳《うた》ってるような陰謀なんざ、これっぽっちもありゃしませんって。

……そうさ。あんな薄気味悪い餓鬼が、オーブニルの家を継いじまったら、家が傾くどころじゃない。

……何もかんも終わりになるところだったのさ。

……これで、これでいいんだ。

ん？　何ですって？

あの坊ちゃんに、何か含むところでもあるのかって？

へ、へへへ……。

嫌なことをお聞きになりますな、旦那。

ああ、そうですなァ……。今宵の酒代って言うには胸糞の悪い話になりやすが、これも懺悔《ざんげ》ってヤツですかねェ。胸ン中だけに留めておくには、どうも、こう……収まりが良くない。何もかんも、吐き出しちまえば少しは楽になれるんですかねェ……。

怖かった、んですよ。いや、違う。今でも、怖いんです。

そんなに粗暴な子どもだったのか、ですって？　違うんですよ、違います。それだけなら、それだけならどんなに良かったのか……。

逆、なんですよ。アレは本当に気性の穏やかな子どもでした。家臣に手を上げたところなんて、見たことも無い。我儘《わがまま》も、あんまり言った記憶がありませんね。そりゃあ錬金術なんて金の掛かる趣味をしてたんです。何度か小遣いの前借りくらいはしてたと思いますが、それも先代様が強く言えば、素直に引き下がってました。ええ、ポーションを売り始めたのも、小遣い以外の伝手《つて》で資金を得る為だったんでしょうよ。

でもね、よく考えたら気持ち悪いでしょう？　貴族の子どもなんだ、どんなにしっかり躾《しつ》けたとしても、癇癪《かんしゃく》や我儘は抑え込めねェ。逆に一つや二つ、そういった徴《しるし》がある方が覇気の証しになるってもんだろうに。それがアレは、まるで大人が子どもの姿をしているように、聞き分け良くしてるんです。最後まで通した我儘は、ただ錬金術の研究を続けること。それだけは絶対に譲らなかった。よりにもよって、それだけは……。

何ですか？　それだけなら、ただの大人しい子どもじゃないかって？

ええ、そうですね……。それだけに留まっていたら、それで済んだんですがね。あのことを知った後になると、ね？　思い返すと普段の態度がえらく不気味に思えてしまって。

最初におかしい、と感じたのですね……あの坊ちゃんが最初の奴隷を買った時ですわ。ええ、ええ、知っての通り、よちよち歩きの時分から頭は良かったんですが、どうもね、人の上に立つ者としての姿勢がなってないと。はい、ご当主様がそう仰られたのがきっかけでござんした。ありゃあ確か、アイツが——失礼、坊ちゃんが八つだった頃だと思います。まだほんの子どもでやしたんでね、みっちり教えを授ければ、錬金術なんぞから足を洗うだろうと、そう思われたのかもしれませんな。その時、護衛を兼ねて付き添ったのがあっしでさァ。貴族が奴隷を買うと言っても、まだお子様の話でやす。そんなに高値は出せねえ。だもんで、安い順番に物色しておりましたわ。

……坊ちゃんが選んだ奴隷は、それはそれは酷い有様でやんした。後から分かったんですが、小さな女の子でして。売り手がよっぽど下劣な輩《やから》だったんでしょうな。顔は殴られて腫れ上がっとるは、意識は朦朧《もうろう》として死にかかっとるは、散々でした。後で分かった、ってェのは、怪我が治らん内は男か女かも分からねえもんだったんで。恐らく、親が何らかの恨みを買って、そのとばっちりで甚振《いたぶ》られ、それでも辛うじて生きてたもんだから、殺して捨てるよりはと奴隷市場に売り払ったんでしょうな。ええ、とても売れるような奴隷じゃあねえ。何せ子どもで女でさァ。そういう目的で売りに出してるのに、肝心の面がボロボロでしょう？　治ったとしても傷が目立つだろうし、そもそも痛めつけられ過ぎて治るまで生きていられるかどうか、といった具合で。

ええ、買ったんですよ、その奴隷を。ちょっとは考え込んでやしたが、えらくきっぱりと決めよりましたわ。何でも、魔力持ちらしいんですと。しかも、こんな安奴隷の売り場に並んでいるのが勿体《もったい》ないくらい上等なんですと。確かに売り物とは思えねえ有様の割には、そこそこの値が付いてやした。貴族の子どもが買える程度ではありやすがね。慌てたのはあたしの方ですよ。こんな酷い有様の奴隷を買うに任せたら、付き添いを命じられたあたしゃ、ご当主様に何を言われるかと。

帰ったら案の定、かんかんでした。何だそれは、縁起が悪い、今すぐ捨てろ、いや殺せ、とね。可哀そうな話ですが、死にかけの奴隷でしょ？　あっしにゃ庇《かば》いようが無かったんですが、坊ちゃんときたらのらりくらりと躱《かわ》す。しまいにゃ死ぬまでは面倒を見るからと、さっさと地下室に連れて行ったんでごぜぇます。そして一緒になってそこに籠もられやした。お父上もしょうがねえんで、好きにせいと匙《さじ》を投げられました。

それから一週間ぐらい経った頃です。坊ちゃんが久しぶりに地下から顔を出したんでさァ。ああ、さてはようやく、あの奴隷もくたばったかと、そう思っていたんですがね。

……見知らぬ娘っ子が、その傍におったんですわ。年の頃は六つくらい、色白で目が大きくて、長じれば大層美人になるだろうなという顔でした。ただ頭には包帯を巻いとりましてね、人形みたいに整い過ぎた顔もあって、何とも不気味でしたぜ。

ええ。それがこの間の奴隷、らしいんですわ。あの半死半生で今にもくたばりそうだった、顔面も目茶目茶にされていたはずの奴隷です。信じられないでしょうが、治してしまったらしいんですわ。まだ八歳の小童《こわっぱ》が、錬金術を使ってです。

あっしも思わず目を疑いましたぜ。回復の魔法ってのは、ほら、存外融通が利かないものでしょう？　知り合いにも、骨折を治したら変な繋《つな》がり方をして、それが元で騎士を辞めた男もおりました。あっしの見立てじゃあの娘っ子、顔の怪我をわざとそんな風な形にされていたように思えました。それを傷一つ無く、歪《ゆが》みも無く、治しちまった。感心するより先に、寒気がする話でしょう？　幾らおつむの出来が良くったって、子どもに出来ることじゃあねェ。末恐ろしいったらありゃしないですぜ。

その後、その子を大事に育てたってんなら、まだ見直せるんですがね。随分と扱《こ》き使っておりましたぜ。

なに、それがどうした？　奴隷使いが荒いくらい、問題無かろう？　まあ、普通ならそうなんでしょうが、ありゃちょっと毛色が違いました。まあ、聞いて下せえ。

まず朝はお屋敷のメイドを借りてきて、その指導の下でみっちり作法だの何だのを叩き込む。まあ、そこは分かる。元々家臣教育の練習台に奴隷を買った訳でやんすからね。それくらいは仕方ない。だが、昼。こっからが分からねえ。屋敷の外に連れ出して、郊外の野原に行って……そこでひたすら走らせるんですわ。駆けっこ？　いいえ、違いまさァ。あの坊ちゃんは娘っ子が走るのを黙ーって見て、それをずっと続けてるんですわ。最初の内は四半刻、慣れてくると少しずつ伸ばしていって、しまいには日が暮れるまで。何が何だか分かりませんでしたぜ。夜には錬金術の実験の手伝いです。あの坊ちゃん、街の商人にポーションを卸してたでしょう？　その手伝いでしょうな。それ以外にも色々とやらせてたらしいんですがね。娘の方もよく従ってられたもんでさァ。まあ、農民の餓鬼なんかは同じくらい働かされてるんでしょうがね。

で、そんな生活にも慣れてきただろうって頃です。今度は武器の扱い方を教えろと来ました。坊ちゃんにじゃないですぜ、あの娘にです。その時、あたしゃ合点がいきましたわ。あの野っぱらを駆け回らせてたのは、こいつをやる為だと。ありゃあ、この下地を作る為の仕込みだとね。買って連れてきた時ゃ、随分弱ってやしたから、まずは体力をつけさせてた。それが済んだってんで……よりにもよって自分より年下の女の子に、剣を持たせようと言うんですわ。呆《あき》れて物も言えませんでしたぜ。

ええ、引き受けました。主筋の御曹子の頼みですからね。あんまり身は入りませんでしたがね、教えを乞う奴隷の方はやけに真剣でした。いっぺん、聞いたことがあります。何でそんなに熱心なんだ？　って。あの娘は、きっぱりと言いました。ご主人様をお守りする為です、って迷い無くね。幾ら服従の魔法があるとはいえ、奴隷根性もあすこまで行くと立派でしたわ。

それがある程度物になってくると、今度は魔法だ。こっちは何と冒険者に金を払って、教師として雇ったらしいんで。あのポーションの売り上げを使ってです。元々魔力があるってんで坊ちゃんの目に留まった娘ですからな。剣を教えるのに比べたら、分からなくもない。けど奴隷にそこまでしますかねえ？　大体、先生を雇えるくらいなら、ご自分で魔法を学べばいいじゃありませんか。錬金術師なんてやくざな商売より、魔導師の方がよっぽど名誉な職ですぜ。世の中にゃ、宮廷魔導師として働いて、爵位まで授かった方もおりますしね。

で、どうなったかですって？　まあ、一端《いっぱし》の冒険者が務まるくらいには仕上がったそうで。何やら坊ちゃんの所望する品を探しに出掛けたり、小遣い稼ぎに依頼をこなしたりさせていたとか。みみっちい話でございましょう？　仮にも伯爵家の令息が、奴隷を育ててやらせることじゃありませんぜ。奴隷を子飼いの冒険者にするよりも、直接冒険者ギルドに依頼すりゃ済む話じゃありやせんか。大体、そういう七面倒なことをやらせる為にギルドがあるんでございましょう。本末転倒ですぜ。

なに？　それくらいなら、どうということは無い？　奴隷使いが奇妙なくらいで、特に問題は見当たらない？

確かにそうですな。けれどね、こりゃほんの序の口でしてね。本命はこれからなんです。急かさねェで下せえ、旦那。どうにも口幅ったい話題でして。なるべくなら後に回したかったんでさァ。

アイツ――次男の坊ちゃんはね、あの最初の奴隷を買ってから間もなく、また奴隷を買っているんですよ。手製のポーションが何とか売れるようになってきた頃らしいです。ご当主様の援助ではなく、今度は自分で金を貯めて買ったという訳ですな。

でも、その奴隷は死にました。最初に買ったのは、いかにもくたばりそうだった癖に生き延びたのにね。半年も持たなかったと思います。二人目の奴隷が死ぬ前にも、三人目を買っていたらしいです。あたしゃお目に掛かったことァありませんがね。四人目は……四人目なのかな？　分からねえや……。ある日、あの最初に買った奴隷の娘が、見慣れねえ奴隷の死体を荷車に載せて、外に捨てに行っていました。あの娘がアイツの――坊ちゃんの言いつけで使いに出るようになってからは、知らない奴隷が、知らない奴隷の死体を捨てに行くようになってました。

……。

ええ、奴隷を、ね。殺していたんですよ、アイツは。

ははは……随分と不思議そうな顔をなさいやすな？　家臣やメイドに手を上げたり、家族に駄々を捏《こ》ねたりするのに比べたら、奴隷を殺すくらい何でもないって顔ですなァ。

ああ、いや。責めてる訳じゃあないんですぜ。確かにその通りで。奴隷の連中に市民権はありゃしません。ヤツらァ、モノですからね。この国の法にも、そう書かれている。ザンクトガレンやマールベアでも同じでしょうよ。モノなら幾ら壊しても——殺しても、しょっ引くほどのものじゃあない。持ち主の自由、ですから。気分は良かァないですがね。

あたしの言い方が悪かったんですな、これは。殺すっていうよりは、苦しめる。泣いても、叫んでも、お構いなしで、挙句《あげく》の果てには死なせちまう。

いや、違いますよ。アンタが言うその、加虐趣味？　ってのとは、また別物だと思いますぜ。あたしも長年、あの家に勤めてましたから、他の御家の風聞についても聞き知っとります。どこそこの家の主人はコトに及ぶ時に女の首を絞める奇癖があるだの、逆に卑賤《ひせん》な出の愛人に鞭《むち》で打たれて喜ぶだの、そういう話を聞いたのも二度三度じゃききません。

ええ、ええ。世の中には変わったご趣味の方が大勢いらっしゃる。中には人を殺して悦《よろこ》んだり、死体を辱しめて達したり、そういう輩《やから》もいるっていうんでしょ？　それを向けられるのが、市民権のある平民や、ましてや同じ貴族が対象じゃない、たかが奴隷止まりならそれほど問題じゃないっていうんでしょ？

アレは……あの化け物は、そんな生易しいもんじゃない。

平然と、そう平然としているんです！　相手が泣いても、喚いても、苦しんでも、死んでも！　奴ァ泣きも、怒りも、笑いも、喜びもしない！　蛇みてえな冷たい目で、奴隷が藻掻《もが》きながら死んでいくのを見てるんだ！

ああ、いや、違う。違った。違うんだ。アレは奴隷の反応には無関心だった。けど……そうだ、アレは実験だって言ってたんです。ええ、そうです。錬金術の実験だ、って。奴隷に薬を飲ませたり、注射したり、生きたまま腹や頭をかっ捌《さば》いたり、それで死んだら腑分けしてみたり……信じられない。あんな餓鬼の頃から、平然と！

それで期待した通りに苦しんだり、死んだりしたら、笑うんです！　ああ、上手くいった、って！　実験は成功だって！　思った通りにいかなくて死んだら、失敗だって舌打ちして！　くそっ、何を言ってるんだアイツ!?　奴隷とはいえ、命を何だと思ってるんだ？

それを……まるで悪魔だ！

ああ、そうだ。しまいにはご当主様も参っちまって、教会に駆け込んだんだ。息子に悪魔が憑《つ》いてしまったって……なのに、司祭の見立てはシロ！　あり得るかよこんな馬鹿な話っ!?　アレが悪魔の仕業じゃなきゃ、一体何だって言うんだっ!?

そうだよ、ご当主様が参っちまったのも、アイツの所為《せい》だ。最初は、気味悪がりながらも無視してた。貴族だもんな。奴隷くらい殺すさ。で、でもな!?　毎日毎日、何人も何人も！　アイツ、屋敷の中で一体どれだけ殺したっていうんだ!?

夜中は、毎晩中庭で焚《た》き火だ！　俺は知ってるぞ、あれは火葬の火なんだ！　青ざめた顔した奴隷が、くたばった奴隷を荷車に載せて運んで、火の中に投げ入れているんだよ！　次は自分の番なんじゃないかって、怯《おび》えながらだ！　ああ、くそっ！　思い出しちまう！　薬っぽさの混じった肉の焼ける臭いが、今も！　今も!!

うっ!?

うぷ……オゲっ……。

ウゲェエエエ……っ!!

……すいません、取り乱しちまいやして。へへ、へへへ……。

でもね、あっしは嘘なんか吐いてませんよ？　本当に、本当にあの化け物は異常なんです。八つになった頃から、ですよ？　真っ当な餓鬼なら、まだ洟《はな》垂らしているような年で、あんな……あんなお天道様に悖《もと》る真似を続けていたんです。嘘じゃありません。そうなんです。あたしが酒に逃げるようになったのも、それからです。アイツはなるべく奴隷を静かにさせるよう工夫してやしたし、人目も憚《はばか》っていやしたが、あたしゃ何の因果かお屋敷の警邏《けいら》を仰せつかってましたから。何度も見ちまったんです。あんな地獄を、何度も……。

旦那、信じてない？　あたしのこと、全然信じてないでしょう？

ひひひ……そうだよなァ、酔っ払いの戯言《たわごと》だもんなァ……そうでなきゃ、イカレ野郎がありもしないことほざいてるだけだもんなァ……うふふ。

でもしょうがねェだろ……狂うしかないって……あんなものを見ちゃ……。

じゃあ、アイツも狂ってたのかな……そうだよな、狂ってるよな……あの悪魔も……ずっとその隣にいた娘も……。

2. 王都ブローセンヌ冒険者ギルドにて――受付嬢の証言

いらっしゃいませ、冒険者ギルドへようこそ！　クエストのご依頼でございますか？

え？　違う？　話を聞きに来た？　高等法院の聴取？

い、いやですねえ。ここは健全も健全、決してお上に睨《にら》まれるような後ろ暗いことはしておりませんっ。

……ああ、登録していた冒険者についてですか。なーんだ、びっくりした。

いえ、何でも無いです、はい。それで、どなたについてお尋ねに？

オーブニル家のお抱え？　素材収集クエストを主にこなしていたらしい？　えっ。あの子、何かしでかしたんですか？

はあはあ、相続問題に不審な点は無かったか調べていて、あの家のご次男の関係者について お知りになりたい、と。

分かりました。そういうことでしたら、喜んで協力いたします。ただまァ、相続問題に関してお役に立つとは思えませんけれど。

ええ、よく憶《おぼ》えています。変わり者で、目立っていましたから。

あれはいつのことでしたか、何年も前のことですから……って、何ですかその視線は？

はあ、貴女は幾つかって？　わ、私の年は関係無いでしょうっ⁉　いいじゃないですか、何歳まで働いていたって！　私の勝手でしょう⁉

……コホン。失礼いたしました。

あの子の話でしたね？　ええ、本当に印象深い子でした。何から何まで、変わっていましたからね。このギルドに登録しに来た時から、ずば抜けて変でしたよ。何せ、あんな小さな子どもだったんですからね。

そうです。十歳になったかどうかも分からない、しかも女の子だったんです。あれにはビックリしたなあ……。ギルドの前に蛇の御紋の付いた馬車が停まったかと思うと、そこから貴族のお坊ちゃんと、お付きの小さなメイドさんが降りてきましてね？　それで最初は、クエストの依頼人かと思ったんですよ。子どもの依頼人は珍しいですが、見るからに貴族ですからね。若くして当主に就いたりすれば、まあギルドに依頼する用事の一つもあるかな、と。けど、違ったんですね。

この子を冒険者として登録したい、とね？　ええ、そのお坊ちゃん――オーブニル家のご次男は言ったんです。

私はもう仰天しましたよ。何言っているの、この子？　正気なの？　って。自分を登録してくれ、っていうのは、まあ百歩譲れば理解出来ます。男の子が冒険に憧れるのは世の常ですし、貴族でも家督を継げない方が冒険者になることもありますからね。が、登録する対象はお付きのメイドさんの方でした。何度か聞き直しましたが、その度にこの子です、と返されましたよ。

で、よく見るとですね、その小さなメイドさん、首輪を付けていたんです。銀色の、ごっつい見た目の。ええ、奴隷の首輪です。まあ、奴隷を冒険者として登録するってのは、無くは無い話です。荷物運びに、いざという時の盾、そんなことに奴隷を使うパーティだっています。酷いのになると、金持ちが奴隷だけのパーティを組ませて、ズタボロになるまで扱《こ》き使う、なんてのも。

けど、ねえ？　女の子ですよ？　それもお人形さんみたいに可愛らしい、色白でほっそりした女の子です。どう考えても、冒険者なんて危ない稼業より、そのままメイドさんでもさせておくべきだと思いましたよ。そりゃ制度上は問題ありませんし、奴隷をどんな風に使おうがその主人の勝手です。けど面子《めんつ》とか、人として通すべき筋とか、そういうのを全部横に投げ捨てているような話じゃありませんか。

それでね、念の為聞いたんです。あなたは本当に冒険者になりたいの？　って、その奴隷の子に。建前としては『冒険者の資格は冒険をする意思にあり』って会則にも書かれていますので。これで本人が嫌がるようだったら、この場は断ることにしようって考えたのですよ。

まあ、ここに来る前に、あらかじめ服従の魔法で「そう聞かれても『はい』と答えるように」とか命令されていたら、どうしようもないんですけどね。けど連れてきたのも子どもですから。こういう手管には引っ掛かるだろうと思ったんです。

そうしたらですよ？　何とその子は、躊躇《ためら》いも無くこっくりと肯《うなず》いたんです。本心からやる気だったんです。

どうして分かるかって？　服従の魔法って言っても、意思までは変えられませんからね。無理な命令は、奴隷の側での抵抗で、実行に遅れが出たりするものなのですよ。けど、その子にはそれが無い。本当に本人の意思でした。しょうがないから、受け付けましたよ。受付嬢ですもん、アタシ。

酷な話ですが、この業界は自由意志と自己責任が原則ですから。無理を通して冒険者になるのも自由、身の丈に合わない依頼を受けるのも自由、それが原因で死ぬのも自由です。なりたいという方を止め立てすることは出来ません。勿論《もちろん》、こちらとしては、なるべく実力に応じたクエストを受けて頂くよう、鋭意努力して周旋しておりますが。依頼される方からの信用にも関わりますからね。

ああ、すいません。話が逸れましたね。

その子なんですけど……名前はユニ。家名は無し。登録時の年齢は十歳。登録したクラス――得意技や職能を象徴する称号みたいなものです――は魔法剣士でした。

これも凄いでしょ？　魔法剣士なんて、冒険者の中では花形中の花形ですよ。魔法も剣術も両方こなし、あらゆる状況に難無く対応する。口で言うのは簡単ですが、本人の資質だけでなく、相当に高度な教育を受けていなければ務まりません。ハッキリ言って、奴隷がなれるものじゃないですね。それも、十歳の女の子が、なんて。

ああ、そうそう。小耳に挟んだ話では、その何年か前にもオーブニル家から奇妙な依頼があったそうで。何でも奴隷に冒険者の技術を教えて欲しいとか何とか。私の先輩が対応した依頼なんですけどね。聞いた時は、おかしなことをする貴族もいたもんだ、って思ったものですけど、今にして思えば、あれは彼女を鍛える為のものだったのかな？

当然、あの子は瞬く間に有名になりました。奴隷で、女の子で、魔法剣士。しかもメイド。話題性の塊ですよ。

メイドは関係あるのかって？　あるんですよ、それが。あの子、どういう訳かいつもメイド服なんですよね。依頼を受けに来る時も、報酬を取りに来る時も、街で買い物をする時も、いつもです。多分、冒険にもあの格好で出ているはずですよ。街の門番さんが噂していましたから。剣を持った首輪付きのメイドが通って行ったって。おかしいでしょ？

話を聞きつけたパーティが、彼女を売ってくれるよう主人に頼んだって話も、一度や二度じゃありませんでした。何しろ奴隷ですから、主人にその気があるのなら、身柄を売り買いされる身分です。優秀な新人が手に入るとなれば、買える者なら買いたいのが人情でしょう。オマケに綺麗な見た目という付加価値もありますから、色んな意味で将来性抜群の好物件だと思いません？　まあ、結局手放しませんでしたけどね、あの坊ちゃんも。

冒険者としてはどうだったか、ですか？　文句無しに優秀でした。パーティを組まないソロ――いわゆる一匹狼でしたから、人数が要る大掛かりなクエストは受けませんでしたけど、依頼の達成率は九割超えてましたね。しくじった依頼も、ブッキングした他の冒険者に先を越されたってくらいですし。ソロでこれだけやれる、それも探索クエストがメインってことは、レンジャー技能にも秀でていたんでしょう。

ランクはC止まりでしたけど、そこそこのパーティにでも入って大口の依頼を受けていけば、今頃はA級だったんじゃないかと思います。本来、冒険者が二つ名を名乗れるのはB級からなんですが、彼女、特例としてC級でも許されてましたから。今や【銀狼のユニ】といえば、ブローセンヌ界隈《かいわい》の冒険者なら知らなきゃモグリってレベルの有名人です。

えっ、それがどれくらい凄いのか分からない？　ランクAの冒険者なら、ドラゴンの討伐依頼が回されるってくらいです。そう言うと分かりやすいでしょ？　ちょっとした軍隊が出るほどの事態に、数人で――或《あ》るいはたった一人で対処する能力があるってことなんですから。ええ、考査の参考になる派手な実績はありませんでしたけど、私の見立てでは間違いなくA級相当です。

ただ、まあ……トラブルメーカーではありましたね。大人しい子でしたから、自分から騒動を起こすタイプじゃなかったんですけど。何せ、目立つでしょ？　冒険者ってのは、伊達《だて》と酔狂と見栄とで生きてるような人種ですから。そんな連中の中じゃ、ちょっと悪目立ちすると、すぐに揉《も》め事に巻き込まれちゃうものでして。

例えば、ええっと……。

あれはあの子がまだ駆け出しだった頃かな。余所《よそ》からこの王都に流れてきた三人組のパーティがいたんです。で、クエストを受けに来た彼女と希望する依頼がブッキング。そうなるともうね、向こうは人数も多いし年も上だし、おまけに男じゃないですか。嵩《かさ》にかかって依頼を譲れって言い出して。でも、彼女の方も引き下がりません。あの子、ご主人様の所望の品と研究の資金――何でも錬金術師だって話ですけど――の為に冒険者をやってるらしいんで。どうしてもその依頼で、許可が無ければ立ち入れない狩り場に入りたいと。

そしたらですね、そのパーティの一人がカーッとなっちゃいまして。首輪付きですから、一目で奴隷と分かりますからね。奴隷に舐《な》められちゃ商売上がったりだとでも思ったんじゃないですか？　さっきも言いましたけど、普通は奴隷の冒険者だなんて荷物持ちか捨て駒っていうのが相場ですから。それで少し痛い目を見せて引っ込ませようと思ったのでしょう。彼女を手でこう、ドンって突き飛ばそうとしたんです。

ええ、『突き飛ばそうとした』んですよ。けど、あの子ってばヒラリと避けちゃって、手を出した方が無様にずっこける始末。あれは笑えましたね。いや、その後のことを思えば笑い話じゃ済まないんですけど。

で、後はもう分かるでしょ？　公衆の面前、それも流れ着いたばかりの、これから名を売ろうっていう街のギルドで、ちっちゃな女の子に軽くあしらわれたもんですから。いい赤っ恥です。そうなるともう、何をしようと恥の上塗りでしかないんですけれどね、収まりがつかないもんだから。こう、殺気立っちゃって、奴隷の癖に何しやがるぅ！と。

それでユニちゃん怒っちゃったのって？　けど、彼女は変わってますから。奴隷呼ばわりされてもツーンとお澄まし顔のまんまです。奴隷ですが何か？　って感じ。ありゃ心底ご主人様に従い切ってるな、って思いましたよ。けど、その態度がますます火に油を注いじゃったみたいでして。最初に手を出したヤツ以外も、よせばいいのに言っちゃったんですよ。彼女のご主人様への侮辱を。

……具体的な内容は聞かないで下さいよ？　もし、万が一、あの子の耳に入ったら、私の身が危険ですから。

で、気が付いたら辺りは血まみれ。やっちゃったんですよ、あの子。目にも留まらぬ早業でした。その時、こう、ブワーって風が吹いたのを憶《おぼ》えています。室内なのに。多分、疾風系の魔法だと思います。一人を片手剣の抜き打ちで仕留めて、残りの二人は残った手から魔法を撃っていっぺんに、って具合だったんじゃないかなァ……見えなかったんで、推測ですけど。信じられますか？　十歳の女の子が、年齢も体格も、多分冒険者としての年季も上の男三人を、一瞬で躊躇《ためら》いも無く殺したんですよ？　アタシも彼女の仕事ぶりを知っていなきゃ、多分悪い夢だと思い込んじゃいますよ。

彼女はお咎《とが》め無しでした。冒険者同士の刃傷沙汰は死に損っていう決まりですからね。年がら年中モンスターと殺し合っている連中ですから、喧嘩《けんか》っ早い人が多いんですよ。それにほとんどの人間が相応の戦闘力を持ってますので、仲裁するのも一苦労です。だからまあ、そういった場合は死んだ方が悪い、と。冒険者たる者は常住《じょうじゅう》座臥《ざが》全てが冒険、己の身は己で守れ、ってね。勿論《もちろん》、一般市民に被害が及ぶようなら、ギルドから除名の上で討伐対象に指定されますが。

それはさておき、ホントに怖かったのはこれからです。いや、目の前で殺し合いというか、一方的な人殺しを見たのも十分怖かったんですけどね。

彼女、震えてたんです。いっつも無口で、ニコリともしないし、かといってムスッともしない無表情の女の子が、初めて表情を崩したのを見ました。ポロポロ涙を流して、顔をクシャクシャにして泣いてたんです。最初はね、アタシも誤解しましたよ。ああ、やっぱりユニちゃんも女の子だったんだな、って。人殺しを後悔して泣けるくらいには、女の子らしかったんだなって。

でも、ですよ。彼女、その頃は駆け出しとはいえ冒険者だったんです。幾つか依頼もこなしていて、その中には盗賊退治もあったんです。確か、あのご主人様のお坊ちゃんが、報酬にはお金の代わりに、盗まれた品の一部が欲しいって、直接依頼主と交渉してたのを思い出しました。……彼女、もう人殺しだったんですよ。これが依頼達成の証拠です、って革袋に詰まった生首をこのカウンターに乗っけてったっけなー、って思い出しちゃったんですよ。あれはドン引きでしたね。

じゃあ、捕まって罰せられるとでも思ってるのかな、と考えましたけど、それも違うんです。彼女、文字が読めるし、根が真面目ですから、ギルドの決まりごとは憶《おぼ》えてるはずなんです。登録の際に会則なんかは渡してありますし。このケースだとお咎《とが》めなしだってことくらい、知ってるはずなんですよね。

で、アタシ、やめときゃいいのに聞いちゃったんです。ユニちゃん、どうしたの？ って。場違いな質問でしょう？ 多分、目の前で血飛沫《ちしぶき》が上がって、物凄く血腥《ちなまぐさ》くって、気が動転してたんですね。普通だったら、近づきませんもん。たった今人殺しをしたばかりの子なんかに。その子が無法者を殺すくらい平気な人間だって、知ってるのに。

彼女、言いました。ご主人様の言いつけを破ってしまいました、と。揉《も》め事を起こさないようにと仰ってましたのに、と。

……自分の血の気が引いていく音が聞こえましたね。冷や汗がだくだくと流れるのを感じました。モンスターの中には、人間に近い見た目のものもいます。それでいて習性や思考回路は、まるで理解の及ばない怪物なんです。それが街中で、突然目の前に現れたような気分でした。だって、たった今人を殺して、最初の感想がこれですよ？　罪悪感とか、処罰される恐怖より先に、まずご主人様、ですよ？　訳が分かりません。そんなに怖いお仕置きをされるのかと思いましたが、違うみたいです。彼女が言うには、ご主人様は優しいんですって。ちょっとしたミスなら笑って許してくれるんですって。でも、自分がそれに甘えて言いつけを破ってしまった。そんな出来の悪い奴隷になってしまうのが怖い、と。

　彼女も動転してたんでしょう。あんなにもハッキリと本心を語ってくれた場面は後にも先にもこれっきりです。聞かされた方は堪《たま》ったもんじゃありませんけれどね。あんな特級にイカレた思考回路を赤裸々に話されたんですもん。理解が追いつきませんでした。酷い吐き気がしましたが、あれは現場の惨状の所為《せい》だけじゃないですね。怖かったんですよ。目の前で途方に暮れて泣いている、十歳の子どもが。その泣いてる理由の、意味不明さが。

　それで、ですか？　仕方ないので、彼女のご主人様を呼びに行きました。あの子、立ったままずっと泣き続けていたので、引き取りに来て欲しかったんです。あのよく分からない生き物を、きちんと制御出来る飼い主に早く連れ帰ってもらいたかったんです。だってそうでしょ？　人を躊躇い《ためら》無く殺せる上に、何を考えているのかさっぱり分からないんですから。そんな存在が理性の箍《たが》が外れっぱなしの状態で居座っているんです。恐ろしいったらないですよ。

あの坊ちゃん、オーブニル家の御曹司は、仕方ないなあって顔で快く同行してくれました。本当に、あっさりと。屋敷の守衛さんに話を通す時の方が余程苦労しましたね。貴族とは思えないくらい、気さくな方でした。って、ああ、すいません。高等法院からいらしたってことは、貴方も貴族でしたもんね。失言でした。

で、坊ちゃんがあの子を連れ帰ってその日は終わりでした。凄かったですよ、彼女。坊ちゃんが着いた途端に土下座して。床は生乾きの血溜まりなのに、気付いた様子もありません。返り血一つ浴びてなかった綺麗な格好が、あっという間にどんどん赤く汚れていったのが印象的でした。そうやって這いつくばって何度も何度も、申し訳ありませんでした、って謝っていました。お坊ちゃんの反応ですか？　……笑って許していましたよ。ええ、本当に豪胆で心の広い方です。それに聡明でもありました。話を聞くと、前後の状況ですぐに、揉《も》めた相手が流れ者だって察してましたね。この辺りに後ろ盾のあるような連中じゃなさそうだから、そんなに深刻な揉め事じゃないよ、って彼女を慰めていました。優しいご主人様ですよね？　初めて彼女をここに連れてきた時の悪印象は、すぐに吹き飛びましたよ。

……何ですか？　変な顔をして？

え？　その彼女のご主人様のことは、怖いとかおかしいとか思わなかったのか？　あはは、よして下さいよ。アタシが彼女のご主人様に、そんなことを思う訳は無いでしょう？　だって、ほら、ね？　今までの話の流れからしたらね？

察して下さいよ。本当に。頼みますから。

ま、こんなことがありましたからね。それ以来、冒険者はこの界隈《かいわい》じゃメイドを見たら、まず首輪をしてないか確かめろって注意するようになったらしいですよ。時々、それを知らない新入りが、彼女の逆鱗《げきりん》に触れて、人知れず闇に消えて行くとか何とか。そんな怪談も流行ったりして。あははは。

他にも似たようなことは何度かあったらしいですが、アタシが一番印象に残ったのは今の話ですね。なんたって目の前で起きたことですもん。肝が冷えましたねー、ホント。

ああ、それと。誤解はしないで下さいよ？　色々言いましたけどアタシ、彼女のことは嫌いじゃありませんから。普段はよく気が付きますし、真面目ですし、何より腕が立ちますからね。ちょっと理解し難いところがあって、ご主人様の事が最優先で、人殺しを何とも思っていないところがありますけれど。アタシもこの業界に入って長いですから。人と違ったり、どこか壊れてたり、そういう人は見慣れてますので。割と多いですよ、あんなのは？　勿論《もちろん》、彼女ほど外れ切ってるのは珍しいですけど。

でも、ですね。冒険者って、少しイカレてるくらいが丁度いい仕事なんです。

一流の冒険者は、一つ大きな仕事をこなせば、それでしばらくは遊んで暮らせるくらい儲かります。それこそ平民なら一生掛かっても稼げない額を、ね。けど、それでも飽き足らず危険を冒す連中は腐るほどいるんです。どの仕事も、一つしくじれば即、命取りだってくらい危ないのに。なのに嬉々として騒動に首を突っ込んだり迷宮に足を踏み入れたりしていく。おかしいでしょ？　どいつもこいつも命の瀬戸際の連続で心が擦り減って、どこかネジが外れてるんですよねえ。そして、そういう輩《やから》に限ってべらぼうに腕が立つから、始末に負えない。

だから思うんですよ。人としてどこか狂ってるってのは、ある意味一流の冒険者の条件なんだって。常人が踏み込めない場所に立つ人間は、やっぱり心もどこか人と違うんだって。それなら、彼女こそ間違いなく一流なんだなあ、と。実際、それに相応《ふさわ》しい仕事ぶりでしたしね。ご主人様っていう虎の尾を踏まなければ、アタシらには何の問題も無いですし。まさに天職の冒険者です。いや、彼女の本職は奴隷でメイドですが。

アタシから話せるのはこんなところかな？

しかし、惜しい人材を手放しちゃいましたね。

ええ、留学するご主人様に付いてザンクトガレンに行ったらしいですけれど。勿体《もったい》ないことです。でも最近帰国したとは聞いていますね。全然姿を見ませんけど。お屋敷の仕事が忙しいのかしら？　まあ、ご主人様のお坊ちゃんと一緒にいるのは間違いないですが。

もしあの子にお会いするなら、よろしくお伝え下さいね。暇があったらギルドでクエストをこなすことも検討して下さい、って。怖いところがありますけど、余計なちょっかいさえ出さなければ、頼りになる凄腕ですから。

ご主人様の方には……しっかり彼女の手綱を握っていて下さい、とでも。ええ、それしか言いようが無いじゃありませんか。

しかしこの話って、相続問題に本当に関係あるんですかね？

3. ザンクトガレン連邦王国・ガレリン魔導アカデミーにて
——パウル・エグベルト・フォン・グラウマン教授の証言

遠路遥々、ようこそおいでなすった。大したもてなしは出来ぬが、寛いでいかれるとい い。それにしても、何だな。アルクェール王国の高等法院は随分、予算と人員に恵まれているようだ。伯爵家の相続問題の調査とはいえ、わざわざ隣国まで出向くとはな。

何？　あくまで知りたいことを調べる為に来た？　出張ではなく休暇中の旅行？　官費ではなく私費と？

はははははっ！　いやいや、結構なことだ！　貴殿の抱く、知りたいと願う情熱、好奇心！　実に素晴らしい！　我々錬金術師にとっては、天地を揺るがす魔力よりも、万象を見通す知性よりも！　他の何より備えておくべき資質だ！

どうだ、お客人。儂《わし》の門下に加わらぬか？　貴殿もまだまだ若かろう？　今からでも、この道で学ぶに遅くはないぞ？

……その気は無い？　そうか、残念だ。

まあいい。本題に入ろう。

オーブニルのことだったな。彼奴《きやつ》は実に優秀な生徒だった。僅か一年と一ヶ月と二十三日の在籍であったが、その間に残した業績は両手足の指で数えるにも余るほどだ。あれほどの逸材は我が錬金学科の……いや、本学全体の歴史を紐解《ひもと》いても他におらぬであろう。惜しいことよ。中途退学などということにならねば、今頃は儂の右腕として辣腕を振るっておるか、或《ある》いは彼奴がこの椅子に座っていたやもしれぬ。

おや？　随分と意外そうな顔をされるではないか。儂が彼奴を褒め上げるのが、そんなに不思議なのかね？

どうやらここに来る前に、余程彼奴について良からぬ風聞を耳にしてこられたようだ。仕方の無いことではあるな。錬金術の歴史は、偏見と無理解との戦いの歴史でもある。そも、その名からして誤解と錯誤に満ちておる。錬金——鉄や鉛を金に変えるなどという行いは、この道における数ある試みの一つに過ぎん。物質の変成、霊質の高次化……本来の目的はそんなものだ。それを耳学問の山師が当て推量で猿真似し、鉄を黄色く染めてみせたのだ。なのに、あたかもそれが本質であるかのように、それ見たことか錬金術など詐欺師の業よと、世の愚昧が流布しおった。四百年以上も前の話だ。そんな黴《かび》の生えた風説に、世人は未だに踊らされておるのよ。

ふむ。興味が湧いたぞ。どうかな客人。ここは一つ、貴殿が知る彼奴の逸話と、それについての感想とをお聞かせ願いたい。貴国では錬金術をいかように捉えておるのか、あの男への評価を通じて知るのも面白かろう。それに儂ばかりが語り手となるのも、些《いささ》かつまらぬからな。手土産に、文字通りの土産話というのも悪くはない。

ふむふむ。ほう。むむ……。

…………。

……嘆かわしい。

やはり世俗の理解を得るというのは、思いの外難きことよな。

……む？　どうされた？

怒りはしないのか、と？　それほどまで真摯に学んだ術を、斯様《かよう》に悪用されて腹立たしくはないのか、と？

差し当たって、特に思うことは無いな。

人体実験？　奴隷を使ったのであろう？　貴殿も青き血の流れる貴種、穢《きたな》き血が幾ら流されようと構わぬではないか。それが何かしら罪に当たるというのかね？　貴国の法典には暗い身であるが、奴隷の扱いはおおよそどの国も同じようなものであったと記憶しているが。ふむ、やはり違いは無いか。では問題は無いな。

なに？　猟奇的であると？　確かに見目良いものではなかろう。だが、それが？

そも、錬金術とは世の真理と生命の秘奥に迫るもの。そして、真理とは多くの場合残酷であり、生命とは本来、穢き側面も多分に有するものであろうよ。顧《かえり》みられよ、貴殿も女を抱いたことはあろう。……何を赤らんでおられる？　恥ずかしいことではない。男女の交合こそが、次代の生命を紡ぐ崇高な儀式ではないのか？　ん？

話が逸れているとな？　はっはっはっ、何を仰る。貴殿にも分かりやすいよう、たとえ話をしていたまでだ。

貴殿、女を抱いたのどうしたのという話を、穢《きたな》く下世話であると感じたのであろう？　子を為すという自然の営みを、大っぴらに語るものではないように思えたのであろう？

オーブニルめの実験について思うたことも、それと同軸のことよ。

生き物とはな、微に入り細に入り探っていくごとに、穢く醜くおぞましい側面を我々に見せつけてくるのだ。例えば食事だ。人間、食わねば飢えて死ぬものであるな？　だから飯を食う。食えば腹が満ち、活力が溢《あふ》れ、明日へと命を繋《つな》ぐことが出来る。さて、この時食したものはどうなるか？　どのような美食であっても口に含まれれば、歯に噛《か》み切られ、舌にすり潰され、唾液にまみれ……見るも無残な形になる。それが食道を通り、胃の腑に落ち、形すら残らぬよう跡形も無く消化される。そうなっては料理人がいかに美々しく飾り立てた料理も、醜悪なスライムと変わらぬ有様だ。それが更に腸に進み、栄養素と水分を肉体に吸収され……最後は便となって尻からひり出される。そう、糞だ。王侯が口にする美食も、下々の民が口にする麦粥《むぎがゆ》も、一度食されれば末路は糞か反吐《へど》よ。

研究、とはな。そのような醜き仕組みも否応なく直視せねば進まぬものなのだ。

この国に痢病《りびょう》が流行ったとしよう。これを鎮めんと欲すれば、患者が垂れ流す水のような不定型の、臭く汚い便を詳細に観察せねばならん。それがどのような働きをもって斯様《かよう》な形に成り果てたか？　この便が尋常な形、尋常な回数で排泄《はいせつ》されるよう患者の身体を戻すにはどうすれば良いのか？　それを真剣に考えねば立ち行かぬ。彼奴《きゃつ》の実験も、その延長に存在しておるに過ぎんのさ。慣れぬ内は、奇怪で残酷で無惨に思えるであろうがな。

オーブニルの研究対象か？　そうさな、多芸な男であったからなあ。とにかく興味を引くもの、手の出せるものには手当たり次第であった。実験器具の改良といった機械的職能の分野から、研究史の編纂《へんさん》。霊薬の調合、ホムンクルスの製造、キメラの作成、礼装の鋳造。何でもやった。だが、それも本命の研究に打ち込む為の足掛かりなのであろうな。

彼奴が特に真摯に取り組んでおったのは、やはり生物分野よ。それも生命の根本に関わる領域であるな。人は何故、人なのか。人は何故、物を思うのか。人は何故、生まれるのか。人は何故、死ぬるのか。人は何故、人は何故、人は何故……そんな果ての無い問いの答えを、幾日も幾日も考えておったのではないだろうか。

こんな論文を残しておる。【生体における脳機能と生命における魂の相関】。これはだな、恐らく貴殿が彼奴《きゃつ》について聞き知って、特に嫌悪を感じたであろう分野、その集大成のようなものだ。掻《か》い摘《つ》まんでお聞かせしよう。

まず、実験体に奴隷を用意する。……これこれ、そこで及び腰になるでない。それだから、たかが伝聞に惑うのだ。

で、だ。彼奴は被験者の頭を切り開き、機能の一部を麻痺《まひ》させた。脳の機能は理解しておるな？　……知らぬ？　知らぬだと？　あなや！　何たることか！　世の者は、ここまで生命の成り立ちに無知であったのかっ!!

……すまぬ、取り乱した。

まあ、噛《か》み砕いて言うとだな。脳は生物の心身の働きを司っておる。脳を破壊すれば、人は生きていけぬよな？　当然のことだ。王という要を失った国が千々に乱れるように、脳という司令塔を失った人体は機能のことごとくを停止する。心臓も止まる。死ぬ。これが脳の、身体の働きを司る能力を失った末路だ。この辺りは、知ってはおろう？　知っているな。うむ、よろしい。

次に心の働きだ。物を考える、情を感じる、そういった心に関する働きも脳は請け負っておる。貴殿も理解は及ばずとも肌で感じておろう。狂人に出会った時、大概の人間はこう言うな。頭がおかしい！　と。

オーブニルめが着目したのはそこだ。頭がおかしい、狂人。果たして、その心は、そして魂は、果たしてどのようになっているのか？

それを知る為に、まずは健常な状態の被験者を用意する。次いでその頭を割り開き、脳の中でも心を司っている部分を破壊する。ある者は情緒を感じる部分を、ある者は記憶を保存する部分を、とな。当然、被験者は狂する。

で、それを安楽死させるのだ。

……ああ、最後まで聞かれよ。別段、彼奴は人を狂わせた末に殺して、それを喜んでおった訳ではない。研究の為に必要だからしたことだ。心を平らかにし、落ち着いて聞かれるがいい。なんなら鎮静剤を処方しようか？　すぐに落ち着けるぞ？　なに、要らない？

では、しかと自力でもって気を鎮められるがいい。

ここからが本題だ。この魔導アカデミーには、学科ごとに様々な分野の魔導師がおる。オーブニルは多芸な男であったが、それでもどうしても畑の違う系統というのは存在する。魔導師なら当然のことであるな？　特にこの研究の為に、どうしても必要な術があるのだが、どうしても彼奴には覚えられなんだ。で、他学科に多少の援助と引き換えに助力を乞い、ある魔導師を参加させた。

死霊術師だ。……また一段と青い顔をしておるが、大丈夫か？　続けるぞ？

彼奴《きゃつ》は脳の一部機能を麻痺《まひ》させた上で死んだ被験者の霊を、降霊術で呼ばせたのだ。霊魂と対話し、その心理を量ることで、生体が脳を損傷することによる障害と、それによって魂が負う影響とを観察したのだよ。

するとどうだ！　驚くべきことが分かったのだよ！

被験者の霊魂の多くは、その狂い方の度合いが、術後の時間経過に比例しておったのだよ！　たとえば記憶喪失！　同じく己の全てを忘却させた者でも、速やかに死なせた者は生前の記憶を思い出していた。だが、時間を置いた者は言葉すら解さなかった！

この意味がお分かりか？　彼奴の実験によって、脳とは耳目から収集した情報を処理し、それを魂に渡すという役割をも果たしていたと証明されたのだよ！　発狂とは、魂が脳から狂った情報を送られ続けた故に起こる現象だったのだ！　そして魂と記憶と意識は、似通い影響し合ってはいても別のものであったのだ！　斯様《かよう》な神秘の立証を、あの男は見事にやってのけたのだ！

偉大な発見であろう！　貴殿も幼時におとぎ話に見聞きしたはずだ。偉大な英雄の生まれ変わり、老いた肉体を外法をもって取り替える邪悪な魔術師……それは幻想ではない！　起こりうることだったのだよ！　魂を別の肉体に移し替えることが出来ればっ！

今までそれを再現しようとした試みは、全て失敗に終わっていた。当然のことだ。降霊学科の連中ときたら、死者の魂を呼び出し対話することは出来ても、今の今までそれがどのように成り立っているのか、見当もついていなかったのだからな！　だが、これからは違うぞ!?　魂と、記憶！　その二つを確固として維持し、健常に意識を維持し得る肉体に移植する！　そうすれば、人は永遠に己の存在を現世に維持しうるのだ！

無論、今は出来ぬ。理論はあっても、実践の術が無い。だが、その為の一歩は記されたのだ。疑似的な不死。錬金術の至上の命題に近づく第一歩を、あの男は見事に踏み出しおったのだ！

……おっと、また取り乱してしもうたか。つい、あの時の高揚を思い出してしまってな。この老骨が、見事に滾《たぎ》ったわい。

オーブニルのヤツめはな、かなりの早い段階——恐らくは入学する以前——に、既にこの仮説を考案しておったようだ。何せ、人間の脳を弄《いじ》るのに手慣れておったからな。それを発表せなんだは、実証の為の伝手《つて》が無かったからであろう。実に素晴らしい。十代の内にここまで先進的な理論を構築し、のみならずそれを立証する為の手はずを得る研鑽《けんさん》を怠らない。錬金術師の鑑だ。

だというのに、理事会の連中め。つまらぬ難癖をつけて彼奴を追い出しおった。賢人会議などというご大層な別名が泣くというものだ。ああ、返す返すも惜しい！

放校の理由か？　儂《わし》には詳しいことは分からぬ。アカデミーの教授は、研究と講義が職務であろう。故に儂は、基本的に生徒の私生活に立ち入ることは無い。そう思うと、今少し彼奴《きゃつ》の人柄に触れておくべきだったな。事情を察しておれば、庇《かば》い立てすることも出来ただろうに……ああ、大魚を逃すとは、このことか！　うむ、そうだ。彼奴とは徹頭徹尾、研究の話しかしなかったからな。勿論《もちろん》、討論は盛んに行ったぞ？

会食などはしなかったか、と？　先程、言うたばかりであろうに。どのような食事も、その末は尻から出る糞であるとな。速やかに必要な栄養さえ摂れれば良い。斯様《かよう》なことに時間を割く趣味は無い。その上、人と会話しながらなど非効率の極みだ。食事と会話、二つの異なる行動を並列して行うことに、如何《いかが》な意味があると言うのか。分けられるものは分ける、その方が速やかに済むのだ。それが人の知恵というものであろう？

まあ、あらまし程度なら聞かせよう。さる生徒がな、彼奴と決闘騒ぎを起こした。横恋《よこれん》慕《ぼ》だった、とも聞いておるな。無論、その生徒から手を出したものだ。あのオーブニルが、無駄な騒ぎなど好むはずはあるまい？　その末に返り討ちに遭って、半死半生の大怪我を負い、おまけに衆目の前で恥を晒《さら》した。それを恨んで彼奴を追い出したのであろうよ。相手はこの国の……何といったか……とにかく高位の貴族の血縁であったらしくての。

奴隷のメイド？　ああ、あれか！　あれも良い出来であったな！　オーブニルの作品の中でも、特に傑作だ！　機能と造形の統合、その黄金比は神懸かっておったわい！　そういえば、横恋慕とやらの対象はそれだったような気もするな。馬鹿な話だ。彼奴は儂《わし》にもあれを弄《いじ》らせることは無かったというのにな。是非とも解剖してみたかったのだが、残念なことだ。いわんや、つまらぬ肉欲を向けるなど冒涜《ぼうとく》的にも程がある。

あれは何か、と？　ただの人間だな。ただ、恐ろしいまでに高性能だ。儂も最初はホムンクルスかと見紛ったほどにな。人体強化の霊薬を継続的に投入し、入念に高度な訓練と教育を施した結果らしい。

怪物？　違うな、怪物的な人間だよ。キメラでもホムンクルスでもない。正真正銘の人間だ。だが恐ろしく高度な錬金術の所産でもある。単純に目に見える能力を外付けするのではなく、地道に丹念に性能を底上げする。キメラのように他の生物の因子を移植してしまえば、確かに強くはなるだろう。が、拒絶反応のリスクはどうしても付きまとうし、後の拡張性にも悪影響が出る。それを嫌ったのであろうな。副作用の少ない薬を地道に与え、効率的な鍛錬を積ませることで、人間のまま人間を超えさせたのがあのメイドだよ。

言うなれば、人工的な英雄だ。ありふれた伝説にもあるであろう？　賢者の元で修業を重ね、尋常ならざる力を得た勇者の話が。それを錬金術師が代行してのけただけの話だが……恐ろしいのは、それを思い立ち、始めた時期よ。この方法では恐ろしく時間が掛かる上に、一度しくじればやり直しが利かぬ。恐らく、彼奴もあれも共に一桁の年齢から『製作』を始めたはずだ。それであれほど完璧に仕上げてみせたのだからな。オーブニルめ、素材が良かっただけです、などと謙遜していたが、笑わせる話だろう？　一体どこに、幼弱にして独学のままで、あそこまでの作品を仕上げる錬金術師がおるというのか。

なに、違法ではないか、だと？　何を仰る。適正な薬剤を処方し、雨の日も風の日も傍で面倒を見、じっくりと育て上げただけだ。彼奴《きゃつ》がしたのはそれだけのこと。貴国ではそれが違法行為であるのかね？　違うであろう。むしろ、奴隷が被るには過分と言っていい恩恵ではないか。

おや、また青ざめておられるな。持病でもおありかね？　感動で頬を赤らめるのなら理解出来るのだが……。聴取はここまでで良い？　彼の錬金術師としての業績は、十分に拝聴出来た？　こちらとしては、まだまだ語り尽くせぬところなのだが……気分が優れぬのであれば仕方が無いな。体調が悪いと、脳の血の巡りが悪くなるでな。そんな状態では、仕事の能率も落ちるものだ。ご自愛なされよ。

ああ、彼奴の学生としての素行を知りたいのであれば、元同級生に心当たりがある。今、紹介状を書いて進ぜよう。運の良いことだ。儂《わし》が学生の交友関係を把握していることなど、滅多に無いのでな。

ところで貴殿。本当に錬金術を志すつもりは無いと？

……そうか、残念だ。オーブニルほどの才腕は望み薄としても、我が門下は人材に乏しくてな。儂も老い先短い身の上だ。後事を託すに足るか、儂が逝く前に不死の研究を完成させる者は、どこかにおらんものかのう……。

4．ザンクトガレン連邦王国・ガレリン魔導アカデミーにて

――学生フレデリカ・ユリアンナ・フォン・カステルベルンの証言

グラウマン教授のご紹介？　珍しいですこと。あの方が研究以外のことの為に、ご自分の手を動かされるなんて。よっぽど機嫌が良かったのかしら？

それで、どのような御用でいらして？　はあ、さる御家の相続にまつわる調査、と。

……オーブニル？　まさか、あのトゥリウス・シュルーナン・オーブニルのことですか？　ああ、何てことですの!?　ようやっと思い出すことも無くなってきた時期に、あの男について聞かれるなんて！

ええ、そうです。彼とは、個人的に親しいだとか、友人だとか、そのようなことは一切ございません。あの男は一方的に厄介事を振り撒《ま》いて、その度に私が後始末に奔走させられただけですの。お気に入りの生徒とよく顔を合わせていたものだから、教授も私を憶《おぼ》えておいでだったのでしょう。そうでもなければ、研究一筋のあの方が、人の顔と名前を一致させるほど記憶されている訳がありませんしね。まったく、同じゼミナールに籍を置いていただけで、どうしてあんな貧乏くじを引かされたものなのか。

は？　随分と詳しいようだが交際でもしていたのか、ですって？　それは貴方のお国一流のご冗談ですの？　先程も申し上げたではありませんか、そのようなことは一切ございません、と。大体、あの男に恋愛などという高尚な真似が出来るとは思えませんし、ましてや女性に好かれるなんて、それこそ彼の犠牲となった者たちのように、脳を弄《いじ》られでもしなければあり得ませんわ。

ご理解いただけまして？　では先の発言を撤回して下さいませ。高等法院からお越しになられたのでしたら侮辱罪というものの存在についても十分に心得ておられるのでしょう？

……よろしい。

それでは、手短に済ませましょう。お互いに不愉快になるだけの話ですので。ええ、あの男にまつわる話を面白がれる者など、俗悪な三流喜劇を楽しめるような輩《やから》くらいですわ。

あの男と出会ったのは、三年前の春でした。先程も申し上げましたが、同じゼミナールでしたので。開講の前から、生徒の間では噂になっておりましたわね。錬金術は魔導に属する分野の中でも、閉鎖的で誤解されがちなものですから。他国から留学してまで学ぼうとするなんて、どんな変人かしら、と。

ああ、誤解はおよしになって下さいな。私はあの胸の悪くなるような異端児や、偏屈なグラウマン教授のように、錬金術の為に人倫を捨てられるほど入れ上げている訳ではございません。錬金術の医学的な応用を学ぶのが目的でして。悪疫の中には治癒の魔法を受け付けないものもございますし、それに魔法の使い手は希少でしょう？　その点、薬であれば魔力に乏しい者でも調合出来ますし、ある程度の量を一度に作れますからね。

話を戻しましょう。オーブニルの留学ですが、実のところはご家族からの勧めに従ってのことらしいのです。詳しくは存じませんが、錬金術に入れ上げて家督争いから落ちこぼれるよう兄君《あにぎみ》がそそのかしただとか、あまりにも非人道的な研究に参ったお父上が厄介払いのように追い出しただとか、そのように伝え聞いております。私の見解としては、どちらもあり得る話だと思いますわ。あの熱の入れようでは、責任ある伯爵家の政務など務まりそうにありませんし、自宅であのような研究を日夜行われては、実の親とて神経が参ってしまわれるでしょうしね。

第一印象ですか？　温順で、無害そうな人当たりでしたわね。噂からは、それこそグラウマン教授をそのまま若くしたような、研究以外に気を払わない人物を想像していたものですから、その食い違いに面食らったものです。身なりを整えた、洒脱《しゃだつ》さには欠けるも清潔な服装。多弁な方ではありませんが、話し掛ければはっきりと受け答えはする。普通にしてさえいれば、伯爵家の一門として可も無く不可も無く立ち回れるでしょうね。ただユニさん——奴隷の印の首輪で繋《つな》がれたメイドを実家から伴ってきたのは、少々頂けませんでしたが。

ですが、それは表向きの顔です。貴方にもありますでしょう？　職務に励み、同僚の方と向き合う時の顔。気を緩めて、ご家族と向き合う時の顔。一人きりになって、誰と向き合う訳でもない時の顔。誰しも多くの顔を持っているものですが、彼の場合はその落差が激し過ぎました。

私がそれに気付いたのは、解剖の実習の時でした。……そんな顔をしないで下さいな。私とて、嬉々として人の亡骸を切り刻んでいる訳ではありません。あくまで必修の講義でのことですから。オーブニルのように、自分で死人をこさえてまで解剖を行う趣味はございませんわ。

その時のことなのですけれどね、私も人の身体を暴くことなんて初めてでしたの。流民が道端で行き倒れているのを見つけたり、家で勘気を被った奴隷が目の前で死を賜ったり、はたまた縁者が身罷《みまか》ったり、人の死に触れたことが無い訳ではなかったのですけれど。しかし、故あってのこととはいえ、亡骸にメスを入れるというのは、それらとはまた別の感覚でした。実際に執刀していらしたのは、講師の方なのですけれどね。でも亡骸を切り開いて中を見る申し訳なさだとか、改めてまじまじと見たうつろな顔だとか、グロテスクなお腹の中身ですとか、薬っぽさと死臭の混じった臭いですとか、そういうものを感じている内に、こう……胸が悪くなりましたの。お腹の奥から固い物が押し上げられるような酷い吐き気がして、身体がカタカタと震えて、今すぐ実習から抜け出して寮のベッドに逃げ込みたくなりましたわ。

何だか自分が情けなくなったのを憶《おぼ》えております。病に苦しむ民を救いたいと、父母の反対を押し切ってまでアカデミーに入ったというのに、その第一歩……人の身体の仕組みについて、実地で学ぶという段階。そこでもう嫌になってしまった自分が、酷くみっともない人間に思えまして。でも、本当に逃げ出してしまうことも、また嫌でした。私、検体から目を逸らしたんです。それで周りの同級生の顔を見てみることにしましたの。彼らも私と同じような顔をしていたら、まだ耐えられる。この嫌で嫌で今すぐ帰りたくなるような気持ちが、皆さんと同じだったら。それなら誰もが通る道だと思い込んで、それで踏み止《とど》まれる。実際はただ、開かれた遺体を見ていられなかっただけでしょうが、今にして思うと、そんなことを考えていたような気もします。

他の受講生は、皆一様に青い顔をしていました。私と同じく、解剖に立ち会うのは初めてだったのですね。ああ、怖がっているのは私だけではないんだ、と思うと場違いな安堵《あんど》の息が漏れました。彼らも私の様子に気付くと、こちらに共感したように肩から力を抜いたようでした。

しかし、ほとんどの人は私と同様に顔色を変えながらも踏み止まっていた方たちでしたが、例外もありましたわ。

まず、私たち以上に解剖へ強い拒絶を示した方。よっぽど苦手でいらしたのでしょうね。まず初めに一人が、口元を押さえながら無言で廊下に走り出ると、それを皮切りに二人ほどが後に続いて退出しました。中座をお詫《わ》びする言葉もありませんでしたが、講師も気に留めた様子は見られません。毎年いるのですよね、この実習に耐えられずに逃げ出す方は。気持ちは分かります。私だって嫌でしたし、慣れたとしても気分良く行えることではありませんから。

次に、入学前に解剖を経験していたような方々。好んで錬金術を志して入学したのですから、まあ熱心な方は、アカデミーで学ぶ以前に自前で研究を行っていることもあるのですわ。勿論《もちろん》、解剖もです。そうした人は、ご同輩と一緒に軽口を叩き合ったり、初めての経験に震え上がる私たちを見て優越感に浸ったりして、さも平然となさっていた風でした。正直に申しまして、あまり良い趣味とは思えませんがね。

最後が……ええ、オーブニルです。彼は顔色一つ変えずに、黙って実習の成り行きを観察していましたわ。私も初めは、彼も解剖をしたことがあるクチかと思いました。いえ、確かに経験済みでしたわね。ですが、こう……他の経験者に比べても、彼の雰囲気は異質でした。私、思わず考え込んでしまいましたわ。気を紛らわしていないと、戻してしまいそうでしたから。とにかく気を散らしたかったんです。それで、さりげなく他の経験者と彼の違いを見比べてみたんですの。

違いはすぐに分かりました。他に解剖をしたことのある方もですね、やはり普段とは様子が違うのです。気分が浮ついているというか、酔っているようだとか、とにかくいつもとは違う面持ちでした。それもそうでしょう。幾ら慣れがあるとはいえ、人の死に触れているのですからね。そんな場で日常と同じ心地を維持する、というのは難しいのです。そういう意味では、彼らもまだまだ半人前だったんですわね。解剖に慣れてくるとですね、緊張を維持しながらも気持ちを普段とは切り替えられるようになるものなんです。自分が死体を切り開いて、その中を観察しているということについて、深く考えないようにしながらも、手元と目だけは鋭くしていられるようになる。口が軽くなったり、周りを見下してみたり、そういうのは慣れ方が半端なのですね。自分は経験があるぞ、って自己暗示を掛けて、平気でいる振りをしているだけなのですわ。回数をこなせば、それが分かってくるのです。

オーブニルは違いました。講師の先生や、何度か実習をこなした今の私とも違いました。彼は、まるで普段と変わっていなかったのです。拒絶して青くなったり逃げ出したりする訳でもなく、気分を高揚させて動揺を誤魔化す訳でもなく、普段の自分と気持ちを切り替えるわけでもない。学友と談笑したり、食堂でスープを飲んだり、図書館で本を読んだりしている時と、同じ目つきのままでした。気持ちを切り替えるまでもなく、そこに適応していました。

思わず、背筋が寒くなりましたわね。人の生に関わる時も、死に触れる時も。変わらず同じ色の目のままでいられるとは、どういう心根なのか？　その疑問が生じた瞬間、これまでになく気分が悪くなって——私も実習室を飛び出していたのです。

おかしいですか？　確かにその通りですわ。言ってみれば、たかが目付き一つですもの。それだけで人を判じることが出来るのならば、誰も世渡りに苦労をするはずがありませんから。私も最初は、実習で気分が悪くなっていた所為《せい》だ、単なる錯覚だって思っていました。でも、胸騒ぎだとか虫の知らせだとか、そういうものもございますでしょう？　ふいに気分が悪くなったりした時に、後の出来事と結び付けて、嫌な予感だとか、あれは不幸の前触れだったとか、そう思ってしまった経験は一度くらいおありでしょう？

……あの実習でオーブニルの態度を不審と感じたのは、私一人のようでした。私自身、くだらない思い込みだと考え直しまして、しばらくの間は彼をただの学友として扱っていました。

ゼミナール内での彼は、決して人気者という訳ではありませんでしたが、学友たちに広く受け入れられていましたわ。のみならず、彼は他学科の生徒や講師陣とも、積極的に接触していたそうです。錬金学科というのは他の学科と比べて少し閉鎖的でしょう？　霊薬や実験器具といった、魔導研究に必要な物資を用立てるのは、主に錬金術師が担ってきた役割です。それでいて他の魔導師からは、同じ魔導師というより下請けの職人か便利屋のような扱いですからね。ただでさえ一段低く見られているものですから、それを押してまで出掛けて行くオーブニルは、周りから随分と変わり者扱いされていましたわ。

ええ、そうなのです。普通、そうやって積極的に人の輪に入って行けるのであれば、それなりに衆望を集めてもいいはずですわよね？　腕利きの錬金術師で、人となりも穏やかに見えるのですから、尚更です。が、彼に特定の友人と呼べる方はいなかった。常に誰かと一緒にいて、ニコニコと気安い笑みを浮かべて、頼めば大概のことは聞き入れ、錬金術師としての手腕を振るってもくれる。それでどうして友人が出来ないのか、或《あ》いは作ろうとしないのか、不思議なものでした。

思えば、あれは商人のやり口に似ていました。人を安心させるような笑顔で近づき、人の矜持《きょうじ》を上手いこと立ててやり、人の欲しがる物を提供する。多分、彼は最初からそのつもりだったのでしょう。友誼《ゆうぎ》を結ぶのではなく、顔を繋《つな》ぐ。コネクションの構築です。そうやって、個人では出来なかった次の研究の為の下準備を淡々と進める……。

グラウマン教授からは聞いておられますか？　彼の最も悪名高い研究。そう、狂人を人為的に作り出して殺し、魂の狂い具合を調べるという、あの悪魔じみた実験。それを行う為に、降霊術を使える術者を抱き込んでいたでしょう？　同じように、他分野の力を借りた研究は幾つもありましたの。彼の人脈構築は、その為にやっていたことなのでしょう。商人が取引相手と関係を維持する為に、私的な交流は避けつつも、それでいてご機嫌伺いは欠かさないように。

まったく、よくもやってのけたものです。あらましを耳にしただけで頭がどうにかなりそうな実験を繰り返しておりましたから、瞬く間にオーブニルを良く言う声は無くなりました。私も解剖実習で覚えた嫌悪感は、間違いではなかったのだと改めて思い返しましたわ。ですが、学生たちは決して彼との取引を拒みませんでしたの。時には講師陣もです。少し手を貸すだけで、彼からは労力以上の対価が得られましたもの。貴重な秘薬、手製の礼装、何でもござれ。時には希少な能力を持った奴隷すら、用立てていたようです。研究が悪魔の仕業なら、こちらは悪魔の取引ですわ。それなりに場数を踏んでいるのなら別でしょうが、ここにいる者の大半はまだ若い学生か、社会経験に乏しい研究者。甘い誘惑を撥《は》ね除《の》けるのには、荷が勝ち過ぎましたわね。

奴隷ですか？　街の市場で仕入れてきたようですよ。それを怪しげな薬やら手術やらで強化して、取引相手に譲渡する。忌々しいことに、違法行為ではありませんでした。奴隷をどう扱おうが所有者の自由。それはどの国でも同じですものね。錬金術で身体を弄《いじ》り回そうと、それを他人に売ろうとです。これがキメラやゴーレム、ホムンクルスでしたら、危険生物の私有という名目で摘発出来ましたのにね。見事に法律の隙間を突いた形です。よくもまあ、悪知恵の働くものだと、呆《あき》れ返ったものですわ。

しかし、結局はそれが元でアカデミーを追われるのですから、世の中分からないものですわ。オーブニルの放校になった原因？　ああ、それが一番知りたかったのですか。教授からもあらまし程度は聞いていらして？　なら話は早く済みそうですわね。

あれは二年生に上がってすぐのことでした。このアカデミーも新入生を新たに迎えて、活気づいていた頃のことです。新入生の間でも、あの男は噂の的でしたわ。彼との取引は、違法ではないとはいえ十分に後ろ暗く、決して声高に人に話すものではないのですが、それでも人の口に戸は立てられないでしょう？　彼と関わりを持った生徒が、後輩にそのことを話していたのです。彼から手に入れた品を自慢したかったのか、年下を脅かそうと怪談代わりにでもしたのか、それとも親切ごかして学校の裏の顔役について教えたのか。どれもあり得そうですけれどね。

それで新入生の一人が、オーブニルの噂に興味を持ったのです。彼にお金を支払えば、上物の奴隷が安く手に入る。そう考えたらしいんですの。ええ、そうです。下世話な話ですが、そのぉ……殿方の欲求の捌《は》け口になる奴隷が得られると。

彼について知っている者からすれば、馬鹿らしい話です。オーブニルは成程、確かに貴族の魔法使いというより商人に近いところがある男でした。が、その分損得にはシビアなところがありましてね。見返りの少ない者には、それ相応のものしか渡しません。そもそも、彼が取り扱う奴隷は護衛だとか、労役だとかに用いるのが主でしたから。……まあ、頼まれれば用立てないことも無いとのことですが、そういうことに使う奴隷は、仕入れ値からして高いから割に合わない、とも言っていたらしいです。どの道、その新入生の少年が望む結果は得られないでしょう。

勿論《もちろん》、取引はすぐに破談となりました。その少年もこの国の貴族、それもアカデミーの理事会に顔が利くくらいの家柄ですから、少し無理をすれば出せなくもない値段のはずです。しかし、彼は格安で良い奴隷が手に入ると信じ切っていました。まあ、オーブニルの研究に協力出来るのなら、期待通りに安値で手に入るか、良くすればお金を払う必要も無いのですが。けど、つい数週間前に入学したばかりの新入生には酷な要求でしょう。

それで引き下がれば、何事も無く済んだでしょう。ですが、その少年はそこで出会ってしまったのです。単なる欲望の対象ではない、何と引き換えても手に入れたいものと。ええ、ユニさん――彼のお付きのメイドです。

彼女もまた学内では有名でしたわ。私の目から見ても、綺麗な方でしたわ。整った顔立ちに洗練された立ち居振る舞い。無口でニコリともしない愛嬌の無さが玉に瑕《きず》でしたが、そっと主人の陰に寄り添い献身的に尽くす姿は、貴族に傅《かしず》く従者の理想像といっても過言ではないでしょう。……オーブニルの奴隷として、子どもの頃から付き従っていると聞きますが、彼のご両親は余程息子を甘やかしていたんでしょうね。容姿にしても教養にしても、そして彼女から感じられる魔力にしても、どれも一級品でしたから。子ども可愛さに目が眩《くら》みでもして、余程の大枚を叩《はた》いて最高級奴隷を買った上に、みっちりと教育したとしか思えませんもの。

まあ、彼の関係者ですから。彼女に関する突拍子も無い噂も、幾つかあったものです。

実はオーブニルが作ったホムンクルスだとか、殺した死体から部品を選りすぐって組み合わせたフレッシュゴーレムだとか……笑ってしまいますわ。そういう魔法生物は、気配が独特な上にそれを誤魔化したとしても、どうしても感知魔法には引っ掛かってしまいます。実際に彼の製作物を見たことはありました。確かに造形に重点を置いた物は、本物の人間と見紛うばかりでしたが、やはり術式には魔法生物として引っ掛かってしまいますわね。

ああ、話が逸れてしまいましたわね。それで件《くだん》の新入生の話です。

彼はユニさんを一目見て、すっかりと入れ込んでしまいました。彼女の首に奴隷の身分を示す銀の首輪を見るや、破談になった取引のことも忘れて、譲ってくれるよう懇願したそうです。

――頼む、彼女を譲ってくれ、決して粗略な扱いはしない、彼女が望むなら奴隷の身分からも解放もしよう、本気なんだ。

よくもまあ、ついさっき女奴隷を安く売ってくれと頼んだ口で言えたものです。ですが、もしかすると、それが恋というものかもしれません。恥も外聞も、過去も未来も吹き飛んで、相手のことしか見えなくなる。だとすれば、その気持ちだけは馬鹿に出来ないものですわ。

しかし、オーブニルはにべもなく断ったようです。先程の交渉は相手の提示する条件について云々《うんぬん》し、可能であれば応じる節もあったとのことですが、今度はそれすら無かった、と。彼女だけは売らない。それがオーブニルの答えでした。彼を引き立てていたグラウマン教授も、ユニさんに興味を抱いていたようですが、恩人である教授にさえ、手を触れさせることは無かったと聞いています。いわんや、初対面の下級生にそれ以上のことを許すとは思えませんね。

少年はオーブニルの答えに逆上したそうで。依頼では――彼の主観では――足元を見られ、その上で見目麗しい女性を奴隷として侍《はべ》らせ、彼女に向ける想いを一顧だにせず撥《は》ね除《の》けられたのです。彼の目には、オーブニルが姫君を捕えた悪しき魔王にも見えたでしょう。理は何一つ通っていないのですが、オーブニルが悪党であることには同意しますわ。

ともかく、怒りで我を失った少年は、いきなり魔法でオーブニルを撃ったとのことです。が、その攻撃はオーブニルに届きすらしなかったらしくて。どうやら、ユニさんが庇《かば》ったようなのですね。彼女、単に強い魔力を持っているだけでなく、魔法の腕前も優秀だったようです。少年の魔法を咄嗟《とっさ》に障壁呪文で防ぎ、傷どころか衣服の乱れさえ無かったと聞いております。

堪《たま》らないのは少年ですよね。非礼にも上級生に不意打ちを仕掛け、それをよりにもよってたった今一目惚れした相手に庇われたのですから。非は彼にあるとはいえ、同情しますわ。

少年は、カッとなって叫んだそうですわ。

――卑劣な！　よりにもよって女性を盾にするとは！

と。

自分で仕掛けておいて何を……。そう思われますか？　しかし、まあ、何ですか。そうとでも言わなければ、自分が惨め過ぎるんじゃありませんこと？　仮にも上級生を不意打ちしたこと、その矛先が図らずも想い人に向かってしまったこと。先程、手痛く要求を撥ね除けられたこと、逆上のあまり発した攻撃が届きすらしなかったこと。彼の言葉は、そんな罪悪感と屈辱とが入り交じった悲鳴のようなものだと、私は考えておりますわ。これ以上の弁護をする気にはなれませんけれどね。

彼が我に返った頃には、その場には随分と人が集まっていたとのことです。密談の場は、寮のオーブニルの部屋でしたからね。騒げば寮生が聞きつけてくるのは当然です。少年は彼らに気付きましたが、それにも構わず大声でオーブニルの非を鳴らしたそうですわ。曰く、賄賂《わいろ》をばら撒《ま》く不届きな学生だの、人を人とも思わぬ実験を繰り返す悪魔だの、女を無理やり奴隷にして手籠めにする色魔だの……まあ、幾らか事実は混じっていましたが、三つ目の言葉は自分を省みられてから言って欲しいものです。

周囲の空気は、瞬く間にオーブニルが悪者だという色に染まったようです。勿論《もちろん》、全力で同意しますわ。この件の非こそ少年の側にありますが、それでオーブニルの今までの悪行が帳消しになる訳ではありませんし。オーブニルに肩入れする者もいないではありませんでしたが、ごく少数に留まったらしいです。彼に便宜を図ってもらって良い目を見ていた生徒の多くも、累が及ぶのを恐れて及び腰になってしまったのでは？　まったく、上辺だけの付き合いを続けているから、そうなるのです。それにオーブニルが手を貸していたのは、主に机を並べる同じゼミナールの生徒と、彼が協力を求めた一部の魔導師ですから。自然、おこぼれに与れなかった側——オーブニルに反感を持つ者の方が多数となったのでしょう。

険悪な雰囲気の中で、誰かが叫んだそうです。

——決闘だ！

——新入生が、オーブニルの蛇野郎に決闘を挑んだぞ！

と。

別にそんなことではなかったらしいのですが、満座の野次馬の中で対立している姿は、決闘を挑む構図に見えなくもないかと思います。興奮した学生の何人かが、勝手にそう誤解したのですわね。

新入生の少年は気が大きくなったのでしょうね。激昂して上級生に襲い掛かり、それを見染めた女性に防がれてしまった敗者から、一転して巨悪に挑む勇者へと、立場が早変わりしたのですから。すかさず貴族の令息らしい優雅さを取り繕い、オーブニルに決闘を申し込んだと聞いております。

——先程の一撃は投げ手袋の代わり、そして彼女が庇《かば》った故に咄嗟《とっさ》に威力を弱めたのだ。

――一対一の決闘の場で、そんな手心は無いと思いたまえ。

なんて、要らないことまで付け加えながら。決闘の前に攻撃を加えたことへの非を鳴らされたら、どうするんでしょうね？　とはいえ、そうも人が集まっては、流石《さすが》にあの悪党も逃げ出す訳にはいかなくなったのでしょう。人騒がせな割に揉《も》め事を好まない男でしたから、決闘に乗り気な訳は無いのですが。それでも、いつの間にか場の雰囲気に酔い始めている群衆を前に逃げ出したら、何が起こるか分かりません。もしかしたら大きな暴動にもなりかねない。彼ならそんな計算をしていたでしょうね。最終的には決闘に応じた方がリスクも少ないはずだと。でもなければ、何とか決定的な事態は避けるのが彼のやり方でしたから。

言い忘れていましたが、このアカデミーでは私闘を禁じています。魔導師同士の戦闘となると、たかが生徒同士の小競り合いでも馬鹿にならない被害が出ますからね。死人が出てもおかしくありません。なので相当重い沙汰が下りかねないのですが、そもそもこの規則を破る人は滅多にいませんから。教員側の対応も遅々としたものでした。それにオーブニルのばら撒《ま》いているアイテムや新理論は、この頃には学内の政治的均衡に影響を与えかねないものになっていたらしくて……。理事会や教授たちの中には、この決闘でオーブニルが痛い目を見るか、最悪亡き者にでもなれば良いと思う方もいらしたかもしれません。そうでなくとも、私闘に及んだことを追及して行動を掣肘《せいちゅう》出来る。そうお考えになられたのでは？　あくまでも推測ですけれどもね。

決闘はそれから間を置かずに、寮の前の広場で行われました。相手は悪名高いオーブニル、時間を与えては何をするか分からない、というのが相手側の弁らしいですわ。短絡的な割には知恵が働きますわね。

その頃には女子寮にも騒ぎが届いていましたので、私も友人と連れ立って駆け付けました。その頃には、どういう訳か私がオーブニルの起こす騒動を収拾する役回りになっていましたので、その友達に引っ立てられるように連れて行かれましたよ。最初に聞いた時は驚きました。彼は悪人は悪人でも、法を掻《か》いくぐったり悪用したりする類ですからね。こんな直接的で責任を免れ得ない事態を引き起こすとは思えないし、巻き込まれるような間抜けだとも考えられませんでした。ただ細緻な企みが粗暴な一手で台無しになることも、あり得なくはないでしょう。とうとうあの悪党もその範に倣う時が来たかと、暗い喜びも感じましたね。天網恢恢《てんもうかいかい》疎《そ》にして漏らさず、ですわ。

私が着いたのは、丁度決闘が始まる直前でした。新入生の少年の、不敵な面構えが印象に残っています。自信満々でしたね。私たち錬金術師は魔力に乏しい者が多いですし。元々、あまり人気も無く出世も見込めない稼業ですから、自然とそういう者がなっていくものなのでしょう。対する少年は、貴族としてはポピュラーな魔導兵学科。戦闘的な魔法を駆使して戦場を駆け巡る、一般的なイメージ通りの魔導師を育てるカテゴリーです。生粋の武闘派ですわ。準備不足の錬金術師などに、後れを取るはずもない。無言の内に表情でそう言っているようでした。

対するオーブニルは、いつも通りに見えましたね。ええ、本当に平静でした。あの常と変わらない目をしていましたよ。講義を受けたり、学友と談笑したり、読書に興じたり、死体が切り刻まれるのを見届けたり、生きた人間の頭を切り開いたり、そういいつも通りのことをしている目でした。彼が眼の色を変えるのは、成否を問わず実験の成果が出た時か、新しい実験の構想が浮かんだ時、でなければ上物の素材や礼装を手に入れた時くらいですからね。目の前の少年のことなど、良く言っても路傍の小石程度にしか思っていないでしょう。それはつまり、彼と日常を過ごしていた私たちのことも、そんな風に物のように見なしているのと同義なのですが。

そうこうしている内に、決闘は始まりました。双方一人ずつ立会人を伴っての、古式ゆかしい果たし合いです。少年の側の立会人が、何か威勢の良いことを言っていましたが、あんまり憶《おぼ》えていません。それよりオーブニルは誰を立会人に立てたのかに興味を引かれましたので。ユニさんは、言ってはなんですが身分の問題がありますでしょう？　格式ばった場では後ろに控える他ありません。そうなると誰が彼に味方する立場に立つものやら。オーブニル側の立会人は、例の実験に参加した降霊学科の生徒でした。あの狂った実験の、です。あんなことに加担してしまったのを知られたのですから、今更彼と無関係とも言えなかったのでしょう。お可哀そうに。

決闘の結果は、教授から聞いていらしたでしょう？　オーブニルが勝ちました。彼に挑んだ少年は、酷い重傷でしたわよ。どんな展開か、ですって？　私としてはあんまり語りたくないのですが、どうしてもお聞きになられたいと。……仕方ありませんわね。

といっても、そう込み入った話ではないのですが。オーブニルはですね、平時から手製の防御礼装で身を固めていたのです。やけに景気良く周りにばら撒《ま》いていると思ったら、単に手元の在庫が、文字通り売るほど余っていただけなんですのね。懐にアミュレットを呑んでいるのは序の口。アカデミーが制服として支給しているマントの裏に防護の刻印を刺繍《ししゅう》したり、退魔の力を持つ銀糸を織り込んだシャツを着たり、早駆けの魔法をかけた靴を履いていたり……まるで動く要塞か、それとも歩く礼装の見本市かといった有様ですわね。普段からあんなものを全身に仕込んでいるなんて、どこかの国と戦争でもしていたのかと言いたくなりますわ。それだけの物を片手間にこさえながら、幾つもの研究を並列してこなしていたのですから、認めたくはありませんがあの男、確かに稀代《きたい》の天才と呼ばれるだけのことはあります。

勿論《もちろん》、これだけ守りを固めた相手に、入学したての新入生の魔法が通る訳はありません。炎の矢も風の刃も雷の鞭《むち》も、何一つ効き目がありませんでした。……ユニさんも、こんな不死身の化け物を庇《かば》う必要なんて無かったと思うのですけれどねえ。なまじあの時割って入ったものだから、少年もオーブニル一人なら勝てると誤解したのでしょう。こう言う場合も、罪作りな女と言えば良いのでしょうか？

えっ、卑怯《ひきょう》だ？ ええ、私もそう思いました。ただ私が感じたのは、咄嗟《とっさ》の事態にこれだけの装備を用意出来る、その能力があること自体が卑怯だと感じたのですが。戦法について思うところは無いか、と？ 当たり前でしょう。着の身着のまま決闘に赴いたのは、お互い様なんですから。それに礼装を用いていたのは、相手の少年も同じでした。魔導師が常に携える杖、これも魔術の行使を補佐する礼装でしょう？ 少年が持っていた物も、高位の貴族らしく贅沢《ぜいたく》な代物でしたから。人が持つより上等な礼装を用意することが罪に当たるなら、彼の方も同罪だと思うのですけれど。

……すみません、話がまた逸れましたわね。それで決闘の顛末《てんまつ》ですわね。

一方的な展開でしたわ。相手の魔法はオーブニルに届かない。やけになって殴り掛かっても物理障壁まで自動的に展開される。そこへオーブニルの魔法が飛んでくるのですから、堪《たま》ったものではありませんわね。為すがままです。勝負の行方は火を見るより明らかでした。それでも少年は諦めませんでしたの。素直に降参するべきだったでしょうにね。あれはもう意地だけで立ち向かっている状態でした。それも、明らかに張りどころを間違えた意地ですわ。ここで降参したら、自分には何も残らないから。なけなしの矜持《きょうじ》を賭けてしまった勝負から、降りることは出来ないから。……賭博で大損をする性質ですわね。

勝負には乗るべきでないものもありますし、乗ったとしても降りるべき時というものもございますでしょうに。

オーブニルは、珍しく心底うんざりとした表情をしていましたわ。彼が見せた表情では一番人間的な顔に思えました。そして、人体実験に取り組んでいる時の次くらいに、残酷な表情でした。あれは虫を見る目でしたわね。小さな羽虫が、振り払っても振り払ってもしつこくまとわりついてくる時の顔。彼、相手を降参させる為に手加減をしていたのですわね。それが一番丸く収まるから。だというのに、向こうがいつまでも粘るものだから、苛々して仕方なかったんでしょう。

結局、少年は意識を失っても負けを認めなかったものだから、半死半生の重体。オーブニルは決闘で勝ったものの、私闘禁止の規則を破った上に、大人げなくも後輩を痛めつけたとのかどで、めでたく退学処分になったのですわ。この件が無ければ、今頃は人体実験の材料としてガレリン中の奴隷が死に絶えていたかもしれませんわね。

決闘を挑んだ少年のその後ですか？　今では元気にしていますわ。当初は大怪我を回復魔法で無理に治した後遺症で、骨の形が歪《いびつ》になったり手足を動かせなくなっていたらしいのですが、グラウマン教授が執刀した手術で何とか元通りの身体を取り戻すことが出来たとか。皮肉にも、その手術はオーブニルが残していった論文を元に行ったそうですがね。

オーブニルは、思ったよりあっさりと処分を受け入れました。逆に決闘騒ぎのダシにされたユニさんの方は、珍しいことに随分と青い顔をされていらしたけど。何だかアカデミーが彼を追い出したというより、逆に彼の方が飽きた玩具を放り出すようにして去っていったようにすら思えましたわ。錬金学科は予算が厳しいですからね、下手をすると大貴族お抱えの錬金術師の方が、良い設備を持っているかもしれません。何でも、その頃はお父上の体調が優れないと、お国元から知らされていたとか。近々お亡くなりになって、遺産を当て込めると思ったからこその潔さだったようにも感じられましたわ。

貴方、彼の家の相続問題の調査でいらしたのでしょう？　彼の兄君はそんなに問題のある方なのかしら？　特に無い？　風説に聞く麒麟児《きりんじ》が、やけにあっさりと引き下がったのが不自然だと思ったから？　じゃあ、これで疑問は解決したでしょう。

あの男は錬金術に入れ込んでいるだけ。そしてその為に、他の何もかもを切り捨てられる化け物なのですわ。伯爵家当主の権利から得られる利益よりも、その義務によって生じる不利益を避けただけ。だって、政務や社交に時間を取られたら、肝心の研究が進まないんですもの。

それに、あの普段から要塞のように身を鎧《よろ》っている男が、没義道《もぎどう》にも兄と争うことの危険を、考えに入れないはずが無いのではなくて？　もしも研究を進めていく内に、どうしても政治権力が必要な段階になったら、その限りではないのでしょうけれども。

……手短に話すつもりが、随分と長くなってしまいましたわね。これもあのオーブニルが、良くも悪くも——いえ、悪くも悪くも——話題に事欠かない男である所為《せい》でしょう。

長話にお付き合い頂いて、恐縮ですわ。

ああ、そうですわ。最後に一つよろしいかしら？

これは仮定の話なのですが、老婆心ながら忠告を。

あの男は、現段階では大人しく兄君に家督を譲り、自分は好きに研究に打ち込む気でいると思います。ですが、絶対にそれには飽き足らず何かをしでかすでしょうね。たかが一学生の身で、研究の為にあれだけの手を尽くし、そしてあれほどの冒涜《ぼうとく》的な研究を完遂した怪物ですもの。彼が錬金術の探究をやめない限り、必要とあらば何もかもを犠牲にして、今までにない規模の実験を行うはず。それこそ伯爵家の一つや二つ、いえそれどころか国さえも潰しかねないことを、ね。

……そうなる前に、早くあの男を亡き者にするべきですわ。

冗談とお思い？　本気ですわよ、私は。

一年もの間、すぐ近くであの男の所業を見続けたのですもの。そんなことを考えもしますわ……。


終．ザンクトガレン連邦王国・王都ガレリンの宿屋にて——ある法院調査官の述懐あてがわれた部屋のドアを開けると、名も知らない花の匂いがした。匂いが強過ぎて、頭がくらくらする。安宿がよくやるような匂い消しの類だろうか？それなりのお代を払った客にするにしては、随分な酷い仕打ちだ。

憂鬱な気分を抱えながらベッドへ横になる。

休暇を使い、私費を投じて隣国に足を運んでまで行った調査は、どうにも扱いに困る結果となった。

先頃逝去されたオーブニル伯の相続問題。継承争いが予測された事態から、次男がいやにあっさりと身を引いたことで速やかな決着が望めたはずのそれは、私が個人的な興味を抱いたことから最終決定を先延ばしにしてきた。正嫡の兄に当主の座を潔く渡す弟の態度。あまりにも潔癖過ぎる。何か作為的なものを感じはしないだろうか。

加えて言うなら、個人的な野心もある。自分の身分は高位貴族を調査するにも伝手《つて》に事欠く、貴族とは名ばかりの木っ端官吏に過ぎない。だが近年の国政は、地方の諸侯を権威と法理で統治せんとする、宮廷貴族を中心とした中央集権派が取り仕切っている。ここで伯爵家という大身貴族の弱みを掴《つか》めば、中央集権派からの覚えもめでたくなるかもしれない。砕けて言えば、出世のチャンスとなる可能性があるという訳だ。

小なりと言えど法務官僚として培った良心。個人としての好奇心。それに若干の野心というか、下心。そんなものに駆られ、国境すら越えて彼のことを調べ歩いたのだが。

「藪《やぶ》をつついて蛇を出したかな、これは……」

そういえば、オーブニル家の家紋は蛇だったか。口に出してから奇妙な符号に気付き、つまらない洒落《しゃれ》だと笑う。……笑みと言うには、少々口の端が強張《こわば》り過ぎていたかもしれないが。

件《くだん》のオーブニル家次男、トゥリウス・シュルーナン・オーブニルは、知れば知るほど奇怪な若者だった。

曰く、幼少の砌《みぎり》から好んで奴隷を殺した。

曰く、奴隷の少女を怪物に仕立て上げた。

曰く、狂人を意図的に作り出し、死者の魂を辱めた。

どれもこれも、出来の悪い怪奇小説の筋書きめいている。こんなものをどう報告しろというのか。元より私の無理押しで始まった調査だ。それなりに体裁を整えた報告を上げねば、どうなるものか。いや、結局問題の無かった相続問題に要らぬメスを入れたかどで、譴責《けんせき》くらいは受けるかもしれない。こうなると分かっていたら、お定まりの聴取に終始して何もかも無難に終わらせたものを。このままでは上の覚えも悪くなり、就任を先延ばしにされた伯爵家次期当主の不興も買ってしまう。

それに何より、今まで調べ歩いてきたこの怪人物、トゥリウス・オーブニルは一体何を思うだろう？

私が訪ね歩いた足跡が示す彼は、驚くべきことにその酸鼻な事件の数々とは裏腹に、ほとんど法に触れる行いはせずにいる。確かに奴隷の扱いはその主人に一任される。痛めつけようと苦しめようと発狂させようと、それこそ殺そうと自由である。邪術として甚だイメージのよろしくない死霊術師とも接触しているが、研究の為に公的な機関に属する者であり、しかるべき手続きを得て協力を依頼している。学生や講師との取引も、賄賂《わいろ》というにはちと弱かった。唯一明確な違法行為は件の決闘騒ぎであるが、既にザンクトガレン国内で処分が終わったことだ。これを蒸し返しては、相手方の裁判権を侵害したとして外交問題に発展する恐れもある。

「まったく、何だってこんなことに……」

すんなり決まりかけた相続許可に、自信満々の顔で異議を唱えた一ヶ月前の自分を、この手で殴り倒したい気分だ。

あの時、同期の友人がしきりにこの件から手を引くよう勧めてきたのは、恐らく断片的な噂であろうが、オーブニル家の次男について自分より詳しく知っていたからに違いない。

まさかほんの些細《ささい》な違和感から始めた調査が、こんな厄の種を抱えていたとは！

こんな危険人物を、野放しには出来ない。だというのに、自分の考える方策では、トゥリウス・オーブニルを追い詰めることは不可能だ。精々がその風聞に傷を付けるだけである。そして傷を負った彼が、どのような反応を示すのかは未知数なのだ。

いっそあの女学生の忠告に従って、教会に悪魔憑《つ》きとして告発し、火刑台にでも送ってやりたいとさえ思う。しかし、彼の亡き父親が教会に連れ込んだ段階では、シロだった。あれから改めて憑かれたか、収賄罪を覚悟で司祭を抱き込みでもしない限り、同じ結果が待っているだろう。

どうすれば良いのだろうか?

思考を巡らせど、どうしても解決策が浮かんでこない。無力感と徒労感が、私の身体を包んでいた。

……気が遠くなる思いまでしてくる。

意識は確かにあるというのに、思考が取りとめの無い方向に向かい、まるで考えがまとまらない。徹夜で仕事を終えた後、頭がぐらぐらするほどの眠気を感じているのに、緊張感が神経を支配していて一向に眠りにつけない。そんな状態に似ていた。私の瞳は空虚な視線を部屋の天井に向けるのみだった。

「…………」

それにしても嫌な匂いだ。

部屋のドアを開けると共に嗅覚へ襲い掛かった香りは、全く私の鼻に慣れるということが無かった。

甘ったるい花の匂いは、鼻腔から脳髄を侵すような濃厚さだ。

頭の芯が、痺《しび》れて、いく……。

「――やあ、こんばんは」

唐突にドアが開いたかと思うと、そんな言葉が飛んできた。

ずかずかと部屋に踏み込んできたのは、まだ二十歳になるかならないかという、若い男だった。身なりの良い服装だ。貴族だろうか？　それにしても無礼な客だ。人を訪ねるのにノックの一つも無いなど……いや、待て。

ドアには、鍵を掛けていたはずでは？

「だ――」

誰だ、と問おうとした私を、若い男は手で制した。

「ああ、お気になさらずに。そのままお寛ぎ下さい。疲れておいででしょう？」

柔らかい声音が、耳の中にするりと潜り込んでくる。この部屋に立ち込める匂いが、鼻の中に飛び込んでくるように。

緊張が、解ける。私はベッドから飛び上がろうとするのをやめて、改めて座り直した。

そうだ、ここは彼の言葉に甘えておこう。疲れているし、何も考えたくない気分だ。何も気にしたくない。

「実はあなたに、少々お聞きしたいことがありまして。はい、いいえで済む質問なら、首を振るだけでお答え頂いても構いません。僕はただ、あなたの素直で正直なお言葉が聞きたいだけなのです。よろしいですね？」

私は肯《うなず》いた。

「結構。では、お聞きしましょう。貴方はアルクェール王国の高等法院からいらっしゃいましたね？」

私は肯いた。

「今回のお仕事は、伯爵家の家督相続にまつわる調査でいらっしゃる？」

私は肯いた。

「調書の方を拝見させて頂いても？」

私は躊躇《ためら》った。

調査には、守秘義務というものがあるからだ。

「……質問を変えましょうか。調書はどちらに？　指で示すだけで結構です」

私はベッドの脇に置いた鞄《かばん》を指差した。

男は後ろに顔を向ける。そこには女性らしい影があった。メイド服を着ているようにも思える。

……メイド？

「彼女のことはお気になさらず。僕の質問のことだけを考えて下さい。いいですね？」

私は肯いた。

それを合図に、人影は私の鞄に近づくと静かに開き、中から羊皮紙の束を取り出す。そして恭しく膝を突き、男へそれを差し出した。

「ふむ……どれどれ——」

男は手早く調書を読み進めていく。

私は何もしない。頭がぼやける。紙を繰る音だけが単調に響く。口の中に唾が溜まっていく。それを飲み込むのも面倒臭い。

やがて調書を読み終えた男は、溜め息を吐きながら顔を上げた。

「それにしてもこの調書、酷い内容ですねえ。そうは思いませんか?」

私は肯いた。その拍子に、口の端から涎《よだれ》が垂れるのを感じた。

「あなたは実に勤勉で真面目な調査官だ。ご自分でもそう思われるでしょう?」

私は肯いた。

毛布に包《くる》まって微睡《まどろ》んでいるような心地。そんな中で聞く褒め言葉は、すとんと腑に落ちて行く。

「そんなあなたが、こんな荒唐無稽な調査内容を、信じられるのですか?」

………私は肯いた。

証言の奇怪さ故に逡巡《しゅんじゅん》はしたが私は高等法院の調査官だ。自分の調査には自信がある。

「ああ、調査への自信がネックか。……では、初めてこの話を聞いた時、耳をお疑いにはなられませんでしたか？」

私は肯《うなず》いた。

「よし――では、僅かなりとはいえ、嘘っぽいなとはお思いになられましたよね？」

私は肯いた。

「もしかして証言者たちは、自分を騙《だま》そうとしているのではないか。そうお考えになられたことは？」

私は肯いた。

彼は笑った。

「では、証言を全面的に信じておられる訳ではない？」

私は肯いた。

彼は微笑んでいる。

「疑問の余地がある？」

私は肯いた。

「人に話しても、信じてもらえる自信は無い？」

私は肯いた。

「信憑性《しんぴょう》性を疑っておられる？」

私は肯いた。

「それじゃあ——そんな証言を元にした報告書は、上げられませんよね？」

わ、わた、わたし、私は？

わた、わたた、私、私は、わたしははは……？

……私は肯い、た。

彼は笑みを深くした。

「……では、こんな調書はゴミのようなものですよね？」

私は肯いた。

「ゴミを本国にまで持ち帰る訳にはいかない」

私は肯いた。

「じゃあ、明日の朝に起きたら、一枚残らず焼き捨てて下さい」

私は肯いた。

「高等法院には、常識的な内容の報告書を作成して提出しましょう」

私は肯いた。

「よろしい。では、そろそろお暇《いとま》します。ああ、僕らが出て行ってドアが閉まった一分後、貴方は目を覚まします。その時には僕らと出会ったことは忘れてしまいますが、お願いしたことはちゃんと実行して下さいね？」

私は肯《うなず》いた。

それを確認したように、彼以外の誰か——何故か姿が把握出来ない——が、部屋の隅に置かれていた香炉を取り出す。途端に、あの甘ったるい匂いが強まった。あれが香りの元……？　誰かは手に取ったそれを、ふっと吹き消す。

あの甘い香りが、薄らいでいく——。

「それではごきげんよう。約束はちゃんと守って下さいね？」

彼らは出て行った。ドアが閉まった。私は肯いていた。


私は正気に戻った。

どうやら、少々うたた寝をしていたらしい。長旅の疲れの所為《せい》だろうか？

首を振って眠気を散らすと、鞄《かばん》にしまわれていた調書を取り出し、改めて検討する。

どうにも気になる点があったからだ。私は勤勉で真面目な調査官だ。この国にも私費を費やしてまで聴取に赴いた。気になる点があっては確認せずにはいられない。

「くそっ、どうかしていた……！」

思わず、毒づきながら頭を掻《か》き毟《むし》る。改めて見て分かった。

どうして気付かなかったのだ？　この調書は——

「まるっきり出鱈目《でたらめ》じゃあないか……！」

酔っ払いのうわ言に、嫁《い》き遅れた受付嬢の噂話、錬金術師どもの駄法螺《だぼら》。

しかも内容ときたら、悪趣味で下劣極まるときた。

こんなものを提出してしまっては、物笑いの種にならないはずが無い。

「全部、やり直すしかないか……しょうがない、提出書類は後で誤魔化すとして――」

適当に当たり障りの無いことを書いた調書を、でっち上げるしかない。

なに、どうせ高等法院には、いちいち貴族の次男坊の素行調査を気にする者などいない。大した審理もしないまま右から左に流されて終わりだ。若い私はそれに憤慨して、この相続に関する調査を要求したが、結果はこの様《ざま》だ。上司からは睨《にら》まれ、新たな伯爵家当主を不快にさせ、同僚には馬鹿にされるだろうが、高い勉強料として甘んじて受けるしかないだろう。

少なくとも、この紙屑《かみくず》を大人しく差し出すよりはましだ。

「……朝になったら、捨てに行こう。いや、いっそ自分で燃やすか」

そう決めると、私は再びベッドに寝転がった。

もう寝よう。起きたら、出鱈目ばかりが書かれた調書は焼き捨てて、早く帰国しよう。この馬鹿げた調査の為に取った休暇は、幸いまだ残っている。少なくとも、改めて常識的な調書をでっち上げるだけの時間はあるはずだから……。

部屋には、あの匂いの薄い残り香が立ち込めていた。

第五章　ツヴァイヘンダー

……雨が降っていた。

森の中、木々の枝葉が空を覆い、まるで夜のように辺りを暗く閉ざしている。

そんな闇の中に、しとしとと降る冷たい雫《しずく》は、弱った身体から残酷な速やかさで体温を奪っていく。

——しくじったな。

男は声も無く呟《つぶや》いた。

『腕が立ちそうだな、アンタ。難しいヤマがあるんだけど、良かったら組まないか？』

そんな言葉が全ての始まり。

歯応えのある冒険を求めて、河岸を変えるように違う街へと赴いた彼に、同ランクのパーティリーダーが声を掛けてきた。話の内容は奮っていた。高位冒険者でアライアンス——パーティ同士やソロとの連合——を組んでの、難関ダンジョン攻略。待っているのは莫大な報酬、貴重な素材、財宝の噂、そして腕が鳴るような強敵。

無頼を気取り孤高を旨にしてきた自分が、そんな情報に釣られて余所《よそ》のパーティに助太刀したのが運の尽き。ダンジョンに潜り、首尾良く宝の番人である大物を撃破したまでは良かった。だがその後に待っていたのは話を持ち掛けてきた当人による、卑劣な騙《だま》し討ちである。

思い返せば、集められた面子《めんつ》は中核となるパーティ以外、ソロばかり。元々依頼の目玉の討伐が成れば、そこで切り捨てる算段だったのだろう。同格の冒険者ならば一匹狼の方が強いのが定説だが、それも万全の態勢で一対一である場合に限る。道中から巧みに厄介事を押し付けられ、疲弊し切ったところに、背後から巧みな連携で奇襲されては堪《たま》らない。その上、温存し隠し持っていたらしい礼装まで惜しげも無く使われたのだ。アライアンスに加わったソロ組では、男が唯一の生き残りだった。

——馬鹿だな、俺も。

男はベテランの部類に入る冒険者だった。まだまだ若い身空だったが、この道に入ってからは長い。平民として生まれ、街の自警団で腕を磨き、単調で先の見えない暮らしに見切りを付け、故郷を飛び出したのが七年前。一年持てば見込みありとされるこの世界では、十分に腕利きのはずだった。それがこの様《ざま》である。冒険者同士の殺し合いは死に損、信の置けぬ連中に背中を向けるな——。腕に驕《おご》り、要らぬ欲を掻《か》いてその鉄則を破った、手痛い罰。裏切り者たちは既に乱戦の中で壊滅させている。それは良いが、自身も浅からぬ傷を負っていた。治癒のポーションの類は事に至る前に使い切り、この手に残るのは頼みにしてきた一本の剣のみ。剣に生き、剣で殺してきた人生は、たった一本の剣だけを掴《つか》んだまま、虚しく終わりを迎えようとしていた。

――こんなところで、終わるのか。

傷の痛みと共に、激しい後悔が胸を衝く。

嫌だ。こんな終わり方は嫌だ。誰もいない森の中で、野晒《のざら》しとなって死ぬ。それはまだいい。だが、こんな半端なままで死ぬのは嫌だ。

もっと剣を振るいたい！　もっと剣を極めたい！　もっと剣で戦いたい！

小さな街で虚しく時を消化するだけだった己を、一廉《ひとかど》の高みへと押し上げた剣の道。それこそが男の全てだった。金よりも女よりも酒よりも飯よりも――剣腕一つで勝ち得てきたそれらより大事なものだ。暇さえあれば剣を振り、敵さえいれば剣で殺し、ひたすら技量を高めてきた日々。それが今日この日、無に帰そうとしている。

あんまりだ、と思った。

河原の石を拾い積み上げ続けるようにして今日まで築いてきた、剣の牙城。それがただ一度の過ちで跡形も無く崩れ去る。そのことが悔しかった。それをもたらすのが、己より優れた剣腕の主であれば、まだしも受け容れられよう。だが、この身を死に至らしめようとしているのは、薄汚い裏切りの刃である。

無念だった。ただひたすら無念だった。

――死にたくない。

無念のあまり、遂にはそれだけが男の思考を占める。

死にたくない。ああ、死にたくない、死にたくない。剣を恃《たの》み、剣に驕《おご》らず、剣を振るう。己に課したその矜持《きょうじ》。それを枉《ま》げても覆しても、ただひたすらに生きたかった。その信念の下に斬り殺してきた、全ての骸《むくろ》に砂を掛けてなお、生きたかった。浅ましいと笑わば笑え。誇りは無いのかと蔑まば蔑め。元よりこの腕、この剣のみが我が誇り。それが剣を解さぬ愚物畜生に、あたら無為に散らされることこそ耐えられぬ。

――俺に命をくれ。

――この死の腕を払い除《の》ける力をくれ。

――最早、その為なら何も厭《いと》わぬ。

――誇りは捨てよう、魂も売ろう。

――だから俺に、今一度剣に生きる道を！

……その時である。

泥を撥《は》ねる馬蹄《ばてい》の音が聞こえた。荒れた地面を走る車輪の音も。

――馬車？

気が付けば、今いる場所は街道の真ん中だ。無意識に生き汚く這い進む内に、どうやら森の中を通る道に出たらしい。そこへ馬車が通り掛かったのだ。

けたたましい馬の嘶《いなな》きと共に、男を轢《ひ》く寸でのところでその馬車は止まった。

誰かが馬車を降りてくる。雨にぬかるむ地面に、なのにそれは音も無く舞い降りた。

男は思わず目を疑い、声を漏らす。

「は……？」

現れたのは若い女だった。

薄闇の中、霞《かす》んだ目にも見て取れるほど、肌理《きめ》の細やかな白い肌。こちらを見下ろす緑の瞳は、まるで大粒のエメラルドだ。魅入られるものを感じる輝きだが、冷たく硬い。優美な曲線を描くおとがいに、抜けるような目鼻立ち。瞠目《どうもく》を禁じ得ない美しさであるが、男が驚いたのは容姿だけではない。

袖口に精緻な刺繍《ししゅう》を施された臙脂《えんじ》色のワンピースドレスに、森の闇へと光を放つような白い前掛け。艶やかな髪の上に、戴くのは白い布飾り。メイド、である。貴族の、あるいは富裕な商人の屋敷で働き、主人に奉仕する女従者だ。それがどういう訳か、雨の降りしきる森の中の道で、死にかけの剣士の前に立っている。

奇怪な光景であった。確かに馬車に乗るような身分の者は、そこにメイドを伴っていてもおかしくはない。だが、手傷を負った生き倒れとの遭遇に際し、真っ先に馬車を降りてくるような手合いでもないだろう。すわ今わの際《きわ》に見る幻かとも思ったが、それにしてもあまりにも突拍子が無さ過ぎた。

男は一瞬呆《ほう》けるが、すぐに気付く。

——剣を持っている。

その女が左腰に吊っているのは、鞘に収まった剣だった。拵《こしら》えからして両刃。刃渡りは四十センチメートルほどといったところか。一口に剣と言うにはやや短く、細腕で扱うには相応の得物であるが、従卒を旨とする女が持つにはそれでも異様であった。

——左胸、エプロンに名札のように張られているのは、冒険者ギルドのプレートタグ。

——それに首に光る銀色は、奴隷の首輪か？

剣を佩《は》き、冒険者ギルドの身分証と奴隷の証を身に着けたメイド。

そんな特徴に符合する女を、男は一人だけ知っていた。

「【銀狼】……？」

かつて隣国、アルクェール王国の都ブローセンヌで聞いた噂だ。

この街を根拠とする冒険者の中に、貴族に飼われる奴隷のメイドがいる、と。

その名こそ【銀狼のユニ】。首輪に繋《つな》がれた雌犬と侮るなかれ。その本性は銀色に呪われた狼。一度敵と見定めた者は、喉元を食い千切らずにいられぬ、地獄の獣の名だ、と。

「……随分と、懐かしい名で呼ばれたものです」

男の漏らした独り言に、女は答えた。

口調は無機質なほど乾いているが、声そのものの印象は幼いといえるほど若い。美し過ぎる見た目が年齢を特定させないが、聞いて察するに十代の半ばといったところか。その年齢もまた【銀狼】の特徴に符合するものだった。

「私をその名で呼ぶ貴方は、何者でしょうか？」

女は油断の無い猟犬の目で男を観察している。

……強い。男は直感した。背丈は自分より頭二つは低く、重さに至っては半分あるかどうかというほど軽いはず。だというのに、殺気どころか闘志すら漏らさずにいて、なお傷に響くこの威圧感。恐らくは、己が万全であっても遠く及ぶまい。間違いない。この女が【銀狼】だ。

確信すると共に、彼女を彩る伝説の数々が脳裏に浮かぶ。

十歳にして冒険者となり、一年の内にD級に昇格。その間に、主人を侮辱したD級冒険者三人を、反撃も許さず無礼討ちに討ち取る。C級になった後、その位階に留まり続けるも、あまりにも桁外れな依頼達成率から特例として二つ名が贈られる……。極めつけはこれだ。割の良い狩り場の独占を企んだ悪質なパーティが、余所《よそ》の街のB級冒険者数人を引き込んでダンジョンを占拠。だが、そこに現れた何者かが、彼らを瞬く間に皆殺しにして去っていったという。ギルドは、すわ高位魔獣の出現かと慄いたが、受付嬢の一人が冗談交じりにこう呟《つぶや》いたという。

『……皆さんが仰るその魔獣とは、もしかして銀色の狼だったのではありませんか？』

と。

事件の直前、そのダンジョンに向かう【銀狼】の姿が目撃されていたともいう。

……眉唾物の与太話だったはずが、生々しい現実感を持って男に圧《の》し掛かってくる。

雨水が混じり冷え切った唾液が喉を鳴らす。固唾《かたず》を呑むとはこのことか。

硬直し、震える男に、女はなお問いを重ねる。

「……死にたいのですか？」

「ぁ……？」

「貴方がご主人様に仇為す者でなければ、お慈悲を賜り命は救われるやもしれません」

その一語が、たちまち男の心を捉えた。

「…………！」

命は救われる？

死なないで済む？

そう言ったのか、この女は？

差し伸べられた藁《わら》のような希望に、男は縋《すが》った。

「もう一度お聞きします。貴方は――」

何者ですか、と問う声を打ち消すように。

男はただ己の本心を発する。

「……な、ぃ……」

「？」

「……しにたく、ない……」

「私は、まず貴方が何者であるか知りたいのですが……」

「……死に、たく、ないっ！　俺、は……っ！　死にだぐ、なんかないィっ！」

焦慮のあまりに濁った声が、暗い森に響いた。

神も救い主も目を背けんばかりの、形振《なりふ》り構わぬ醜い嘆願。

それを聞き届けたように、

「――へえ？　それは本当に？」

悪魔が、目の前に現れる。

「ご主人様……？」

降り立った人物を、【銀狼】が気遣わしげに振り仰ぐ。

ご主人様、と言ったのか？　彼がこの【銀狼】の主？

それは若い男だった。二十歳にもなっていないと思《おぼ》しき、少年の趣きを多分に残した青年だった。赤銅の髪に、青い瞳。顔立ちはそれなりに整っている。だが、個性の無い整い

方だった。まるで安い人形のように、何ら感銘を誘わない均衡が、目鼻立ちを揃えているのに過ぎなかった。男からはどう見ても、目の前に立っているのは凡庸な貴族の御曹司にしか見えない。こんなどこにでもいそうな若造が、あの【銀狼】を御する主人だと？

面食らう男に、青年はゆっくりと一歩近づく。

「お下がり下さい。この者、まだ何者か分かりません」

「ただの怪我人だろう？　見たところ冒険者みたいだけど」

「それを装った、暗殺者の可能性もあります」

呑気にしげしげと男を見るお坊ちゃんに、女は諫言《かんげん》を繰り返した。

だが、彼女の主は聞いた風も無く更に踏み込んできた。

「だとしても、この状態の彼に何が出来るんだい？」

静かな自信に満ち溢《あふ》れた言葉だった。

普段の男であれば、激昂して深手も【銀狼】の存在も捨て置いて斬り掛かりかねない侮辱である。

だが、男は気付いていた。目の前の人物が醸す雰囲気は、半死人を侮っての油断ではない。男が万全の状態であれ――少なくとも、決して己に斬られるままにはならない、何かを持っていると。

それを理解してか、【銀狼】は大人しく引き下がった。

「――差し出がましいことを申しました」

「いいよ。気にしてないから」

従者へ鷹揚《おうよう》に手を振って、青年は倒れた男の傍に屈み込んだ。そして、親切ごかした声でこう囁《ささや》く。

「死にたくない。君は確かにそう言ったね？」

「ぁ、ああ……」

男は問いに是と答えた。

「たとえ何を対価にしても、死にたくないんだね？」

「ああ……」

「たとえ何に剣を向けることになっても、死にたくないんだね？」

「ああ……！」

男は問いに是と答えた。

「たとえ何になったとしても――死にたくないんだね？」

「ああっ！」

男は問いに……是と答えた。

「死に、たくないっ！　俺は……死にたくないっ！」

顔に付いた泥を洗い流すように、涙が流れる。啜《すす》った洟《はな》に、汚泥が混じった。何たる無様さであろう。これが一廉《ひとかど》の剣士として知られた冒険者の姿か。

だが、それがどれほど醜悪であろうと、

「た、たとえ……誇りを捨てたとしても！　魂を売ったとしてもっ！　死ねないっ！……俺は死にたくないィ！」

「――よろしい」

悪魔はその答えを是と認めた。

「その答えは、君が何者であるかよりも遥かに重要で、そして何より、僕の共感を誘うものだったよ」

「助けて、くれ……るのか？」

「ああ、勿論《もちろん》だとも。……ユニ、彼を馬車に運ぶのを手伝ってくれ。つまらない後始末の旅だったけど、帰りがけに思わぬ拾い物が出来たみたいだ」

「……ご主人様の御心のままに」

「さて、とりあえず応急の処置をしなくちゃね。B－01。暇しているんだったら、積んである道具を取ってきてくれ。よく効く麻酔に消毒薬、包帯、添え木、それと増血剤だ」

「御意」

メイドと、それと恐ろしく存在感を欠いていた御者に命令を下す若い主。

その横顔に、男は思わず問いを放っていた。

「なあ、アンタ……俺がもし……『そんなこと言ってない』なんて返事していたら、どうするつもりだったんだ？」

死に際に放った、生への執着を認めて、初めて救いの手を差し伸べて来た相手。もしその手を振り払ったのなら、その先には何があったのか？　どうしても気にせずにはいられない疑問であった。

「ん？　そうだね、もしそんな答えが返ってきたら――」

そして青年は、あっけらかんと恐ろしい答えを口にする。

「――お望み通りに死んでもらってから、君の死体で実験してたね」

「そう、か……」

男はその意味を深く考えないまま、瞼《まぶた》を閉じた。

「……要らん意地ィ張らないで……正解、だったぜ……」

そして意識が闇に沈んでいく。

次に目覚める時も、変わらず生きていられるよう祈りながら、男は眠りに落ちた。

男の祈りは、半分だけ叶えられた。

生きて目覚めることは出来たが、変わらず目覚めることは出来なかったのである。

※　※　※

半年前、父が亡くなった。

容態が急変したのは去年の春頃のことだ。丁度その頃、僕も留学していたアカデミーを退学になって身体が空いていた。折角《せっかく》だから実家で看病に当たっていたのだが、どうにも思わしくない結果に終わっている。何とかその年を越すまで持たせたのだが病状は好転せず。最期は体が縮んだと思わされるほどに痩せ衰え、ある朝ポックリと永眠だ。兄も使用人もやっと来る時が来たか、と逆に胸を撫《な》で下ろしていたものだ。無論、僕も同様である。

というのも、その頃には父の錬金術嫌いは僕への嫌悪感に転化しており、僕の見立てた治療をことごとく拒んでしまっていたのだ。

僕も今年で十八歳——父が倒れた去年は十七歳か。十年前の昔は聞き齧《かじ》りのにわか錬金術師に過ぎなかったが、今では高名な教授から、是非後継者にとまで評価される身だ。あれくらいの病気なら、アカデミーの実習で何人も治してきたのだけれど、父は頑として治療を受け付けなかった。折しも僕がアカデミーを退学になり、実家に出戻りする羽目になった頃だ。隣国に送り出したと思っていた僕が汚名と共に舞い戻ったことで、元々病んでいた身体を急激に持ち崩したらしい。

まあ、一時期は過激な人体実験で奴隷を消費するペースが早過ぎて、それを危ぶんだ父に教会まで連れて行かれたこともあるくらいだ。彼からの信用は既に底値である。僕が用立てた薬も、悪魔と取引をして得た毒薬にでも見えていたのだろう。

さっきも言った通り、薄情な話だが悲しくはない。僕にとって両親と言えば、前世の両親のことであるし、ここまで育ててもらった恩義は感じているけれど、そのせめてもの恩返しを無碍《むげ》にされた挙句《あげく》に亡くなられたのである。逆にこちらが鼻白んでしまうというものだ。我ながら情の薄いことであると思う。が、正直、それが偽らざる気持ちだった。

ただ、問題だったのは、父の死後すんなりと兄が継ぐはずだった家督相続に、この国の法曹を司る法院から、何故だか待ったが掛かったことだった。ユニに調べさせたところ、原因は僕らしい。何でも巷《ちまた》の噂に聞くトゥリウス・シュルーナン・オーブニルとやらは、兄を追い落として伯爵の地位を継いでもおかしくない人物であるらしいとか。……随分と誤解されたものである。ポーションの売買で儲けたり、自前で製作した礼装をアカデミーで売り捌《さば》いていたりしていたのが、世の人の目には強欲であるように映ったのだろうか？

僕は研究の場所と資金と素材と協力者とが欲しいだけだったのだが。恩師である教授も常々言っていたが、人の理解を得るとは難しいものなんだなあ……。

まあ、それもこの度めでたく解決した。事を調べていた調査官は、彼の方でもその誤解に半ば気付いていたようであるし、もう半分を解消するついでに色々とお願いをして、高等法院には当たり障り無いことを報告してもらった。それがおおよそ二週間前のことである。それから即日で当主就任が認められたというのだから、兄の方も乏しい伝手《つて》を駆使して宮廷に色々おねだりしていたのだろう。ご苦労なことだ。

ちなみに拝見した調書には、我が家の元家臣の近況も載っていたので、酒好きの彼にも今までのお礼を兼ねて、自家製の特上の美酒を振る舞っておいた。今頃、天にも昇る心地を味わっているだろう。あの元一代騎士には僕も少々世話になっている。口止め兼お礼という訳だ。

これで兄上は、何故かお預けになっていた当主就任が叶い、僕は分与された遺産で思う存分研究に打ち込めるというものだ。Ｗｉｎ－Ｗｉｎである。何しろアカデミーの錬金学科は、予算が少ない。その上、一応は隣国ザンクトガレンの国営機関であるのだから、監視の目もそれなりにはあった。実験について苦情が舞い込んできたのも、一度や二度ではない。僕の専門外の分野に詳しい魔導師の協力が得られるのは魅力的だったが、それはお金を都合すれば在野でも何とかなる話。まとまった資金が手に入った今となっては、あの学園の外でも今まで以上の高度な研究が出来る目途は立っている。あそこの目ぼしい資料は写本してあるし、独学では欠けていたノウハウも随分と吸収出来た。最早、未練は無い。そして今後への憂いも無い。

無い、はずだったんだけれど……。

「ええっと……兄上、今何と？」

僕は屋敷の執務室の新しい主に向かって、そう聞いた。兄は書類仕事をこなす傍ら、僕をここへ呼びつけたのである。

倒れる前まで父が座っていた椅子をすっかり我が物としながら、兄は書類を決裁する手を止め、顔を上げた。

「聞こえなかったのか？　ならもう一度言う。我が伯爵家の家領の内、代官に委任していた荘園をいくつか解体し再編。併せて子爵位をお前に任せる。それをくれてやる故、お前はそこへ赴け」

そして、このにべもない一言である。

爵位と領土をくれてやる。一見、甘い言葉に聞こえるだろう。一端《いっぱし》の貴族として身を立てる道を得られるのだ。普通なら泣いて喜んでしかるべきことである。だが領主となるということは、その上位の貴族の名代として現地へ赴き、そこで政務を取らねばならない。この中世ファンタジー世界では比較的インフラが整い、近衛の騎士団にも守られている王都での快適な暮らしを捨てて、不便な上に治安の良くない田舎に行くことを意味する。

ようするに兄が言っているのは穀潰しの次男坊は甘んじて都落ちせよということなのだ。

冗談ではない。僕の研究に必要な実験台を仕入れるには、この王都ブローセンヌのような大規模な街での奴隷市場が最適なのだ。それに街道を通じて王国全土から運ばれてきた品物が流通してもいる。そこを離れる羽目になっては、研究の規模は縮小を余儀なくされてしまう。

奴隷は現地の領民から補充するという手もあるが、これは悪手である。そんなことを頻繁にしていては農民や職人の人手が不足するし、働く者の意欲も低くなって領地経営に悪影響が出る。おまけにあまりにも平民を奴隷に落とし過ぎると、乱行のかどで咎《とが》められ、折角《せっかく》引っ込ませた高等法院がまた出張ってくる恐れすらありうる。そうなると研究の継続どころか、身の破滅だ。

そして僕の資金源であったポーションを売り捌《さば》く販路をも、この王都の商会が持っているのだ。そこから引き離されたら、経済的にも大打撃である。

……駄目だ駄目だ！　どう考えても呑める話じゃない！

「それは少し御叡慮《ごえいりょ》願えませんかね？」

堰《せき》を切って言い募りたい気持ちを抑え、努めて冷静に切り出す。予想外の話に面食らいはしたが、相手にペースを持って行かれるのは上手くないし、好みでもない。

「兄上も当主就任間もない訳でしょう？　だというのに領土を割かれては、政務に混乱が見られるのでは？　やめておいた方が正解ですよ、きっと」

が、兄は暗い愉悦を覗《のぞ》かせるように唇を歪《ゆが》ませ、鼻を鳴らすだけだった。何だってそんなに僕を困らせるのか。実の弟を苦しめて、この人に何の得があるっていうんだろう。彼が喪主を務めた退屈極まりない父の葬儀でだって、欠伸《あくび》一つ漏らさず乗り切ったはずだし、何より長兄がすんなりと跡目に収まるよう精一杯取り計らってもいる。確かに僕のしている錬金術の実験は見目良いものではないかもしれないけれど、ちょっと気持ち悪いくらいでこうも苛められちゃあ堪《たま》らない。

顔に苦笑を張り付けつつも理不尽な仕打ちを呪う僕に、ハッと笑い飛ばすような声が浴びせられた。

「何を言うか。既に宮廷は動いている。でなくば、爵位など与えられんよ。これを拒絶すれば、それこそ混乱の元だ。それが理解出来んお前ではあるまい？」

その宮廷を動かしたのは、他でもないアンタだろうに。

何も難しいことではない。この国では――多分他の国でも――子爵とは別名を副伯という、主な役割は伯爵の部下だ。昨今は中堅の廷臣にも与えられる爵位だが、基本的には伯爵が部下や一門の者を任命したい旨を届け、それでもって任命させる。つまり叙任権は国が持つが、兄の立場なら、それが行使されるよう働きかけるのは簡単という訳だ。

しかし、当主就任から一ヶ月も経たずにこれか。もしかすると、相続を棚上げにされていた時期から――下手をすると父が亡くなる以前から――下準備の工作でもしていたのかもしれない。

「まあ、正論ではありますがね」

「それに、だ。栄えあるオーブニル家の男子が、いつまでも実家でフラフラとしている訳にもゆかぬであろう？　不幸中の幸いというべきか、丁度先頃、学問の道も断たれたことだ。これを機に、貴族として相応《ふさわ》しい職務に励むことだな」

そして、してやったりという表情で微笑む兄。見事に逃げ道が塞がれている。これを断ったら、王国貴族の責務を放り出した男として、僕の社会的信用は――ただでさえ高くはないが――ゼロになる。そうなると身分と威光が物を言うこの封建社会で、自活的に生きていく術は断たれると言って良い。前世で言えば、融資を打ち切られた会社のようなものだ。そんな相手とは誰も取引などしないだろう。商人との商談にも支障を来たし、実験台の購入どころか研究資金さえ得られなくなる。

しかし、これが素直に跡目へ遠慮を見せた弟にすることだろうか？　感涙にむせび泣け、なんて不届きなことは言わない。だけど、多少なりとも可愛い次男坊の夢を応援するくらいの寛容さは、期待しても良いはずだ。

僕はこう言わずにはいられなかった。

「兄上……そんなに僕を、家から追い出したいのですか？」

答えを期待しての問いではない。精々が負け惜しみの軽口のつもりだった。

だが、兄はキッと眦《まなじり》を決して僕を睨《にら》む。

「——当然だ」

断言されてしまった。

「貴様の血腥《ちなまぐさ》い実験が、どれほど当家の風評を穢《けが》したと思っている？　確かに殺したのは全て、たかが奴隷だ。法に背いている訳ではない。だが、物事には限度というものがあろう⁉」

彼はバンっと机を叩いて立ち上がると、おもむろに窓際に歩み寄り、勢い良くそれを開け放った。

「見ろ、この窓からも見える、中庭の火葬の跡を！　年がら年中あのようなことをされていた所為《せい》で、お前が留学するまでの間、一度も当家では夜会が開けなかったのだぞ⁉　それればかりか、出掛けた先で遠目にあの火が灯る度、他家の者から薄気味悪がられたことなど、一度や二度ではない！　その時の惨めさが分かるか⁉」

わなわなと手指が震える両手を示したり、その手で頭を掻《か》き毟《むし》ったり、落ち着きない様子で捲《まく》し立てる兄。しかも矢継ぎ早だ。僕が口を挟む暇さえ無い。

どうしよう。何か良くないスイッチを押してしまったようだ。

「それに私の年は分かるか？　二十五だ。子どもがいてもおかしくはない年だろう？　なのに未だに独身だ。それも貴様の所為だっ！　どこの家も貴様に怯《おび》えて、娘を出すことが無かったのだよ！　どころか最初の許嫁《いいなずけ》など、両親に泣いて頼んで婚約を解消してきたのだ！『オーブニルの人喰い屋敷になど、嫁げる訳が無い』となっ！　それだけではない。家の者も、お前が実験を始めてから瞬く間に減って、今では往時の半分にも満たぬ！　これが卑しくも伯爵家の家中か？　ええっ⁉」

「はあ……」

「父上にも、どれほど多大な心労を掛けたと思う？　あぁん⁉　貴様の悪趣味のお陰で病を発し、貴様が帰ってきた所為《せい》で急激に悪化して、そのままお亡くなりになったのだぞっ⁉　いやいや、もしかしたら貴様が得体の知れぬ毒を盛ったのかもしれぬ！　言えよ、正直に言え。本当は貴様が殺したんだろうっ⁉」

「流石《さすが》にそりゃ濡れ衣ってもんですよ、兄上」

多少は心労も影響しただろうが、僕の診たところ父の病は堕落し切った暮らしぶりによるところが大である。何せ糖尿病と痛風、高血圧などなど、多数の生活習慣病が併発していたのだ。さっさと財産を分与して欲しかったのは確かだが、手を下さなくとも近々死ぬ人間を、わざわざ殺す理由は無いのだ。

「……なんだとォ⁉」

僕が発した反駁《はんばく》に、兄は目を吊り上げながら机を乗り越え、飛び掛かってきた。言っている内に、完全に激昂してしまったのだろう。

握り拳が飛んでくる。同時に僕の礼装が自動的に起動し、魔法で編まれた透明な障壁を展開。兄の拳を受け止めた。

　だが、兄はそれに気付いた様子も無く、何度も何度も拳を叩きつけてくる。

「白を切るなっ！　お前がっ！　お前が殺したんだっ！　母上もお前を産んだ所為で死んだっ！　この悪魔っ！　親殺しの悪魔がぁ!!　どれだけっ、どれだけのものを私から奪っていけば気が済むんだっ!?　答えろトゥリウスっ!!」

「落ち着いて下さいよ、兄上。拳が壊れますよ？」

　肩を竦《すく》めてそう促すと、ようやく兄は僕から離れた。拳から滴る血が床を汚す。警告は手遅れだったようだ。

「やれやれ、仕方ない……」

　しょうがないので、治療することにした。長年の人体実験で、文字通り骨を折ってまで会得した回復魔法だ。錬金術以外の魔法は平凡な出来の僕であるが、これにかけては自信がある。

　兄は僕が手を取ると身じろぎしたので、

「動かないでください。手元が狂うと、骨が歪《ゆが》みますよ？」

「黙――」

「まあ、そうなっても僕が手術すれば治りますがね」

　と忠告しておく。それでようやく聞き分けてくれたようで、ピタリと動きを止めてくれた。速やかに治療を終えると、兄は僕が触れた手を庇《かば》うように身を翻した。バイ菌にでも触ったような反応だ。まったく、失礼な人である。

「……兄上がここまで僕を嫌っているとは、思ってもみませんでしたよ。その上でこうもご厚情を示されたのです。この話、謹んで受けましょう」

「……ふ、ふんっ！　最初からそうしておれば良かったのだ」

言いながら、再び椅子に座り直す兄。流石《さすが》は伯爵家当主、既に激昂状態から立ち直り、ある程度の落ち着きを取り戻している。僕への悪感情は変わらないだろうが。

「最初から、というなら、こちらこそ前もって相談くらいはして欲しかったですけどね。じゃあ、具体的な話に移りましょう。それで、僕はどこへ行けばいいんです？」

「ここだ」

兄は仏頂面のまま地図を広げると、その一点を指し示す。地名はええっと、マルラン？聞いたことも無い。属している地域はオーブニル家代々の領地であるヴォルダン州の一角……というか、本当に角だ。地図の隅っこじゃないか。

場所はこの王都から南東に三五〇キロメートルほどはある。

「随分と遠くですね」

「とはいえ、隣国との境でもある。当主就任間もない身としては、信の置ける者に任せたい土地であろう？」

何て空々しいことを言ってくれるんだ、この人は。確かにこのマルラン――どころかオーブニル家先祖代々の領地であるヴォルダン州は、東の隣国であるザンクトガレン連邦王国と国境を接している。が、実際には両国間には分断の大山脈が横たわっており、陸続きで通行出来るのは更に北。しかもそんな立地が示す通り、領地の境界線が示す範囲は思ったより広いが、ほとんどが山か森だ。要するにド田舎である。

「ああ、そういえば……かつては銅の産地としても有名であったな」

兄は慰めるようにそう言うが、心が籠もっていないのは見え見えだった。

かつてはって、いつの時代だよ？　どうせこの人が押し付ける土地のことだ、鉱脈が涸《か》れ切った不採算な銅鉱しか無いに違いない。

覚悟はしていたことだが、憂鬱だ。そんなところに押し込められて、一体何が出来――ん？　待てよ？　土地？　それに子爵位？

心中、密かに期するものがあった。だが、それを兄に悟らせる訳にはいかない。意図的に暗い表情を作りつつ、見透かされないように顔を伏せ、質疑を続ける。

「……前任の代官たちは？」

「そのまま貴様の指揮下に入る。上手く使いこなせ」

既得権益の縄張りに、若造一人突っ込んで何をしろと。

「政務を行う館は？」

「新たに建てることを許す。貴様も当主の連枝だ、折角《せっかく》の領地屋敷が代官のお下がりでは格好が付くまい」

許すだけですか。資金は融通してくれないんですか、そうですか。

「出立はいつになります？」

「明日だ」

おい、ちょっと待て。

予想だにしなかった言葉に頬が引き攣《つ》りかけるが、何とか堪《こら》える。

「……急ですね」

「例の高等法院の調査の所為《せい》で、相続に予想外にも多大な時間が掛かった。よって私の当主就任までに多くの領地政策が凍結し、そのままの状態だ。再開の為にも、急を要するのだよ」

深刻な問題を語る割には、随分と楽しそうな顔だ。いけしゃあしゃあと、よくも言ったものである。父が倒れてからこれまで、ある程度は政務を代行していた張本人なんだろうに。

言いたいことは幾らでもあるが、ここは黙って呑み込んでおく。この人は無理難題を押し付けて僕を困らせたいのだ。それに従って素直に右往左往する必要も無いだろう。

「ええ、分かりました。では、時間も無いようなので、準備に取り掛かります」

「待て」

踵《きびす》を返しかけた僕を、硬い声が引き止める。

「何です？」

「貴様も爵位を賜り、辺境の郡一つとはいえ領地を経営する身となったのだ。これまでのように放埓《ほうらつ》な振る舞いは、以後は許さぬ」

「分かっていますよ。錬金術の研究はするな、それと地下のラボは閉鎖しろって言うんですね？」

言われなくてもそのつもりだ。僕は自分の秘密が詰まった金庫をそのままにしておけるほど、豪胆な人間ではない。

「ならば良い。……それと、だ。ここまでのお膳立てをしてやったのだ。職務の方もしくじりは許さん。もし目に余るようなことがあれば、この兄としても少々心苦しい決断をせねばならんと覚悟している」

じろりと、兄の目に殺気が籠もる。

先程の稚拙な憤怒とはまた違った、冷徹で洗練された意思。相手の弱みを探って握り、一朝事あらば非を鳴らし、剣ではなく権を持って屠《ほふ》る、貴族の殺意だ。

「……武者震いがする思いですよ。精々、微力を尽くしましょう」

言って、完全に背を向ける。

僕に与えられたのは、檻《おり》だ。猛獣を閉じ込める檻だ。飢えから暴れぬよう粗末な餌を食《は》ませ、徐々に弱らせて、そして隙を晒《さら》したら殺す。その為に用意されたものなのだろう。

……だが、甘い。

そんなことをわざわざこちらに悟らせるようでは、まだこちらを殺す覚悟も準備も出来ていないと告げるようなもの。時間は錬金術師の味方だ。兄が手札を揃え、踏ん切りを付ける頃には、僕もまた新しい奥の手を用意出来る。

奴隷の補充が困難な土地。経済基盤と切り離された場所。山野と森林しかない辺境。そこで僕に何が出来るか。精々王都から見物していてもらおうじゃないか。

ほくそ笑む表情を隠し、肩を落とす様を見せながら退出する。僕はそう装いながら、兄から与えられた新しい玩具をどうするか、内心で算段を巡らせていた。

そういえば、いつだったか父とも似たようなやりとりをしたな、とも思い出して。

執務室から出ると、扉の脇にはユニが控えていた。兄は僕が手掛けた奴隷が嫌いなので、室内に入れる訳にはいかない。しょうがなくここにいさせたのだ。

「お疲れ様です、ご主人様」

「疲れるほどのことはしていないよ。そっちこそ、よく耐えたね？」

言って、彼女の口元を拭う。僕の指には血が付着していた。多分、ユニは兄が僕に殴り掛かっていた時、乱入したい気持ちを懸命に堪《こら》えていたのだろう。それで歯を食い縛る内に唇でも噛《か》み切ったのか。傷は既に痕すら残っていないが、それくらいのものを治せるだけの技量は彼女にもある。

「勿体《もったい》ないお言葉です」

彼女は深々と頭を下げた。

僕が隣国の魔導アカデミーに留学していた時、ユニは庇《かば》う必要が無いのに咄嗟《とっさ》に僕を庇ってしまい、それが元で却って大騒ぎになったことがあった。この子には時々、そんな融通の利かないところがある。まあ今回堪えてくれたように、同じミスは繰り返さない聡明さもあるので、特に問題にする気は無いけれど。

「それより話は聞いていたね？」

耳元で囁《ささや》きながら、汚れた指先をユニの唇に捻じ込む。それが前歯に当たる感触を得る前に、柔らかい口唇に包まれ、熱く濡れた舌に心地良く清められていった。

「ん……ぷはっ。……ふぁい、ご出立の準備を整えつつ、地下のラボを閉鎖するのですね？」

抜き取った指をハンカチで丁寧に拭きつつ答えるユニ。名残惜しげに舌を突き出していた所為《せい》か、『はい』の部分が舌っ足らずな発音になっている。別に昼間っから廊下でこんなことをしなくても、自分のハンカチを使えば済む話だが、まあ、これも部下とのスキンシップの内だ。大分セクハラっぽいが、相手が嫌がってなければそれには抵触しないと思う、うん。

「その通りだ。早速取り掛かってくれ」

「了解しました。……M－01、02、03」

彼女が呼ぶのと同時に、音も無く三人の女性が僕らの前に現れ、畏《かしこ》まる。

僕もただユニで遊んで悦に入っている訳にはいかないので、内緒話の為に彼女らを巻き込んだ減衰結界を張った。結界の内側では通常の音量だが、外に聞こえる音を非常に小さく絞る術式。完全に内部の音を遮蔽する無音結界よりも、効果が小さい低級の魔法だが、その分、結界の存在自体への偽装を施しやすい利点がある。錬金術以外の魔法だと、こういう地味な小技が回復と並ぶ僕の得意分野だ。派手な攻撃魔法も使えると言えば使えるが。

「M－01、ここに」

「同じくM－02、ここに」

「同じくM－03、ここに」

名乗りを上げる彼女たちは一様に判で押したような無表情だ。首元には、銀色の首輪の輝き。そしてその身を包むのは、揃って同じデザインのメイド服である。顔立ちも体格も異なるのに、この画一性。人によっては酷い違和感を覚えるかもしれない。

彼女たちこそ、ユニから得られた実験データを元に製作した『製品』。これはと見込んだ奴隷たちを改造した成れの果て。人呼んで（僕しか呼ばないが）Mシリーズである。ちなみにMはメイドのMである。……安直とか言わないで欲しい、僕が傷つくから。簡単に言えば、量産型ユニだ。勿論《もちろん》、一人一人にユニと同じような、多岐にして長期に亘《わた》る訓練を施すのは現実的ではない。よって精神操作の応用で基礎的な技能を直接脳に叩き込み、後は薬物投与で能力を底上げしている。勿論、反乱防止を目的とした脳改造は基本だ。戦闘面での実力はあくまでそこそこに過ぎないが、普段のメイド業務や研究での人手には十分である。僕らがザンクトガレンに留学していた頃は、彼女らにポーションの売買を任せていたほどだ。

ちなみに彼女たちに名前は無い。ワンオフモデルの『作品』であるユニと違って、Mシリーズは量産が前提の『製品』であるからだ。いちいち全員に名付けていられるほど、僕のネーミングセンスは秀でていない。一応、名前が無いと不都合な場合は、改造前の本名を名乗ることを許可している。

「明日、ご主人様がここを後にされます。早急に準備を整えなさい。搬出の優先順位は把握していますね？」

「はい、チーフメイド。第三種緊急時用マニュアルに基づき、所定の手はずに則って、希少度Cランク以上の器材、素材を迅速に搬出。残りは手順に従って破棄します」

「チーフメイドへ質疑要請。現在調整中の素体に関する扱いについて、詳細な命令設定をお願いします」

「質疑に応答します。最終調整段階のオーパス02へのコマンド設定を行った後に起動。他の素体は優先度を問わずに廃棄処分とする。分かりましたか？」

「はい、チーフメイド。応答に従います」

「よろしい。では、同様の命令をB－01、B－02へ伝達後、速やかに作業へ移ること。オーバー」

「「はい、チーフメイド。オーバー」」

声を揃えた返事と共に、Mシリーズの三人は下がっていった。

うーむ、このやりとり。これでは異世界中世ファンタジーというより、現代ミリタリーか近未来ディストピアSFだ。世界観に似合わない。面白がって設定したのは僕だけれど。

ちなみにB－01とB－02とは、この場にいない別の量産型改造奴隷、執事型のBシリーズのことだ。勿論《もちろん》、Bは執事（Butler）のBである。頑強な男性を素体としているので、格闘戦能力がMシリーズより高めなのが特徴。つまりBは戦士（Battler）のBでもあるということだ。安直なのに変わりは無いが。

それにしても、と僕はユニを見た。指揮下のMシリーズに指示を飛ばす彼女の姿は、改造を手掛けた僕から見ても、非常に様になっていた。颯爽《さっそう》として、かつ凛々《りり》しい。こんな美人に育つとは、初めて奴隷市場で見た有様からは、想像も出来なかった。骨相の復元手術中に、元の骨の形は随分整っていたんだなーとは思ったが、長じればこれほどとは予想外だ。四年前、彼女が完成した時も似たような感慨を体感したが、良いものは何度味わっても やはり良い。

そんなことを考えていたら、ユニがどこか気遣わしげにこちらを見てくる。

「如何《いかが》なされました、ご主人様？」

「いや、何でも。ただユニは綺麗だなあ、って」

僕は忌憚《きたん》無く言ってのける。彼女は僕に絶対服従だ。故に嘘は必要無い。素直に思ったままを言えば良い。ああ、嘘の無い関係とは、何て素晴らしいのだろう。

ユニは一瞬目を瞬いたが、すぐさま優雅に一礼する。

「身に余るお言葉、ありがたく存じます。ご主人様」

その返事に何とはなしに満足感を刺激された僕は、一つ肯《うなず》いてみせる。

出来たメイドだ。本当に出来た奴隷だ。彼女と出会って十年。よくぞここまで仕上がってくれたものである。この最高の切り札がある限り、嫌悪感から殺意を抱いた伯爵など、恐るるに足らない。

自慢の『作品』に傅《かしず》かれる全能感に浸りつつも、いけないいけない、油断大敵と自分を戒める僕だった。

明けて翌朝。

「ああ……良い天気だなァ……」

眩《まばゆ》い太陽に手を翳《かざ》しながら、僕は思いっきり伸びをする。

夜通しの作業を経て凝った筋肉と関節とが、朝の光の中に疲労を溶かし消していくような錯覚も感じた。まあ、錯覚は錯覚に過ぎないんだが、それでもこの陽気が心地良いのは確かだ。

「旅立ちの朝には、打ってつけですよ。そう思いませんか、兄上？」

言いながら、徹夜で荷造りをさせた張本人を振り返る。

その言葉に、兄ことライナス・ストレイン・オーブニルはにこやかな笑みを返してくれた。

「ああ、そうだなトゥリウス。我が弟がこの屋敷から巣立って行く日に相応《ふさわ》しい、美しい太陽だとも」

「まったくですね！　あっはっはっ……」

「はっはっはっ……」

別れの日にもめげず、元気に高笑いを交し合う、この世で二人っきりの兄弟。心の温まる、実に素敵な光景だ。だというのに、玄関まで見送りに出た家臣団の皆さんは、どうしてまた青い顔か引き攣《つ》った顔ばかりなのだろう？

……まあ、空々しい皮肉の応酬なんだから、仕方が無いんだけれど。

「気は済んだか？　なら、さっさと行くがいい」

と、真顔に戻って言う兄上。案外ノリが良いな、と評価を改めた途端にこれである。だらだらと続けるよりかはマシだが、もうちょっと気の利いた返しを期待したかったところだ。

「ええ。それじゃあ、行ってきます」

「おやおや、トゥリウス。こんな時に挨拶の言葉を間違えるとは恥ずかしいヤツだな。お前がここで言うべきだったのは『さようなら』だ」

「あははっ！　兄上もお手厳しい。でも、そちらも挨拶、間違えてません？」

「ふむ？　私としてはこれ以上、お前に送ってやりたい言葉は無いな」

「またまたァ。本当はこう仰りたかったんでしょう？　こう――」

僕は声を出さずに、唇だけを動かしてみせた。

く・た・ば・れ――

「――ってね？」

「……。こやつめ、ハハハっ！」

「ハハハっ！」

徹夜明けのテンションで常に無くふざける僕と、額に太い血管を浮き出させながら痙攣《けいれん》的に笑う兄。ああ、いけない。僕としたことがその場のノリに身を任せ過ぎだ。やはり寝不足は駄目だな、と思いながら会話の切りどころを探していたが、

「よォ。漫才はもう十分か、ご兄弟？」

低く太い声が割って入る。

気付けば屋敷の正面玄関、その扉に背で凭《もた》れるようにして立つ男がいた。あちこちに穴の開いた黒外套《がいとう》に、これまた罅《ひび》割れだらけの黒い胸甲。黒づくめでぼろぼろの、野盗と見紛うばかりの格好だった。ただ、背中に負った十字架めいたツーハンデッドソード、それが醸す使い込まれた雰囲気が、只者《ただもの》ではない印象を与えてくる。

「……誰だ？」

硬い声で誰何《すいか》する兄。当然だろう。昨日までは屋敷で見なかった人物だ。というより、貴族の邸宅に上がり込んで良いような人間には見えない。兄の目つきは、僕と互いに煽《あお》り合ったこともあってか剣呑だ。このままでは守衛を呼び出して、彼を叩き出しかねない。

なので、その前に取りなしてやることにした。

「僕が護衛の為に雇った冒険者ですよ。いや、これから僕専属になってもらうから、元冒険者かな？」

特に嘘を吐く必要は無いので、本当のことを言った。彼はぶっきらぼうに、

「……別に、アンタとは別口の依頼も、受けて構わない話だったろ」

と口を挟む。

兄は眉をしかめた。

「出立を申し渡したのは昨日だろう？」

「ええ、非常識なことですけどね。けど丁度いい具合に、ユニと知り合っていた彼が近場にいたものですから。急なことで彼には申し訳ないけれど、折角《せっかく》だから同行してもらうことにしました」

僕の説明に兄はあくまで訝《いぶか》しげだったが、話の内容に虚偽は無いと判断したか、フンっと鼻を鳴らすと、

「これは失礼をしたな、弟のお客人。出来れば、名を伺いたいのだが？」

口では失礼したと言いながら、全く悪びれていない。彼は仮にも伯爵という高位の貴族。この冒険者を、それも見るからに薄汚い格好の男など、同じ人間とすら見ていないのかもしれない。

男はそれを察してか、軽く肩を竦《すく》めてから名を名乗る。

「ドゥーエ。ドゥーエ・シュバルツァーだ。ランクはB級。この業界に詳しいもんにゃ、【両手剣のドゥーエ】《ドゥーエ・ダス・ツヴァイヘンダー》と名乗った方が通りは良いんだが――」

「申し訳ないが、耳に憶《おぼ》えが無いな」

だろうな、と大袈裟《おおげさ》に溜め息を吐いてみせるドゥーエ。兄上も冒険者に依頼をしたことくらいはあるだろうが、恐らくはギルドの受付に条件を提示し、報酬の金を払うだけで済ませるのが大概だったんだと思う。普通の貴族はそうするか、或《あ》るいは最初から自前の専属冒険者を抱えているので、余所《よそ》の冒険者までは気が回らないものなのだ。

そもそも貴族という生き物は平民を、僧籍にある者か一部の商人以外、家畜も同然だと見下しているのが常だ。無論、奴隷はそれ以下。家畜なら、あたら無駄に殺していては咎《とが》め立てされるが、奴隷なら狩りの獲物同然に扱っても文句は少ない。もっとも僕の悪評を見れば分かるように、完全に無視出来るものでもないらしいのだが。

なので兄上の素っ気ない態度も、この世界では常識の範疇《はんちゅう》に入るものなのだ。ドゥーエもそれでいちいち腹を立てたりはしない。良くも思わないだろうけど。

「面通しは終わりですか兄上？　じゃあドゥーエ、君も馬車に乗り込んでいてくれ。その僕と一緒のヤツだ。僕の護衛でもあるし、従者用馬車の低い屋根じゃ、ご自慢の剣が引っ掛かってしょうがないだろう？」

「へいへい。新子爵様とご同席出来るとは、誠に光栄なこって」

言いながら、手をひらひらと振りつつ馬車に向かうドゥーエ。

兄上はその後ろ姿をしげしげと眺めつつ、

「あの娘以外で貴様が冒険者を雇うとはな。ご自慢の飼い犬も、存外不足なのか？」

と、まだまだ嫌味を言い足りないご様子。

言わせっ放しも癪《しゃく》なので、僕も応じることにする。

「僕もご大層な位を頂戴したことですし、ユニ一人じゃ手が足りないこともあり得ると考えまして。まあ、手を増やしてやっても良いんですが、それだと彼女の見た目を損なうでしょう？」

その言葉を聞いた兄の顔は、なかなか見物だった。

「にしても、妙な気分だぜ」

王都から出て、街道をしばらく走った辺りで、ドゥーエが口を開いた。

額の、眉より指先一つ上の部分を撫《な》でながら、窓外の景色に目をやっている。

「頭ん中を好き勝手弄《いじ》ったって話だが、いやにスッキリとしてやがる。もっとこう……目眩《めまい》だとか、吐き気だとか、そんなもんがあると思っていたんだがな」

「そんな後遺症が出ないように手を尽くしたからね」

頬杖をついて馬車の振動に身を任せながら、僕は彼との会話に興じる。

正直、眠くて眠くて堪《たま》らないので、今日の宿までは一眠りしたいのだが、調整を終えた新たな作品のデータも惜しい。よって会話への反応から色々引き出すことにしているのだ。

そう。この黒い剣士、冒険者ドゥーエ・シュバルツァー。彼こそ僕が久しぶりに本腰を入れた『作品』、オーパス01たるユニに続く二番目の大作、オーパス02なのだ。ドゥーエに施した改造は、幼少時から投薬による強化と効率的な訓練を行い成長させたユニとは、逆のアプローチで能力の向上を図っている。

Mシリーズなどの量産型促成改造奴隷の各種データを参考に、成人後の素体を徹底的に改造。筋組織の配置最適化に骨格の強度補強、神経系統の伝達速度向上などを施した。結果、短期間で飛躍的に身体能力が跳ね上がった——はずだ。まだ実動テストをしていないから分からないが。いわば内科的アプローチを行って時間を掛けて調教したのがユニ、対するドゥーエは外科的に短期間で改造したものと言える。

どちらが優れているかは、まあ一般論で言えば一長一短だろう。ユニの場合は脳が発達段階にある幼児期から、多方面に亘《わた》る教育を行った結果、一個体単位としては桁外れの汎用性を持つに至っている。育成に時間は掛かるが、天才的なゼネラリストだ。だがドゥーエの場合は、一人の人間が長年に亘って経験を蓄積してきた一分野を、十全に活かし切れるよう特化した調整が為されたスペシャリスト。こちらは融通が利きにくい分、得意分野では前者を上回ることが期待出来るだろう。その上、条件を満たす素体さえあれば、すぐにでも作れる速攻性がウリだ。もっとも、ユニにはまだまだ隠し玉が——

などと考えていると、

「しっかし、我らがご主人様も人が悪いねェ」

ニヤニヤと笑いながら言うドゥーエ。

「何のことだい？」

「あんたの兄貴へ、俺を紹介した時のことさ。よくもまあ、あそこまで大嘘を言えたものだぜ」

「ご主人様は、何一つ偽りを述べられてはおられません」

隅の方で黙って会話を記録していたユニが、顔を上げて反論する。

「……貴方と出会ったのは私が先ですし、その身体は屋敷の地下という、どこよりも近い場所に安置しておりました。そして、急な出立の為に最終調整を慌ただしく行いました。ご主人様の御心を推量することは無礼ですが、そのことについては、貴方に対して申し訳ないこととお思いでいらっしゃるでしょう」

そして、「僭越《せんえつ》ながら、不必要なことであると判断しますが」と結ぶ。

流石《さすが》は幼馴染《おさななじみ》（と言っていいのか？）、僕の意図をよく理解している。確かにドゥーエは、ザンクトガレンであの調査官とお話した帰り、馬車の行く手に転がっていたのをユニが見つけたものだ。そして何を対価にしても死にたくないと願ったので、このアルクェール王国はブローセンヌの館まで（勿論《もちろん》、兄には無断でバレないようにこっそりと）連れ帰り、僕の護衛として改造して命を繋《つな》いだのである。勿論、その場所は今日の夜明け前に完全撤収したあのラボだ。彼女の言う通り、兄への説明に嘘は無い。大なり小なり、欠けている事実があるだけで。

ドゥーエは大きく口を開いて笑った。

「ははは っ！　物は言いようだな、ええ？　【銀狼】さんよ？　それとも先輩って言った方がいいのかい？」

「ご随意に」

「しかし、アンタ。会った時から思っていたが、無愛想だねェ先輩。これもあれか？　頭を弄《いじ》る手術の世代格差ってヤツかい？」

「いや、やったことは同じだよ」

何やら誤解しているようなので、口を挟んでおく。

「……へっ？」

「だから、ユニと君とに施した脳改造手術は、全く同じ内容なんだよ。僕への服従を書き込んで、僕への敵対心を削除して、まあ他にも細則に違いはあるし男脳と女脳の区別もあるけど……それ以外は同様と言っていいんだよ」

僕の説明に鳩が豆鉄砲を食らったような顔をするドゥーエ。と言っても、この世界にはまだ、豆と呼べるほどの鉄砲も無いが。

「だって、あんまり弄《いじ》ってもデメリットの方が大きいだろう？　特にユニの場合は、折角《せっかく》子どもの頃から教育して脳味噌の基本性能まで上げているんだ。そこを下手に弄って台無しにするなんて、馬鹿みたいじゃないか。まあ、均質な性能で揃える必要がある量産型は、情動にかなりの制限がされているけれどね」

「え？　じゃ、じゃあ、素であの量産型みたいな性格だったのか？　コイツ」

そういうことになる。僕がみっちりと教育して束縛して仕込んだ性格を、素であると言えるのならばだが。

「うはァ……マジかよ、信じられねェぜ」

「私としては、貴方の無礼な態度の方が信じられません。ご主人様、後ほど言語野を中心とした再調整の実行を提案します」

「おいおい。勘弁してくれってば、先輩」

「そうだぞ、ユニ。考えてもみろ。この控えめに言ってもちょっとむさくるしい見た目のドゥーエが、やけに折り目正しく品行方正に振る舞う様を」

「……成程。確かに怖気《おぞけ》を震うものがある光景です。ご主人様の深謀に、改めて恐れ入りました」

「そんなことで感情あんのアピールすんなよ⁉」

豪快にツッコミを入れるドゥーエと、常より少し多弁なユニの姿に、僕は頬が緩むのを感じた。

これだけ豊かに感情を表現出来る辺り、術後の後遺症はまず無いと言って良いだろう。

今回も手術は成功のようだ。

……そんな感慨に耽《ふけ》っていた時である。

「――うわっ!?」

「ご主人様!?」

「おおっと!」

突然、馬の嘶《いなな》きと共に大きく車体が揺れたかと思うと、僕の身体は座席から放り出されていた。幸いユニが素早く受け止めてくれたお陰で事なきを得る……いや、放っておいても礼装のお陰で怪我一つないはずではあるが。一方、ドゥーエは背負った得物に手をやり、今にも抜き放たんばかりの風情で窓外を睨《にら》んでいる。僕はお礼代わりにユニの頭を撫《な》でてあげてから身を離し、御者席に向かって問う。

「B－01、何が起こった?」

「襲撃であります、ご主人様。恐らくは盗賊団の類かと」

盗賊の襲撃。あり得ない事態ではない。こんなことが起きるのだから、この世界では個人でも雇うことが出来る、冒険者という商売が成り立っている。一瞬、兄上の差し金かと考えないでもなかったが、昨日の今日でこの拙速というのは、彼の趣向からも方針からも外れていた。偶然だと考えるのが妥当だろう。

「まだ王都の近くだというのに、勇気のあることだ。警邏《けいら》の騎士団が怖くないのかな？」

王様のお膝元、そのすぐ近くだ。近くに詰めているのは王国最精鋭の近衛騎士団。盗賊など鎧袖一触《がいしゅういっしょく》に薙《な》ぎ払えるだけの戦力なのだが。

「恐らくは定期的に根拠地を移動するタイプの野盗でしょう」

僕の独り言に、ユニが律義にも補足する。流石《さすが》は二つ名持ちの冒険者。何年か前までは、こういった手合いは彼女のお得意様だったに違いない。

「成程。速やかに金目の物を奪って、官憲に捕捉される前に離脱する。これを各地で繰り返すって訳だね？」

「はい。その身軽さを維持する為にも、標的との交渉や拉致を行わず、皆殺しにして物品だけを持ち去るケースがほとんどです」

時代劇でいう畜生働き、前世でいうところの強盗殺人か。確かに時間的制約を重視すれば、殺して奪うのが手っ取り早い。流石にそんな連中に絡まれて穏やかな気持ちではいられなかった。苛立ち紛れに、少し乱暴に頭を掻く。

「旅立ちの日に、いきなりこれか。まったく――」

――ついているのか、いないのか。

僕は言外にその意図を込めて、今か今かと指示を待つテスト前の『作品』を見やった。

※　※　※

空は青く澄み渡っていた。太陽の位置は中天、時は真昼である。

王都ブローセンヌから四方へ広がる主要街道。そこは近衛騎士団の管轄だ。王家の膝元を鎮護する名誉に与る、この国で最も精強な騎士団。そんな彼らの目と鼻の先で、一体誰が強盗働きをしようというのか。だが、何事にも例外というものは付き物である。王都への流通を担う大動脈は、裏を返せば羽振りの良い交易隊商が行き来する、絶好の狩り場だ。商人どもが近衛の威光に安んじ、無防備な横腹を晒《さら》しているところに牙を立てれば、余所《よそ》の上がりでは及びもつかない美味い汁が啜《すす》れるのである。無論のことであるが、ただ考えも無しに事に及んでは、たちまち騎士団の警邏に察知され、逃げる間もなく殲滅《せんめつ》の憂き目に遭うことは必至。故に王都近辺での仕掛けには、目下の脅威である騎士団の巡察の時間を看破する知力、その間隙と獲物の到来が重なる時を待つ忍耐、そして事に気付かれ救援が到来するまでの間に全てを終える迅速さ、それらを兼ね備える必要があるのだった。

「頭ァーっ!!」

大慌てで頭目を呼ぶ声で、その盗賊団の仕事が始まった。

街道沿いの木立を縫いながら、声を上げて馬を駆けさせているのは、王都側に物見にやらせた斥候だ。膂力《りょりょく》と胆力には欠けるところがあったが、目端が利く上に馬術が達者だった。現にこうして道から外れた中を馬で突っ切るという荒業もこなしている。まさに偵察をする為に生まれてきたような人間である。

「おう、どうしたーっ⁉」

馬上の偵察者に向けて、頭目の胴間声。

臆病さ故に荒くれ揃いの団内では軽んじられていたが、頭目はこの男を高く評価していた。元は牧場主に買われた奴隷であったが、主人の頓死による首輪の解除を突いて、相続人に再契約される前に馬をかっぱらって逃げてきたのだという。ここ一番では大胆になれる男なのだと、頭目は彼を買っている。不出来だが見込みがある、可愛い部下からの報告である。何ぞ大物でも釣り上げたかと、頭目は顔に出さないまま期待した。

「頭ァ、獲物です！　街道沿いに貴族の馬車一台！　荷馬車が二つ！　こっちに向かってきます！」

果たして、答えは期待以上だった。

緩みそうになる頬を片手で押さえながら、念の為に確認する。

「貴族の馬車ァ？　確かか？　護衛の騎馬隊はいねえのか？」

「はいっ！　馬車だけですっ！　荷馬車の方にも積み荷が満載でして、そっちに乗せたとしても人数は少ないはずです！　向こうの頭数は十を超えはしないかと！」

頭目は、今度こそ笑みを抑え切れなかった。

街道沿いを供の騎馬も無しに急ぐ貴族。それも後続の荷馬車に、積み荷をたんまり載せている。すこぶる付きの美女が盛り場を裸で歩いているようなものだ。格好の獲物である。

話を聞いていた他の団員たちも色めき立った。

「おおっ！　街道に張って三日目、今日こそ獲物にありつけるぜ！」

「しかも相手が糞貴族ってのが最高だ！　連中には恨みがたんまりあるからな！」

欲望にぎらついた目で、頭目に襲撃を訴える団員たち。

だが、その中でも新参の一人が、ぼそりと言った。

「……けれどよォ、そんだけ積み荷を積んでいて、まるで無防備でいるとも思えねえですぜ。もしや、腕の立つ冒険者でも雇っているんじゃあ？」

その言葉に、一座は途端にしんと静まり返る。

冒険者という人種は、一種の異常者だ。人類にとっての脅威であるモンスターと年中殺し合い、その戦いでもって鍛えられた、人の形をした人外。中には小規模の盗賊団なら単身で壊滅させてのける者もいる。もしそんな凄腕がいるのであれば、困難な仕事になるだろうが――

「……くくっ」

「……ははははっ」

「あははははっ！」

――今日まで生き延びてきた古参は、そんな連中と戦ってなお存《なが》えているのだ。

「はっ！　おめえ、冒険者のことをよく知らねえでモノを言うなよな」

「そうそう。連中の強みはパーティの連携だろぃ？　物見が見間違ってなきゃ、向こうの頭数は十を上回ることはねえ。でも、貴族様ってのは見栄っ張りでよ、周りにゃ家臣を何人も侍《はべ》らせているもんだ！」

「それを十から引けば、残るのは二、三人。幾ら強くても、俺らの数にゃ程遠いっての！　そんだけ人数で勝っていりゃ、護衛の目当てに狙いを絞って釘づけにも出来らァ」

つまりはそういうこと。

少数、あるいは単騎で盗賊団を潰す冒険者は確かにいよう。だが、それは討伐という攻勢の状況にあればの話。守勢を強いられる護衛任務に就くのであれば、少なくとも五、六人のパーティでなければ覚束《おぼつか》ない。よしんば少数で馬車団の護衛を引き受けるような冒険者がいたとしたら、この道では賊に出くわさないとたかをくくった間抜けか、でなくばモグリだ。脅威にはなり得ない。それでもこなす自信がある強者？　そんな連中には、ハナからもっと割の良い依頼を回されているのが常識だ。その為のギルド、その為の冒険者ランク制度である。

獲物たる貴族と脅威たる冒険者。その習性に知悉《ちしつ》した古参組にとっては、石橋を叩いてこの機を逃す真似は愚の骨頂。馬鹿のすることにしか見えない。頭目にもそれは同様だった。

「おう、そういう訳だ新入りども。こいつァ滅多には無ェ、美味しい仕事だぜ。ただその分、しくじりは許されねえ。大人しく古参どもの手際ァ見ながら、ちゃんと勉強しとけよ⁉」

「「へ、へいっ！」」

しゃちほこばって返事をする若手の初々しさに目を細め、ついでのように空に掛かる太陽を見る。

時間は正午をやや過ぎた辺り。出入りの物売りに金を掴《つか》ませて得た情報では、そろそろ騎士団も昼飯時だ。しばらくの間、邪魔に入る者はいない。

「……頃合いだァ！　時間はきっかり半刻！　それ以上は騎士団の警邏《けいら》が来る！　とっとと殺して、さっさと奪ってずらかるぞォ！」

「「オオオオォォォォッッッ‼」」

王都近郊での大仕事の為に待機を重ねた鬱憤と、この後に得られるだろう戦利品への欲求に、盗賊団は雄叫《おたけ》びを上げた。

（さて。貴族を殺すとなると、後の追手が怖ェな。逃げ道と高飛びの先は慎重に決めねェと……）

群狼よろしく街道へ飛び出していく部下たちを見ながら、頭目はそんな算盤《そろばん》を弾いていたのであった。

無防備にこちらへ向かう一団が、果たして何者であるかなどは埒外《らちがい》に置いて。

※　※　※

「オラオラーっ！　出て来やがれ腐れ貴族がァ!!」

「お前ら、馬に目を眩《くら》まされんじゃねえぞ!?　殺して足を止めンだ！」

「さっさと金目のモン出しなァ!!」

車窓の外からは、威圧的な喚き声が引っ切りなしに聞こえてくる。僕らを襲った盗賊団の人数は、かなりのものであるらしい。少なくとも二十人は下るまい。こんな大勢が待ち伏せているなんて、王都周辺の治安はどうなっているんだろう？

「三十人ってところか？」

「正確には三十二人かと……訂正、B－01の反撃により、三十一人に減少しました」

と冷静に述べる護衛二人。……うん、残念ながら僕の見立ては、鉄火場では当てになららないようだ。忸怩《じくじ》たるものを感じないではないけれど、餅は餅屋という言葉もある。気を取り直して、やる気満々のドゥーエに訊ねる。

「ところで、自信の程は？」

　すると彼は不敵に笑い、

「おいおいご主人、これでも俺はランクBの端くれだぜ？　あんたの改造が足引っ張んない限り、この程度の賊なんざ朝飯前だ」

　と実に頼もしい言葉を返してくれた。

　愚問だったかな、と少々反省する。盗賊団の壊滅は大体E～C級のパーティが請け負う仕事だ。割と該当範囲が広いのは、盗賊団の規模や質にもムラがある為だが、それは置いておいて――そしてBランクでもかなりA級に近い部類の冒険者は、単独でもC級が複数人で掛かる依頼をこなせるとされる。改造前にラボで検出されたデータでは、ドゥーエは正にそのB級上位相当と判定されていた。彼の言葉に気負いも偽りも無いだろう。

「ということは、護衛という足枷《あしかせ》を差し引いても、テストには打ってつけのレベルの敵ということかな？」

「確度の高いご判断と愚考します」

　ユニからもお墨付きが出た。となると現状はノー・プロブレム。ゴーサインを出すのに躊躇《ためら》う理由は無い。

「よし、ドゥーエ。予定外だがここで実戦テストだ。馬と荷物を守りつつ、対象を殲滅《せんめつ》してくれ。量産型の奴隷は、自衛程度ならこなせるから放置で良い」

「ヤツらは実験の材料にゃしねえのかい？」

「気遣いはありがたいけどね、輸送手段が無い。それに、これから領地に入る新領主が、余所《よそ》の盗賊を連れていちゃ格好がつかないだろう？」

「成程、ね。それじゃあ――」

ドゥーエの笑みの質が変わる。不敵さと自信を備えたそれへ、殺意と高揚が加わった狂笑に。

「――いっちょ、ご命令通りに！　殲滅してきますかァ!!」

手には二つ名の由来である両手剣、その身は黒外套《がいとう》と壊れかけた鎧《よろい》に包んで、僕の二番目の作品は馬車の外へと飛び出していった。

さて、仕上がり具合はどんなものだろうか？　じっくり観察させてもらうことにしよう。

※　※　※

盗賊団は困惑していた。護衛も伴わない呑気な貴族を襲撃したはずが、どうにも予想した成り行きとは勝手が違うのだ。

まず馬の足を止める為に数人を先行させ、縄を張って足払いを仕掛けさせたのだが、先頭を行く馬車の御者は、それを見抜いたように直前で急停車。後を追いかけていた荷馬車も、それに合わせたように立ち止まる。見事に初手を躱《かわ》された格好だ。

加えて一団の馬車を動かす御者は、揃って異様な存在だった。

街道を塞ぎ、三十人を超す人数で群がったにもかかわらず、全くの無表情。それはい い。こちらの罠を見抜く眼力と、それを直前で回避する手綱捌《さば》きを見せたのだ。只者《ただもの》でなくても然るべきだ。

だが、その格好がおかしかった。見事な黒の執事服で身を固めているのは良いが、首に巻かれ——否、嵌《は》められているのは、銀色に輝く首輪。大陸全土に共通して奴隷の身分を示す、呪われた装身具である。

「奴隷の……御者ァ？」

それを見た者は、一様に脳裏へ疑問符を浮かべる。当然だ、貴族とは見栄が服を着て歩いているような生き物である。御者や執事といった家人の顔ともいうべき役職には、平民か傘下の下級貴族を充てるのが通例。そうでなくば、他家の者に対して格好がつかないのだ。すなわち、周囲から侮られ、貶《おとし》められる。お里が知れる、と言ってもいい。要するに、誇りと伝統を売り物とする貴族社会において、重大な瑕疵《かし》となり得る失態である。

「おいおい、こりゃまさか……貧乏貴族の、夜逃げならぬ昼逃げってかァ？」

「そいつァ傑作だ！　だがよォ、それじゃあこの仕事の採算が取れねえや！」

その会話を皮切りに、困惑は侮蔑へと変じた。

そしてそれを後押しするように、

「見ろよ！　一番後ろの荷馬車なんざァ、メイドに手綱を持たせてやがる！」

「これも奴隷だぜ！　よっぽど金が無ェんだな！」

「へへ……顔は結構いい線行ってるけどよ」

後列に向かった連中から、そんな会話が聞こえてきた。そうなるともう、罠を躱《かわ》された際の緊張を維持出来る者はいなくなる。

騎馬も伴わずに、奴隷のみを連れて王都を離れる貴族。そんなものは落魄《らくはく》して都落ちする輩《やから》に違いあるまい。実入りは事前の予想を下回るだろうが——遠目にも満載と分かる荷馬車の積み荷。恐らくこれは最後の財産だろう。貴族の家財道具ともなれば、最低級のものでもそれなりの値は付くし、奴隷のメイドなどという売るのに困らぬ女もいた。外れを引いたには違いないが、大損とまではいかない、当たりに近い外れだろう……。

それが盗賊団の大方が描いた推測である。

「……オラっ、ぼさっとすんな野郎どもっ！　やることは大して変わらねェ！　男は殺せ！　馬も始末しろ！　メイドはふん縛れいっ！」

「お頭ァ！　中にも女がいたら？」

「メイドなら売る。奥方や令嬢だと、ちと身が重くて捌《さば》く伝手《つて》がねえから殺す。女を抱きたきゃ、売り物を味見するか、儲けた銭で買うんだよ。……いいなっ⁉」

「へ、へいっ！」

貴族の女などという高嶺《たかね》の花は、売りに出しても店の方が尻込みするし、売れたとしてもそこから足が付く。人質にしようにも大方の貴族は盗賊などと交渉の席を持つことはしない。ばかりか、その為に時間を取られて追手から逃げ遅れるのがオチ。故に捌く伝手がある物のみを奪い去り、それ以外は切り捨てていく。余計な重石を背負っていては、身軽に逃げ出すことは出来ない。特に女は、三流の連中が身を滅ぼす原因の一つだ。売り物にならぬ女は、欲を掻《か》いて攫《さら》うべからず、潔く殺すべし。それが盗賊稼業を長く続ける秘訣だった。

一度は出鼻をくじかれた盗賊団は、ぎらついた欲望を取り戻して馬車列に襲い掛かる。まずは馬だ。万に一つも逃げられぬよう、標的の足を殺す。猟師崩れの団員率いる弓手が矢を番《つが》え、引き絞って放つ。

同時に、

「……B－01、これより自衛行動に入ります」

「……B－02、これより自衛行動に入ります」

「……M－01、これより自衛行動に入ります」

「……M－02、友軍の戦闘への移行を確認。支援を開始します」

「……M－03、友軍の戦闘への移行を確認。支援を開始します」

奴隷たちの反撃が、始まった。

「「はっ？」」

再び、盗賊団を困惑と驚愕《きょうがく》とが襲う。

御者たちの腕が霞《かす》んだように見えたかと思うと、まずは馬と男の御者を射殺そうと放たれた矢が、残らず叩き落とされた。二の矢、三の矢も同じ。防がれたのだ。まるで手品である。最初にその手品の種に気付いた盗賊は、驚きのあまり目を剥《む》いた。

「む、鞭《むち》で矢を落としたのか……？」

御者台から馬を打つ為の長い鞭。それが矢を迎撃したものの正体だった。

だが、果たしてそれを彼らの常識が受け取れるかどうか。

「ば、馬鹿言うんじゃねえ！　御者鞭だぞ!?　馬を叩く為のもんで、この数の矢を……誰がンな真似が出来るか!?」

「仮に出来たとしてもだ！　三人ともがそれを出来る訳なんてねえだろうが！」

「弓隊、もっと狙えっ！　お前らが外したんじゃねェのか!?」

そんなことが起こり得るはずが無い。それが起こってしまった現実に目を瞑《つむ》って、盗賊団は再び射手に弓を構えさせる。

しかし、

「……B－01、反撃します」

先頭の馬車の御者が、先んじて懐から何かを投げ放った。

その何かは目にも留まらぬ速さで飛び、

「ぐわぁ⁉　……ぁ、が……ッ！」

「おい、どうし――ひっ⁉」

射手の一人の頭蓋に突き立っていた。

投げナイフである。どれほどの速度で飛来したのか、刀身のほとんどが傷口に埋まっている。確実に脳まで達する損傷。即死だった。

死んだ身体が、やや遅れてゆっくりと地面に崩折《くずお》れる。自分が死んだと、ようやく気付いたように。

「野郎、やりやがったな⁉」

「くそっ！　……飛び道具で駄目なら、斬り殺せ！　叩き殺せェ！」

仲間の死への衝撃。それを攻撃衝動に変えるべく、野盗の頭目は叫んだ。

だが、遅かった。

――馬車の扉が開く。

「なん――」

疑問の声を遮って血飛沫《ちしぶき》が上がる。

黒い飃風《つむじかぜ》に、街道の砂埃《すなぼこり》が巻き上げられた。それが馬車から飛び出したと同時、また一人が死んだ。理解出来たのはそれだけに留まる。

今度は攻撃の瞬間さえ見えなかった。

六十個三十対の瞳、その一つとして映せなかったのである。

「ふぅん……？」

気が付けば黒い男が一人、剣を振り抜いた姿勢のまま現れていた。男は手応えを確かめるように、剣の握りを二、三度直す。背中から斬られ、あるいは射られることを、毛ほども恐れていない風だった。

……コイツが殺ったのか？

盗賊たちは今更のように、それを認識する。

「慣らしが足りねェな。まるで加減が利いてねェ」

登場と同時に一人殺しておきながら、まるで藁束《わらたば》でも斬ったかのような口ぶりだった。

怖気づいたかのように、包囲の輪が内側から押し広げられる。

現れた男は、冒険者であるように見えた。長身である。身体つきは、太いというより獅《し》子《し》めいて強靭《きょうじん》に見える。黒い外套《がいとう》、黒い胸当て、長大な両手剣。その全ては粗末であった。今さっき、野晒《のざら》しの遺体から剥《は》ぎ取ってでも来たかのようだ。

だが、罅《ひび》割れた黒鉄から漏れ出る、この殺気はどうであろう。まるで古戦場から蘇った、死せる悪鬼のそれではないか。

彼らはそれが出会ってはならない類のものだと、今更ながらに理解した。

「ぎゃあっ!?」

「や、やめ――!」

男の登場による不思議な停滞を破るように、悲鳴が響く。いずれも盗賊のものだった。

見ればメイドや執事の風情を装った奴隷たちが、幾人かの盗賊を仕留めている。

それに気付いた男は舌打ちを一つし、

「――やめろ」

命令一つで、追撃の意思を見せるそれらを止めた。

……何故？

安堵《あんど》より先に疑問が広がる。襲撃を掛けた自分たちを殺す手を、敢えて止める。その理由は何だ。交渉か？　武力を梃子《てこ》に、自分たちを引き下がらせるとでも？　だとすれば、許容を超えた恐怖と混乱に支配されつつある彼らにとって、無上の福音だったろう。

だが、

「コイツらは俺の慣らしの的だ。テメェら、大人しく下がって馬車でも守ってろ」

事実は無情であった。

男は彼らを的にすると言う。つまりは殺すのだ。その宣告に盗賊団は震え上がり、奴隷どもは構えを解いた。

「……B－01。上位個体、オーパス02の戦闘テスト開始を確認。消極的自衛に移行します」

「B－02、同じく」

「M－01から03、同じく。オーバー」

「へいへい、オーバーオーバー……」

訳の分からぬやりとりをやる気無さげに終えると、男は改めて剣を構える。辺りを囲む盗賊団は、完全に及び腰だった。じりと男が僅かに摺《す》り足を進める。その度に盗賊たちは、その十倍は後ろに下がった。

その様を見て、男は落胆の吐息を漏らす。

「おいおい、しょうがねえなァ……逃げる背中を斬っても慣らしになりは――ああ、そうだ」

何か悪知恵を思いついたように、男は口の端を吊り上げた。

そして場の全員に聞こえるよう、声を張り上げる。

「なあ、お前ら！　こういうのはどうだ？　俺を殺せたら、この場は見逃してやっていい。奴隷どもにも追いかけさせたりもしねェよ」

「は……っ？」

「な、何言って――」

盗賊たちは再び惑乱するが、男は頓着せずに続ける。

今度は彼が出て来たであろう馬車の方へ顔を向け、

「なァ、いいだろう、ご主人!?　これくらいのことはよォ！」

「――事後承諾とは、感心出来ませんね」

馬車のドアから、また別の奴隷のメイドが顔を出す。

何人かは、今が命の瀬戸際であることも忘れて息を呑んだ。それほどの美貌だった。

そのメイドはこう続けた。

「ですが、ご主人様は寛大にもお許しになられました。『任せるから、自由に試しなよ』との仰せです。……以後は必ず、ご裁可を仰ぐように」

「そうこなくっちゃ」

言い終えたメイドは馬車に戻る。男は笑みを深める。

盗賊たちは、

「……か、かかれぇぇエエェェーッ!!」

頭目の裏返った悲鳴じみた命令と共に、男へと向かって行った。

盗賊団の残数、二十四。対する貴族の一団は、確認出来た限り七人。戦闘に参加するのは一人きり。蹂躙《じゅうりん》戦の始まりだった。ただしそれは、少数による多数への、だが。

※　※　※

ここで、視点を盗賊団の一人に移そう。最初に貴族の馬車団――トゥリウスたち――を発見した、馬術に巧みな物見の少年である。

（どうして――）

彼は頭を抱えて、茂みの中にうずくまっていた。

頭目の指示に背き、男へ挑むことなく密かに隠れ、そして怯《おび》えていた。

（どうして――）

元より、彼は盗賊になどなる気は無かった。家族に奴隷として売られたのが事の始まり。奇跡的な僥倖《ぎょうこう》で奴隷の身分から解放され、されども自由になって行くあてなど無く、乗り逃げて来た馬と共に彷徨《さまよ》っていたところを盗賊団に拾われただけだ。頭目は彼の馬術と目端を買っていたが、少年にとってその期待は、周囲のやっかみを育む苦労の種でしかない。それでも今まで従ってきたのは、他に生きる道は無いからである。十中十まで死ぬと分かっている指示に、従う気は無かった。

（どうして――）

目線を上げた彼の視界の中では、盗賊たちが黒い男へ突撃し、そして死んでいく光景が繰り返されていた。仲間が何人死のうと、自分もそれに倣って続いて行く。その光景は少年の想像を絶していて、理解をも拒絶していた。ここより南に下った地では十数年に一度、増え過ぎて餌を喰い尽くした鼠《ねずみ》の群れが、飢えのあまりに狂って海や湖に身投げする姿が見られるという。そんな見たことの無い聞き齧《かじ》りの風説を想起せずにはいられなかった。

（どうして――）

黒い剣士に、盗賊の一人が躍り掛かる。

――唐竹割。

頭頂から股まで二つに割かれた死体が、臓物を撒《ま》き散らして地に落ちる。

黒い剣士に、盗賊の一人が躍り掛かる。

――袈裟《けさ》切り。

斜めに両断された死体が、枕を撥《は》ね除《の》けたようにどこかへとすっ飛んでいく。

黒い剣士に、盗賊の一人が躍り掛かる。

――胴。

腹から分かれた死体が、飛び出した腸を仲間の身体に巻き付ける。

……男は、黒い剣士は試しと言った。その言葉通りに、一人一人。丁寧に丁寧に。一つ一つの技の切れを確かめるように、全員を違う形で斬り殺していく。そして一度殺す度に、振るわれる剣技の冴えは悪夢じみて向上していく。

（どうして――）

何故、殺すのか。何故、殺されに行くのか。答えの出ない疑問が、幾つも少年の頭をぐるぐると回り続ける。

だが最大の疑問は、死にゆく仲間のことでも、死なせ続ける剣士のことでもない。正直に言えば、そのどちらも彼にはどうでも良かった。

彼が真に混乱を起こさざるを得ない疑問は、

（どうして――!?）

男が盗賊を殺し続ける酸鼻な状況。

荷馬車の脇でそれを静観し、時たま出る逃走者を叩きのめして男に差し出す奴隷たち。

その一人が、

（どうしてお前が、そこにいるんだ!?）

かつて、彼と共に奴隷として売られた、生き別れの妹だったのだ。

……発端は、五年前のことだった。

この国――大地と芸術の国と謳《うた》われ、大陸一の農業大国であるアルクェール王国も、決して冷害や旱魃《かんばつ》の類と無縁ではない。いや、地方に行けば中央の統制を離れた貴族どもが、乱脈に領地を経営しているのだ。重税、労役、無計画な内政……農民が飢えるような事態など幾らでも起こりうる。少年の村も、そんな腐敗した領主に統治される土地だった。

その年は冷夏に見舞われ、麦の収穫量は今までに類を見ないほど落ち込んだ。その影響で少年の家は、税を納めるにも事欠く状況に追いやられた。窮した両親は、労働力として確保していた子どもたちの内、奴隷として高値で売れる年頃の子を二人、奴隷商人に売り払うことになる。

それが彼と妹だった。

荷馬車に詰め込まれ揺られる道すがら、運が良ければ同じ主人に買われるかもしれないと、少年は妹と互いに励まし合った。そして王都ブローセンヌの奴隷市場にて、無情にも兄妹は違う売り場に分けられたのである。妹は希少な魔力持ちであり、兄である自分の目から見ても器量が良かったから。そして自分自身は、男の子にしては華奢《きゃしゃ》であり、間口の狭い特定の層に向けて、安く売りつけるのが精々の身の上だったから。

彼は、妹がさる伯爵家に存外良い値段で買われたと、奴隷市の牢番に聞かされた。弱い者苛めを生き甲斐としているようなその牢番は、その伯爵家の子どもが奴隷殺しの変態であることと、妹が先輩奴隷に引き摺《ず》られるようにして連れて行かれながらも、最後まで自分のことを呼んで泣いていたことを、嬉々として語り聞かせたのだった。少年は激昂して牢の扉を無茶苦茶に叩き、それ以上の回数鞭《むち》で叩かれた。

それから間もなく、彼は大きな牧場の主に売られた。彼の主人は大層可愛がってくれたが、吐き気を催す可愛がり方だった。昼は家畜の世話に明け暮れ、夜は主人の寝室に連れ込まれた。饐《す》えた匂いの染みついたシーツを汚したことも、服従の魔法による命令で苦汁を舐《な》めさせられたことも、両手両足の指では数え切れないほどだ。その主人は毎晩の日課の最中に突然苦しみ出し、呆気《あっけ》なく死んだ。肥えた身体にもかかわらず無理な運動を続けていたのが、密かに病んでいた心臓に祟《たた》ったのである。自業自得だった。少年は主人が死んだ途端に首輪の締め付けが緩んでいることに気付く。苦心してそれを外すと自由の身になった。自由になって最初にしたことは、最悪だった元主人の死体に痰《たん》を吐きかけることだった。それから、厩舎《きゅうしゃ》に向かって手懐けていた一頭の馬に乗り、牧場を逃げ出して——あてどなく彷徨《さまよ》っていたところを盗賊の頭目に拾われ、今に至る。

妹のことは、既に死んでいると思っていた。売られた先で自分が受けた仕打ちを思えば、奴隷殺しで有名な貴族に買われた彼女は、更に残酷な運命に晒《さら》されたに違いないと、思わざるを得なかったのである。村の為、家族の為だと言いながら自分たちを売り渡した連中とは違う、辛い時も苦しい時も共に過ごし、同じ味の涙を流した、唯一の本物の家族。少年はその死を、擦り切れた心で、悲しいという気持ちすら麻痺《まひ》させて、それでようやく受け入れていたのだった。

だというのに。

死んだと思っていた妹は、生きた肉体と、それこそ死んだような眼を備えて、彼の視界に佇《たたず》んでいる……。

……戦闘、いや殺戮《さつりく》は既に終わっていた。

晴れやかな真昼の街道に、人間の残骸が散らばっている。黒い剣士は傷一つ負うことなく、全ての盗賊を平らげていた。逃げる者は全て奴隷たちに仕留められるか、剣士に追い抜かれて正面から斬られた。残っているのは、少年だけだ。

剣士は少年を見ていた。藪《やぶ》の中に身を潜めているのに、どういう訳か真っ直ぐに視線を合わせられている。殺意も戦意も無いが、慈悲も許容も窺《うかが》えなかった。奴隷たちも、こちらに目を向けている。

逃げれば、斬られる。無意識でそれを悟ったが、出て行ったとしてもどうなるか分からなかった。進退は窮まっている。自分の命は正体不明の殺戮者たち、その掌中にある。自力でどうにか出来る余地など無い。

なら、せめて——

「…………」

震える足で、街道に踏み出す。

剣士は相変わらず、彼をじっと見ていた。どことなく怠惰な目だった。盗賊たちに襲い掛かっていた時の高揚は既に去り、何か虚しさを抱いているような顔だった。今すぐにでも少年を斬り殺さんという緊張は無い。それに安堵《あんど》を覚える暇すら無く、少年は首輪を付けたメイドに近づいていく。攻撃は無かった。

「……エミリー？」

数年ぶりに、妹の名前を口にする。

『エムゼロスリー』などという、無機質なモノを呼ぶような名前でなく、かつての名を呼んだ。

微かに反応があった。メイド服に身を包み、首輪を嵌《は》められた少女は、小さく肩を揺らした。

「エミリーなんだろう？」

もう一度名を呼ぶ。

彼女はこちらを見返してきた。頭上を蓋《おお》う嘘みたいに青い空と同じ色の瞳に、少年の顔を映す。綺麗な顔だった。子どもの頃、この子は大きくなったら美人になると思っていた。その時の想像以上に美しく育っていた。ただ、その瞳の光が嘘っぽくて。その顔には美しさ以外の何も無くて。少年にはそれが悲しかった。

「僕だよ、リュックだ」

震える声で自分の名を名乗る。

妹の表情は、冬の湖水のように静かだった。そこに、さざ波めいた揺らぎを見たのは、錯覚だろうか？

「M－02よりM－03へ。質疑への応答を願います。貴女へ接触している人物は何者でしょう？」

メイドの一人が、少年を注視しながら問いを投げた。冷たい目だった。おもむろに摘まみ上げた小虫を、捻り潰すか逃がしてやるか、それをほんの一瞬だけ考え込んでいるような。まるで螺子《ねじ》巻き時計のようだ、と感想を抱く。込められた動力に従って、あらかじめ決められた動きをこなすだけの機械。そんな無機質で空疎な道具じみた存在に、妹は同類として扱われているようだった。その事実に、少年は怯《ひる》みと同時に怒りを感じる。

「…………」

妹は、答えない。それとも答えられないのだろうか。

「M－02よりM－03へ。繰り返し応答を願います。貴女へ接触する人物は何者でしょう？」

「…………」

「M－03？」

繰り返しの問いに、妹はひくりと身を震わせた。

それを押し殺すようにして姿勢を正すと、ゆっくりと口を開く。

「……M－03よりM－02へ。質疑に回答します──」

「……え、エミリー？」

少年は震えた。胸の中で期待と不安がぐるぐると巴《ともえ》を描く。

彼女は今、自分のことを兄だと認識してくれているだろうか？

傍に立つ、機械じみたメイドのように成り果てているのだろうか？

果たして、

「──彼は、私の兄です」

彼女は、彼の妹のままだった。

「あ……」

少年の頬を、涙が伝う。先程まで流した、冷や汗に混じるようなものとは違う、温かい涙だった。

憶《おぼ》えていてくれた。変わらないでいてくれた。ただ一つ、彼女が彼の妹であるということだけは。

妹は、同僚の方に向き直る。

「M－03より提案。残存する対象の脅威度はEマイナスと推定。戦闘テストの目標に不足と判断します。テストの終了と、残存対象一体の回収を提議します」

「……。M－02より、オーパス02へ。判断を」

「あん？　俺ェ？」

水を向けられた剣士は、頭をガシガシと掻《か》いた。

少年は困惑した体《てい》で妹と剣士を何度も見比べる。

助けて、くれるのか？　突拍子も無く生じた希望に、喜びよりも先に戸惑いを覚えてしまう。

「確かに斬り応えは無さそうだし、無駄に殺すのにも飽きてたが……おい、ご主人！　どうするんだよ⁉」

男は馬車に向かって声を張り上げる。

事の成り行きが、全く分からない。

——妹はどうなってしまったんだろう？　自分は果たして助かるだろうか？　——だとしても、自分は妹と幸せになれるのか？

幾つもの考えが頭の中を駆け巡る。

そこへ、

「おいおい、そこで僕に投げるのかい」

本当の恐怖が、少年の前に降り立った。

「あ……」

その姿を目にした瞬間、震えすらも凍りついてしまう。

……何だ、これは？

メイドたちのリーダー格と思《おぼ》しき奴隷に傅《かしず》かれながら、馬車から降りた男。

体格は平凡だ。顔立ちもどうということは無い。恐ろしい武器を持っている訳でもない。だというのに、それがそこに立っているだけで、今までになく気持ちが悪くなる。

今までに経験した、その時最悪だと思った全ての出来事が脳裏に過《よぎ》る。村の餓鬼大将に理不尽に苛められたこと。非力で畑仕事の役にも立たないと親に叱られたこと。自分と妹が奴隷に売られる時に、卑屈な同情と下衆な優越感とを兄弟たちから向けられたこと。奴隷商人や牢屋番からの扱い。妹との別れ。売り飛ばされた牧場での日々。拾われた盗賊団での荒んだ生活——。

その全てを足して百倍にしたよりなお、圧倒的に気持ちが悪い。

「ひっ……!?」

「どれどれ？」

凍りつく少年に頓着せず、そいつはまじまじと彼を観察する。

その目を見て気付く。こいつは本当に怪物だ。村の悪餓鬼、大人、役人、貴族、商人、牧場の主人、盗賊団の一味……今まで常にそれらから踏み躙《にじ》られる側だった彼は、直感的にこれの正体を看破する。これは常に何かを蹂躙《じゅうりん》しなければ生きてはいけない、化け物なのだ。金も、名誉も、力も、知識も、愛も、夢も、希望も、この世のありとあらゆる全てにおいて満たされても、なお何かを犠牲にせずには生きられない、真性の屑《くず》。そんなものがこいつの正体だ。こんなものを受け入れられるのは、こいつにそういうモノになるよう捻じ曲げられた犠牲者たちくらいだ。少年は感じたことを言葉に出来ない。だが、それでも理解してしまった。

自分はこの、冒涜《ぼうとく》的にも人の形をした喋《しゃべ》る糞とは、絶対に折り合えないと。

「まあ、別にいいよ」

頭の上を、よく分からない言葉が飛んでいく。

「有効なデータは十分取れたし、口封じだって何も殺すしか手段が無い訳じゃないしね……殺す気が無いって言うなら、生き残り一人くらい連れて行っても構わないか。目立たれると面倒だけど、処置するまで君が面倒見てくれるなら、どうでもいいかな。ねえ、M－03」

そう言い、そいつは妹に向かって許可を出した。

妹は、あろうことか最敬礼でそれに応える。

「寛大なご処置、誠にありがとうございますご主人様」

「M－02よりM－03へ。おめでとう。そして卑小な我々にお慈悲を賜るご主人様に感謝を」

「M－01、同じく」

「B－01、同じく」

「B－02、同じく」

――パチパチパチパチ……。

この乾いた打撃音は何だ？　拍手か？　奴隷どもの拍手なのか？　吐き気がする。まるで悪趣味な人形劇だ。人間を材料にした人形どもが、自分たちに気まぐれな恩恵を与えた、糞ったれな造物主を称えるという筋書きの、最悪な出来のファルスだ。少年は……我慢し切れずに嘔吐《おうと》した。

「どうしました、リュック兄さん？」

「エミリー……」

「関係者のみの場では、M－03とお呼び下さい。気分が悪いのですか？」

背中をさする手は、優しくて温かい。

この手で妹は人を殺したのだ。相手は盗賊で、仲間だった自分から見ても、たとえ死のうが文句の出ない悪党たちだった。しかし、仮にそれが万人に祝福された救世主でも、生まれたばかりの赤ん坊でも、あいつが命令すれば同じことをするだろう。

「あいつが……あれが、お前をこんなにしたのか？」

「兄さん？」

「あんなヤツのところにいたら、取り返しのつかないことになる……今でも十分最悪だけど、きっとそれより酷いことになるんだ」

他の奴隷たちは、剣士が斬り散らかした死体を片付けている。それを横目に見ながら、少年は妹に訴えた。

「今なら……きっと、今ならまだやり直せる。僕のことを思い出して、助けようって思える今なら、まだ。でもこのままアレの傍にいたら、きっとそんなものも消されちゃうんだ」

「兄さんが指しているのは、ご主人様のことでしょうか？」

「あ、ああ……だから、に、逃げよう？　二人で――」

「不可能と判断します。上位個体の追跡能力は、貴方の生存能力を上回っております」

「い、今すぐにって訳じゃあない。いつか隙を見てだ。ほら、僕は今、首輪をしていないだろう？　奴隷にかける服従の魔法には、抜け道があるんだ」

そう言って、少年は襟をはだけて自分の首を見せる。

それを見る目に、感情は無かった。無いように見えた。

「警告。反逆指嗾《しそう》行為に抵触する発言を確認。撤回を要求します。……Ｍ－03は、ご主人様の所有物なんです、兄さん」

「そんなの君の名前じゃないよ！　君はエミリーだ、僕の妹だろう!?」

「肯定します。ですが、M－03はそれは並立しうる概念であると考察し――」

「駄目だ……そんなの駄目だ！　君があんなヤツのものだなんて認めたら、僕は自分が君の兄さんだなんて思えなくなる！」

「ご主人様への侮辱は許されません。ご主人様への忠誠を誓って下さい。そうすれば、一緒に――」

実の兄の嘆願に、妹は機械的な反論を繰り返す。彼はその度に絶望を感じていた。自分の妹の精神は、ここまでどうしようもなく弄《いじ》られてしまっていたのか？　奴隷殺しと仇名された、あの貴族。あれは妹の命ではなく、心を殺してしまったのか？

涙が、視界を滲《にじ》ませる。

……だから、だろうか。

主人への敵意を見せる、眼前の生命体。主への忠誠を誓った人形が、潜在的な敵性体に対して、こうも根強く翻意を訴えることの異常を、見過ごしてしまっていたのは。

「絶対に駄目だ！　あんなヤツに……奴隷を人とも思わないようなヤツなんかに、従えるもんか！」

「……分かりました」

——トスっ。

余りにも軽く、ともすれば聞き逃してしまうほどさりげない音が、胸から聞こえた。

「え……？」

少年は、がくりと地に膝を突く。

心臓が熱い。身体は冷たい。泣き続けてぼやけていた視界が、更に霞《かす》んでいく。

胸に手をやると、そこから何か硬い物が生えていた。

これは？　ナイフ？　刺された？　誰に？　……妹に？

「エミ、リー……？」

「おい……何してんだ!?」

黒い剣士が、こちらに駆け寄ってくる足音が聞こえる。

妹がそちらを向く気配がした。

「……M－03より上位個体オーパス02に報告。対象にご主人様への敵愾《てきがい》心を確認。説得による翻意は不可能と判断し、適正な処置を——」

「ンなことは見りゃ分かる！　そういうことじゃなくて、そういうことじゃなくてだな!?」

奇妙なやりとりが聞こえる。自分たちを楽しそうに殺しに掛かっていた男が、何故か自分が刺されたことを怒っているようだ。

少年の口の端が引き攣《つ》った。男の矛盾がおかしくて笑ったのか、それとも身体が死に瀕して見せた単なる痙攣《けいれん》か。彼自身にも分からない。

「――処置を、行いました。問題、ありますか？」

「問題だらけだろうが！　お前がコイツを助けろって言ったんだろ⁉」

「はい、そのとおりです。対象と……兄さ、おにいちゃんといっしょに、ご主人様へお仕えすることが出来れば、いいなって――だいすきなおにいちゃんも、しあわせにしてあげられるって、思ったのに」

「…………」

ああ、と少年はようやく気付く。

妹は、懸命に僕を助けようとしてくれていたんじゃないか。それで必死になって、切羽詰まった顔をして――なのに、その顔を人形みたいな無表情だなんて、間違えていたのか。

「？　……おい、凄い汗だぞ。どうしたんだお前」

「あ……。え、M－03より、緊急報告。心拍、体温、発汗に、異常発生。身体が、震え……自律行動、困難。付近の個体に救援を、よ、要請します。救援を要請……たすけて……ごしゅじんさま、おにいちゃんをたすけ――」

……その声を最後に、何も聞こえなくなる。意識が、自分が無くなっていくのを感じ

る。

そうか。ちゃんと妹を信じれば、彼女と生きることは出来たのか。

それを見過ごした自分の愚かさを、少年は笑う。

……同時に思った。

でも、その為には、あの化け物を主と仰がなければならない。心を弄《いじ》られ、人形になって生きるか。それを撥《は》ね除《の》けて、人形になった誰かの手に掛かって死ぬか。

そんな二択しか許さなかった世界を呪いつつ、少年は死の闇に呑まれた。

※　※　※

「後悔しているのですか？」

対面の席で、眠りに就いた主に肩を貸しながらメイドは言った。ドゥーエは、それには咄嗟《とっさ》に答えられない。

馬車は既に、再び走り出していた。トゥリウス・オーブニルは、パニックを起こしたM－03にとりあえずの処置を行い、それを終えると立て続けのアクシデントに二言三言愚痴を言ってから、居眠りを決め込んでいる。その寝顔に、ドゥーエは幾つかの疑問を持て余していた。

「……後悔って、何をだよ」

「質問の定義が曖昧でした。謝罪を。……ご主人様に救われたことを、後悔しているのですか？」

小さく頭を下げてから、ユニは問い直す。今は一番、聞かれたくない類の質問だった。

「へっ。もしそれに『はい』って答えたらどうするんだ？　センザイテキなテキガイシンとやらで、排除するんじゃねえのか？」

混ぜっ返すように問いを重ねる。主に敵対するならば、肉親を殺すことさえ厭《いと》わないのがオーブニルのメイドだ。命が惜しければ否定を返すしかない質問ではないか、と。

格好の付かない八つ当たりだった。自分でそれが分かっているだけに、尚更苛立ちが募る。

「無意味な質問です。私たちはそのようなものを持つ機能を有しておりません。不満や不信感、或《ある》いは嫌悪感。そうしたものは発生しうるらしいのですが、それがご主人様への敵対行動に繋《つな》がらないよう、調整されております」

その答えに、ぞっとするものを感じる。一度トゥリウスに頭を弄《いじ》られれば、たとえ彼を蛇蝎《だかつ》の如く忌み嫌っていたとしても、その感情は決して消えないまま、彼の為に仕え続けることになる。無論、この効率主義者のことだ、それが彼に及ぼす悪影響が見過ごせない一線を越えたのなら、その限りではないだろうが……。

「何だってンな面倒なことを……」

「そうした現状への不満、欲求等が無ければ、ご主人様に助言、諫言《かんげん》することも叶いませんので」

「俺たちはそうした、って話だったな……量産型の連中は、感情を排除したと言っていなかったっけか？」

ユニは溜め息を吐いた。表情は無いが、どことなく小馬鹿にされたように感じる。

「ご主人様は『制限』したと仰いました。『排除』はされていません」

『――まあ、均質な性能で揃える必要がある量産型は、情動にかなりの制限がされているけれどね――』

ああ、そうだ。確かに主はそう言ったのだった。

「こんな話があります。かつて実験で完全に情動を排除した奴隷を作ったことがあるのですが、それはご主人様の道具とするにはあまりにも不出来なものでした。五感は残しておいたのですが、痛みを与えても、それに反応しない。痛みを感じてはいても、それに対して何かをしようとはしない。感覚が維持されていても、それに対する情動が無ければ行動には結び付かない訳ですね。無論、生じた感覚に対処するよう、あらかじめ命令をセットすることは出来ますが。……この意味が分かりますか？」

「ああ、不本意ながら――」

痛いことは避ける。腹が減ったら食う。そんな当たり前の動作をする為に、いちいち命令を書き込む必要がある木偶《でく》人形。そんなものを作るよりも、

「――そんな手間を掛けるより、元からある情動を使えば良い。そういうことだろう？」

「はい、正解です。そして情動を残せば感覚と結び付き、感情が維持される。感情を動機に、行動が生じる――なので情動を排除するのではなく、自律性と忠実さを両立しうる極点まで制限する方式が採用されました。ただし、これでも自主性と思考の柔軟性が損なわれることは避けられません。なので、時には大きな裁量を扱う、私たちのような上位個体には用いられないのです」

あくまで兵隊用の方式ですね、と付け加える。

ドゥーエも元冒険者だ。ソロが信条だったが、リーダーの役割くらいは知っている。頭が自分では何も考えられず、やることが通り一遍となると、そのパーティに未来は無い。自分やユニはリーダー役、量産型はその指示を受けるメンバー、トゥリウスは……自分たちを危険に送り出す依頼人やギルドか。

「じゃあ、何で俺のように服従と反逆防止だけで済まさないんだ？　そっちの方が手術が楽そうだし、頭も固くならなくて済むんだろう？」

お前は十分固そうだが、とは言わないでおく。

「それに、さっきまで助けようとしていた相手を、次の瞬間には刺し殺す、なんていう意味不明な行動も起こさなくなるはずだ。そんな処置を敢えてするなんて――」

「誤解しないで下さい。こちらの方がもっと煩雑《はんざつ》ですよ。感情の大部分を残しながら、ご主人様に服従させ、ご主人様への敵対だけはさせない――例えるならそれは、卵料理を作る時にバスケット一杯の卵の中から、二個だけ交ざっている腐った卵を抜き取るようなものです。こうすれば時間は掛かりますが、一度に大きなオムレツが出来ますよね？　逆に情動の大部分を制限する方式は、新鮮な卵を一個選んで後は捨てるようなもの。オムレツは小さくなりますが、時間は大幅に省けます」

メイドらしい例え方だった。

ドゥーエが自分で例えを選ぶなら……そう、袋と金貨だ。自分たちのような強力な個体は、言ってみれば大金が入る大袋。一度に多額の決済に用いる為に、袋の中を引っ繰り返してあらかじめ良貨に交じった悪貨を摘まみ出しておく。量産奴隷たちは少額の買い物に使う財布。粗悪な貨幣が交じっていたところで、支払いの時に良貨を一枚出せば良い。相手に対し、悪貨を出さなければそれで済む。大金を使わないなら、そちらの方が楽だというだけの話。

「……胸糞の悪ィ話だ。身体はまだしも心でさえ、効率で処理するモノ扱いか」

「今更な話ですね。私たちはとっくにご主人様のモノなんですから」

それで、とユニは繰り返す。

「最初の質問に戻りますが、後悔しているのですか？　命と引き換えに、ご主人様のモノになったことを」

「――それこそ今更な話だ」

首を傾けて、窓外の景色を見る。流れ去っていく風景の中に、あの少年の姿は無い。自分が切り捨てた盗賊たちも。腐って病毒を撒《ま》き散らす前に、アンデッドになって蘇る前に、適切に処理されて埋められている。

最後の一幕を差し引いても、テストと称した殺戮《さつりく》は気持ちの良いものではなかった。強化された身体を動かす快感と慣らしの達成感に酔えたのは、最初の半分だけ。手応えの無さに飽きを感じると、後は惰性で剣を振るっていた。まるで餓鬼の手慰みだ。何の為に剣を振るうのか、それすらも分からなくなっていた。剣は、そして強くなることは、己の生きる目的そのものだったはずなのに。

トゥリウスは言った。命の為に全てを差し出せ。その剣は主となる己の為に振るえ、と。

悪魔との契約の代償は、早くもその正視に耐えぬ姿を剥《む》き出しにし始めていた。

「後悔しているよ、今はな。だがよ――」

窓の外への未練を断ち切り、同乗者へ向き直る。

「――その今があるのは、生きているからだろ？　なら、いつか帳消しになると信じて、生き続けるさ」

無骨そのもののドゥーエらしくない、気取った答え方だった。

らしくない――つまりは強がりだ。

だが、完全な嘘とも言い難かった。生きていれば儲け物、冒険者には珍しくない考え方である。ただ、ドゥーエは死んでしまうなら剣士として満足のいく死に方が良かった。そうじゃないのは嫌だ。だから、それを得るまで命を長らえようと、悪魔じみた錬金術師の誘いにも乗った。ひょっとしたら既に、剣士としての満足など得られなくなっている可能性に目を瞑《つむ》って。

生きていれば、いつかは帳消しになる。……本当に？

だとしても、ドゥーエに出来るのは剣を振るうことだけだ。生きてさえいればと、自分の良心を騙《だま》して、矜持《きょうじ》さえ切り捨てながら。

「そうですか」

答えを聞くと、ユニは自分の肩に凭《もた》れる主をそっと見やる。

無表情ではあったが、どこか母親を思わせる目だった。オーブニルを慈しんでいるのか、それともドゥーエの虚勢を見透かしているのか。

「ご主人様が貴方を見出した理由が、分かった気がします」

「あん？」

「きっとどこか、ご自分と似ている部分を感じられたのでしょうね」

表情は変わらず。だが、その吐息には格別の情感が滲《にじ》む。

どうやら自分の返事は、彼女とその忠誠の対象にとって、好ましいものらしかった。

決して素直に喜べぬそれを持て余し、死に損ないの剣士は肩を竦《すく》める。

「そいつァ光栄だね。名高い【銀狼】の主が、この俺と同類だとは」

「誤解がありますね【両手剣】。似ているということは違うということ。ご主人様と貴方は、相似であっても合同ではあり得ません」

会話はそれで途絶えた。

規則的に響く馬蹄《ばてい》と車輪の音に不定期な揺れ、そして主の小さな寝息だけが狭い空間を支配する。

早く目的地に着かないものか。待ち焦がれるものを感じないでもないが、

「次の……実験……」

そんな寝言が聞こえてくると、たちまち不安の方が大きくなるのだった。

エピローグ

街道沿いの宿場町は、王都と行き来する隊商などの賑《にぎ》わいと、夕暮れ時のうら寂しさが入り混じった、得も言われぬ空気に包まれていた。赤く染まった空からはカラスの群れが地上に影を投げ掛け、気忙しい人間たちを嘲るような声で鳴いている。

ちょっとした事件が起こったのはそんな時だった。

馬の嘶《いなな》く声。犬の甲高い悲鳴。そして泣き出す子ども。

「ま、マックスーっ！」

馬車が砂埃《すなぼこり》を立てて急停車し、それを引いていた馬が口角泡を飛ばしながら棹立《さおだ》ちになっている。その前には、血だらけになって転がっている子犬とそれに縋《すが》りついて泣きじゃくる町の子どもの姿があった。何があったかは一目瞭然だろう。不用意に道行く馬車の前に飛び出した飼い犬が、馬の蹄《ひづめ》に掛かって蹴り飛ばされたのだ。

「馬鹿野郎ォ！　死にてェのか糞餓鬼っ⁉」

幌馬車の御者台から、気の荒い商人の声が飛ぶ。叱責に気付く様子も無く泣き続ける少年。そこへ周囲に集まった野次馬の集団を割って、母親らしき女性が駆け寄ってくる。

「坊やっ、何をしているの⁉」

「か、母ちゃん……マックスが……ぼくのマックスが馬に――」

ヒックとしゃくり上げながら、血で汚れるのも構わずに愛犬を抱き上げる子ども。母親は事情を察したかハッとした。彼女に視線を向けられた商人は、流石《さすが》にバツが悪そうな顔をするが、

「アンタんところの子どもと犬かい？　悪いが道を空けてくれねえか、急ぎの荷を運んでンだ。それの弁償はするからよ」

「マックスは『それ』なんかじゃないやい！　ぼくの、ぼくの大事なともだちなんだっ！」

少年が洟《はな》を啜《すす》りながら喚くと、たちまち鼻白んだ。

「こ、これっ！　坊や……」

「おかねなんかでひきかえられるもんかっ！　かえせよぉ、マックスをかえしてよぉ！」

母親の諌《いさ》めも振り切って、子どもは喚き続ける。これには商人も参ってしまった。その内、後続の車列からも罵声が飛んでくる。

「おーい！　いつまで道を塞いでるんだーっ⁉」

「とっとと、どけよー！」

このままでは二進《にっち》も三進《さっち》もいかなくなるかという、その時だった。

「ふーん？　要はその犬が助かればいいんだね？」

そう零しながら、渦中へと割り込んでくる者があった。胡散《うさん》臭げにそちらを向いた商人と女性の目がぎょっと剥《む》かれる。

声の主は、逆光の夕日に陰る赤髪の青年だった。影の掛かった顔には気安い社交的な笑みを浮かべている。犬一匹が死にかけているだけとはいえ、血の臭いがする場面には似つかわしくない表情だった。問題はその格好。旅装にはまるで向かない仕立ての良い服に袖を通し、首飾りに指輪にとふんだんに装飾を身に着けた姿。背後にはこれまた凝った意匠のメイド服を身に着けた従者――いかなる趣向か、襟元の首輪を見るに奴隷らしいが――を侍《はべ》らせている。どう見ても貴族、それも相当な家格に生まれついた御曹子であると窺《うかが》い知れた。

平民にとってはそれこそ雲の上の存在と言える人間は、そうと感じさせない気軽さでしゃがみ込み、犬の飼い主である少年と目線を合わせる。

「貸しなよ、坊や。その子、まだ助かるよ」

「ほ、ホント!?」

その言葉に子どもは弾かれたように顔を上げる。見れば子犬は、血泡を吹いて痙攣《けいれん》してはいるものの、辛うじてまだ息はしていた。しかし、普通に見立てればもって数分の命といったところだろう。余人からすれば、とても助かるとは思われない。

貴族らしい青年は少年に向けてコクリと肯《うなず》くと、瀕死の犬に向けて手を翳《かざ》す。

「《大地の精よ。形壊れたる者の傷を覆い、その痛みを去らせしめよ。……キュア》」

秘密めかした文言が唱えられると同時に、ぽおっと灯る淡い光。煌《きら》めく粒子が傷口を包み、癒していく摩訶《まか》不思議な事象。魔法だ。平民には及びも付かない教育を受けられる貴族には、魔法の心得がある者も珍しくはない。だが、気位が高く驕慢《きょうまん》な彼らの中に、通りすがりの子どもの、しかもたかが飼い犬の為にその力を使うような人物がいるとは。

驚きに目を瞠《みは》る周囲を余所《よそ》に、魔力の光がやむ。少年の腕の中でピクピクと震えながら細く荒い息を漏らしていた犬は、今や呼吸を穏やかなものに変え、血の汚れはあるものの無傷の姿を取り戻していた。

「ほら。これで元気になった」

「わあっ！　た、たすかった……たすかったんだよマックス！」

少年が感極まって抱き締めると、子犬はうっすらと目を開けてから、

「きゃんっ！」

と高い声で鳴く。

「さて、揉《も》め事の種は無くなったね。もう通っても？」

「う、うんっ！　ありがとう、お兄ちゃん！」

「ぼ、坊や！　お貴族様に何て失礼な――」

「いえいえ。いいんですよ、奥さん。そちらの方も、問題はありませんね？」

子どもの叱責に軽く拳骨《げんこつ》を喰わせる母を尻目に話を向けられて、馬車の主である商人は軽く口籠もる。

「え、ええ。問題無ェ、いや、ございませんです、はい」

「それは良かった。僕の馬車もこの混雑で止まってしまっていまして、難儀していたところなのですよ」

「は、はいっ！　直ちに通り抜けますんで！」

母親が子どもを退かせ、野次馬たちも離れ始めると、ようやく馬車の車列は前に進み始める。母親はホッと息を吐くと、改めて貴族の青年に頭を下げた。

「こ、この度は私の子がご迷惑をお掛けしました。な、何とお礼を申し上げれば――」

「いえいえ、そちらこそお気になさらず。僕にとっては大したことではありませんので」

その丁寧な言辞に、女性は胸を撫《な》で下ろす。貴族に対して謝礼を支払う余裕など、富豪でもない平民の一家族には存在しない。貴種らしい鷹揚《おうよう》な施しをありがたく受け取りそのまま流すのが賢い選択だろう。

「ん？」

ふと、青年は視線を動かした。その方向では、子どもに抱き締められたままだった犬が、キャンキャンと吠え続けている。

「ど、どうしたのマックス？　この人はお前を助けてくれたんだよ？」

飼い主の諫《いさ》めも効き目無く、威嚇の声はやまない。母親は貴族への無礼に顔色を変える。

「も、申し訳ありません！　これ、マックス！　吠えるのをやめなさい！」

「ああ、いや。気にしていませんよ。犬にも好き嫌いというものがあるでしょうし」

赤い髪の青年は寛容にもそう言って肩を竦《すく》める。

「そろそろ道も空いてきましたね。じゃあ、僕たちは先を急ぎますので」

そして彼はそんなことを言い出す。女性は驚いた。もう既に夕刻だ。これから更に移動となると、夜を徹して街道を駆けるか野宿をすることになる。慌ただしく移動するにしろ狭い馬車で夜露を凌《しの》ぐにしろ、いずれにしても富貴な貴族の採るべき選択ではない。この様子だと今夜は宿も混んでいるだろうが、この町で一泊してから翌日に発つ方が賢明だ。

「お貴族様、差し出がましいことかもしれませんが、それは危険ではないのでしょうか？

夜の道には狼や魔物も出ますし、もしかしたら盗賊に襲われるということも……」

折しも最近、野盗かもしれぬ柄の悪い一団が町で食糧などを買い込むのが見られたばかりだ。幸い、その連中は王都の方へと去っていったが、同様の輩《やから》はどこにも、幾らでもいる時世である。

青年はくすりと笑う。

「ご心配、かたじけなく。ですが僕も魔法の心得はありますし、それなりに腕の立つ護衛も雇っていますから。……人が多いところというのも、ちょっと避けたいですし」

夫人はその言葉を、単純に混雑の中で生じる面倒事を嫌ってのことと解釈する。確かに宿の部屋の取り合いは億劫《おっくう》だろうが、それにしても……と。

「あの、やんごとなきお方をお泊めするにはむさ苦しいところですが、私の家に——」

「お言葉だけありがたく頂いておきますよ。お互い、あまり落ち着けないことでしょうし」

「……返す返すご無礼を。あの」

ふと母親は言葉に詰まった。そういえば、未だに相手の名前すら聞いていないことを思い出したのである。青年もそれを察してか小さく苦笑し、

「ああ、こちらこそ失礼。名乗るのが遅れましたね。……僕はトゥリウス。マルラン子爵トゥリウス・シュルーナン・オーブニルです」

どことなく他人事のように、その名を名乗るのだった。

「ご主人様。そろそろ先を急ぎませんと」

「おっと、いけない」

傍らに立つメイド姿の奴隷に促され、トゥリウスは踵《きびす》を返す。

「それでは、さようなら。……坊や、命は大切にね？　失くしたら取り返しがつかないん

だから」

「うん……うんっ！　ありがとう、トゥリウスお兄ちゃん！」

去り際に水を向けられた子どもは、千切れそうなほどに激しく首を縦に振る。

彼の腕の中の子犬は、未だに激しく恩人であるはずの男に吠え掛け続けていた。

トゥリウスは歩きながら、盗み聞きされないよう潜めた声で傍らの僕《しもべ》へと言う。

「まったく、邪魔な犬だったたね。余計な手間を掛けてくれちゃってさ」

「同感です。ご主人様の行く手を遮るばかりか、恩知らずにも吠え掛かるなど」

「あと、中で眠らせているM－03のことだけど――」

「はい、人目に付かない場所を確保出来るまで、麻酔の量を増やしておきます」

「――うん、ならいいよ」

円環の蛇を象った紋を刻んだ馬車が、再び走り出す。南東に向かい、西に沈む太陽へと背を向けて。隠し切れない死臭に惹《ひ》かれるようにして集った、カラスたちの不吉な鳴き声を引き連れながら。

［『ウロボロス・レコード２』へつづく］

ヒーロー文庫

ウロボロス・レコード 1

山下《やました》 湊《みなと》

平成27年12月31日 第1刷発行

発行者 荻野善之

発行所 株式会社 主婦の友社
〒101-8911 東京都千代田区神田駿河台 2-9
電話／03-5280-7537（編集）
03-5280-7551（販売）

印刷所 大日本印刷株式会社

ISBN 978-4-07-413860-9